Los libros de la oruga

TOMÁS SEGOVIA

Cartas de un jubilado

~

UNIVERSIDAD DEL CLAUSTRO DE SOR JUANA
EDICIONES SIN NOMBRE
MÉXICO, 2010

Cartas de un Jubilado

**Universidad del
Claustro de Sor Juana**

Carmen B. López-Portillo Romano

Sandra Lorenzano S.
Vicerrectora académica
Responsable de publicaciones

Izazaga núm. 92,
Centro Histórico,
C.P. 06080,
México, D.F.
www.ucsj.edu.mx

Editora: Ana María Jaramillo Mejía
Orizaba núm. 13-2
Colonia Roma
Delegación Cuauhtémoc
México, D. F.
anajarami@hotmail.com

Primera edición, 2010

DR. © Tomás Segovia 2010
DR. © Ediciones Sin Nombre 2010
DR. © Universidad del Claustro de Sor Juana

ISBN 978-607-00-2970 7   México
301 pp.

Todos los derechos reservados. Queda prohibida la reproducción parcial o total de esta obra por cualquier medio o procedimiento, comprendidos la reprografía y el tratamiento informático, la fotocopia o la grabación, sin la previa autorización por escrito de Ana María Jaramillo Mejía (Ediciones Sin Nombre) y/o la Universidad del Claustro de Sor Juana.

Impresoy hecho en México

INTRODUCCIÓN

Pronto hará tres años que mi madrina, doña Elvira Ulloa, murió en Florencia. Poco antes me escribió una carta donde me invitaba a visitarla, añadiendo que sería tal vez la última oportunidad de encontrarnos en esta vida. Me alarmé mucho, porque ése no era para nada el estilo habitual de mi madrina, y le telefoneé en seguida preguntándole ansiosamente si le pasaba algo. Pero ella, una vez que le prometí que iría a verla, insistió en que me lo contaría todo frente a frente y no quiso hablar más del asunto.

Al encontrarme con ella no tuve que preguntar más. Era claro que se estaba muriendo, de modo que yo me las arreglé para permanecer a su lado hasta el final. No puedo dejar de aprovechar estas líneas para dar testimonio de la gran entereza con que hizo frente a su destino. No llegó a perder nunca el sentido del humor, la dulzura del trato y la delicadeza para escatimarme en la medida de lo posible la carga de cuidarla.

Elvira estaba completamente sola en Florencia. Vivía en un departamento encantador (desde cuyo balcón se veían los taludes del jardín Bóboli) que le había correspondido tras el divorcio de un marido italiano que ya no vivía en la ciudad, con el que acabó en muy malos términos y al que no había vuelto a ver. De su propia familia solía decirme en aquellos días que yo era la única con quien podía entenderse, precisamente porque no éramos de la misma sangre: no teníamos más parentesco que el de madrina y ahijada.

Pronto comprendí que no era para que la acompañara y la cuidara en sus últimos días, o por lo menos no principalmente para eso, para lo que me había llamado. No sé si sería por ser yo historiadora, o porque, no teniendo ella hijos, pensaba sin duda que el verbo ahijar significa convertir a alguien en hijo, o mejor aún en hija, la cosa es que quería a todas luces dejarme un legado. No me refiero al legado material: ése estaba ya repartido en un testamento que reservaba también para mí algunas joyas y objetos preciosos, además de su no muy extensa pero interesante biblioteca. Me refiero a ese otro legado que el lector tiene en sus manos.

Debo decir que de aquel legajo de cartas que quería confiarme hablaba con tanta reverencia, que yo ardía de curiosidad por leer alguna. Pero me había hecho prometer que no las leería hasta después de su muerte, y más tarde me pidió incluso que esperara para leerlas a estar recuperada del dolor que esa muerte tendría que infligirme. Había escrito a tinta sobre el paquete «Cartas de don Juan S.», y me aclaró que se trataba de Juan Santaella, viejo amigo suyo muerto en Sevilla de un tercer infarto unos diez años antes. Y antiguo amante, según añadió con discreta coquetería. Me advirtió también que cuando leyera las cartas descubriría que, por otra coquetería que no acabé de entender, había tachado cuidadosamente las fechas.

Desde la muerte de mi madrina, he releído repetidamente estas cartas, y desde el primer momento me estuvo obsesionando involuntariamente la idea de que había que publicarlas. En alguna ocasión le pregunté, en sus últimos días, qué esperaba que hiciera yo a mi vez con aquel legado: ¿legarlo de nuevo a alguien de la siguiente generación, publicarlo, guardarlo en alguna caja fuerte para que fuese conocido dentro de cien años? «No sé», me dijo. «Después de mi muerte será enteramente tuyo. Tú dispondrás de él.»

Es evidente que considero sagrados sus deseos, y así, asumo toda la responsabilidad de dar a la imprenta estas cartas. He respetado rigurosamente el texto tal como me fue entregado, incluso sus lagunas y deterioros. Lo único que he añadido es la numeración, en el orden en que estaban las cartas cuando las recibí. Don Juan Santaella era traductor profesional y gustaba de salpicar sus cartas de frases o citas en las distintas lenguas que manejaba. Supongo que mi madrina, que fue una mujer muy culta con una sólida formación universitaria, las descifraría sin dificultad; tal vez no sea éste el caso para algunos lectores, pero he decidido, de acuerdo con mi editor, dejarlas tal cual sin traducirlas, pues nos ha parecido que esa peculiaridad forma parte del estilo peculiar de don Juan.

ANA HÜBNER

Las cartas

1

Mi querida Elvira:

Qué maravillosa sorpresa tener de pronto noticias tuyas. No tendré el mal gusto de contar los años que han pasado sin saber de ti. A fin de cuentas, después de esta carta tuya son sólo un paréntesis. No importa que un paréntesis sea largo o corto: una vez que se cierra, la frase principal sigue siendo la misma.

Así pues, ahora vives en Florencia. ¿Sola? Algún día me explicarás cómo averiguaste mi paradero actual. Lo que cuenta es que ahora lo sabes y yo el tuyo, de modo que esto es inevitablemente el comienzo de una sostenida correspondencia que tiene que durar toda la vida. La mía, se entiende, no podría imaginar ni por un momento que no me sobrevivas.

Pero no pienses que echo en saco roto tu encargo. Lo que pasa es que es natural que la alegría de volver a encontrarte acapare un rato mi atención. Para ir al grano: desde luego puedes contar conmigo. No deja de extrañarme, por supuesto, que propongas que yo, que sin duda adivinas que vivo solo, hospede temporalmente a tu joven amiga. (Porque es joven, ¿no?, según me pareció entender.) Déjame bromear un momento preguntando si tan fea es o tan envejecido me supones. Fuera de bromas, bien sabes que nunca te negaría un favor y que aceptaré cumplirlo según tus reglas.

Contéstame pronto y largo,

JUAN

2

Mi querida E.:

¿De modo que fue Isabel quien te dio mis señas? ¿Es que estuvo en Florencia, o estuviste tú en París? Sea como sea, me intriga bastante tu actuación. Si como dices hace mucho que tienes mi dirección, ¿por qué no me escribiste de inmediato? Y ya que no lo hiciste, ¿por qué me escribes inesperadamente ahora? No querrás hacerme creer que de veras me necesitas para que aloje a esa Cecilia amiga tuya. Estoy seguro de que debes conocer otras personas en Sevilla a quienes podrías pedirles más razonablemente ese favor, y es claro que podrías en último término recomendar a tu protegida un hotel tranquilo o una buena pensión. ¿Me vas a contar la verdad?

Pero bueno, voy a suponer que tus preguntas sobre mi vida y milagros no son puro formulismo de buena educación. Temo sin embargo que te escandalices más allá de todo límite cuando sepas que llevo aquí una vida de modesto jubilado solo y tranquilo, dedicado principalmente a leer y visitar monumentos y obras de arte. A tu pregunta de a quién frecuento, tengo que contestar que a nadie. Quiero decir a nadie que tú conozcas o que pudieras conocer algún día, o sea a nadie interesante. Por supuesto, nunca falta una tía amable y pintoresca, y a esa tía nunca le falta un hijo que se toma en serio eso de ser primo de uno. Sin duda imaginas los trucos que tengo que inventar para rehuir al tal primo sin ofender a la simpática tía.

Y ahora, mi dulce Elvira, te toca a ti contarme a mí qué monstruos te rodean. Ojo por ojo, cuento por cuento.

Un cariñoso abrazo,
JUAN

3

Querida Elvira:

¿De veras ningún hombre en tu vida? ¿Ni tampoco en el horizonte? ¿O es que temes despertar mis celos? Sería un temor enteramente desplazado. Yo te sigo recordando con mucha ternura, supongo que te lo imaginas, pero nada me daría más gusto que saber que estás feliz y realizada. Tú sabes que no sólo no soy celoso —hay muchos hombres que no son celosos—, sino ni siquiera envidioso —y en eso tengo muchos menos émulos. Sé que no me creías del todo cuando yo te decía, en *nuestros tiempos*, que no soy celoso. O más bien que lo entendías de otra manera que yo. Creo que lo que tú veías en esa declaración era que para mí los celos no eran esa enfermedad mortal que son para tantos hombres y tantas mujeres, aunque seguramente de maneras muy distintas. Y sin duda era así, pero no era eso todo.

Esa actitud de sospecha insoportable y absorbente, esa obsesión morbosa con los indicios de mil conspiraciones, amenazas y malas intenciones ocultas me tienta a veces, como a todo el mundo, pero siempre me ha parecido una forma extremadamente pueril de paranoia, como esos sobresaltos que tenía uno a veces en la primera adolescencia con el temor de que todos se estuvieran entendiendo en secreto contra uno, aliados a escondidas para cerrarle a uno el paso a la felicidad, al triunfo y a la gloria. Pero repito, pienso que hasta ahí no hago sino ser saludablemente normal. Un paso más es no sólo liberarse de esa versión inquisitorial y podrida del amor, sino aceptar que en efecto uno está siempre expuesto a ser «traicionado» (si ser traicionado quiere decir no ser el único que tiene entrada en la cama de cierta mujer), pero no por eso tiene uno derecho a intervenir en las decisiones de esa mujer atropellando su derecho a la autonomía, a la libertad, a la independencia e incluso al secreto. Y otro paso más sería llegar incluso a superar la envidia. No sólo aceptar el derecho de una mujer a amar o desear a otro hombre, sino no envidiarle a ese hombre la parte de esa mujer que recibe.

Un paso bastante angélico, sin duda, pero déjame contarte (porque convendrás en que a estas alturas podemos contárnoslo todo; y si no, dímelo y no seguiré adelante) —déjame contarte que un par de años después de nuestra separación, una amiga tuya se dio el gusto de informarme que mientras estabas conmigo, te acostaste varias veces con un tal Federico, amante para entonces de tu informativa amiga. No diré que no me dolió, pero sí, con toda claridad, que no me envenenó. Y en este terreno, como en el de la fisiología, el dolor casi nunca es de veras peligroso, lo peligroso es la infección.

Tal vez tomes mi descripción actual con cierto escepticismo, porque es verdad que es fácil perdonar (si esto es perdonar) después de tantos años, e incluso en el momento en que lo supe ya habían pasado más de dos años desde los hechos. Pero créeme que comprendí con certeza en aquel momento que el amor que me declarabas y me mostrabas mientras me «traicionabas», como dicen en las telenovelas, era auténtico amor, e incluso el deseo auténtico deseo.

Contéstame pronto, ya ves que estoy adentrándome audazmente en un territorio donde me dolería mucho que me dejaras hablando con las paredes. No me has contado sobre tus intenciones al enviarme a Cecilia.

Un cariñoso abrazo de tu

JUAN

4

Pero, mi querida Elvira, ¿acaso dije yo que me lo creí? Dije que me dolió, y en estas cuestiones es sabido que las sospechas duelen tanto como las certidumbres, o acaso más. Estábamos hablando de los celos y cuando se trata de celos está enteramente desplazada la pregunta sobre las pruebas o la falta de ellas. Es claro que si yo hubiera sido celoso, no hubiera necesitado la más mínima prueba para carcomerme y odiarte y culparte.

Veo que tenemos mucho que dilucidar juntos, y me parece normal que ese mutuo repaso general empiece por los celos, que es uno de los puntos en los que siempre he estado en desacuerdo con más o menos todo el mundo. Nuestra civilización por lo menos, y tal vez no sólo ella, se deleita en hacer derivar el amor de los celos, y no al revés. A quienes sostienen la bobería de que no hay amor sin celos, no les faltan en su apoyo citas de las plumas más ilustres, desde Catulo hasta Shakespeare, desde Lope de Vega hasta Proust. ¿No es cierto sin embargo que el amor como amor no tiene nada que ver con los celos? Primero porque sería incapaz de provocarlos; y segundo, porque aun suponiendo que los provocara, debería ser incapaz de sentirlos. ¿No puede uno decir, todo lo exageradamente que quieras, pero sin contradicción, que amar es desear el bien de alguien más que el propio? ¿Cómo puede uno entonces intentar prohibir a una mujer a la que ama algo que puede darle felicidad o incluso simplemente placer?

Pero ya sé que ese amor perfecto es... perfectamente utópico. A menos que sea libertino —amor libertino—, o eso podría uno pensar leyendo por ejemplo a Casanova. Podría citarte, entre otros edificantes episodios, la aventura que tuvo en Venecia con la bella monja M.M. cuando él tenía menos de 30 años. La monja tenía ya un amante rico y poderoso, al que contó rápidamente su enamoramiento del joven veneciano y su intención de pecar con él todo lo que su astucia le permitiese. Y aquel refinado y cultivado protector —*ah, ce cher XVIIIe siècle!*—, lejos de enfurecerse o carcomerse, alentó a su joven amiga a gozar a fondo de aquel amor, dándole así a él la alegría de verla dichosa, y únicamente se permitió aconsejarle prudencia para el caso de que aquel fogoso joven fuera un burlador. No lo era, es obvio, puesto que era un seductor, que es todo lo contrario. Es cierto que poco después el magnánimo protector quiso espiar desde un escondite las hazañas amorosas de la joven pareja, con lo cual en esta época nuestra, tan alejada del siglo XVIII y de los refinamientos de su filosofía libertina, lo despacharíamos de un manotazo clasificándolo como *voyeur* impotente. Es claro sin embargo que hay más cosas entre el colchón y la colcha *than are dreamed of in our philosophy*, y algún día te contaré una historia de ese género que conocí de cerca.

Es verdad sin embargo que la libertad del prójimo —no digamos ya la de la prójima— no suele ser la más constante de nuestras preocupaciones. A nuestros hijos por ejemplo es innegable que solemos amarlos, y sin embargo solemos prohibirles bastantes cosas. Por su bien, decimos. Y lo que eso significa es que no tienen derecho a disponer enteramente de su libertad. Pongamos que los niños no están todavía preparados para ejercerla. Pero ¿entre adultos? Es más: ¿a un ser completo que amamos podemos considerarlo así de impreparado? ¿Es eso amarlo? Ay, Elvira, temo que la frase arquetípica del amor occidental sea «Te amo, estúpida» (o «Te amo, estúpido»).

Espero que veas claro que no rechazo tus justificaciones; pero te propongo aprovechar la circunstancia de estar ya tan lejos de los hechos, y tan lejos ¡ay! el uno del otro, para examinar estas cosas con eso que llaman desapasionamiento, y que yo diría más bien que es otra clase de apasionamiento. Dios me libre de intentar disimular la diferencia de nuestras edades, pero me parece percibir en tu tono que tú también tienes cierta inclinación a mirar ahora los toros desde la barrera. Por lo menos a toro pasado, como es nuestro caso. Y sí, tienes razón, tus cartas me han despertado un apetito, o necesidad, como dices tú, de recapitular. (¿Es eso capitular dos vece? A lo mejor, como en la lógica, esa doble negación resulta en una vuelta a la afirmación. O a lo mejor nunca he capitulado «por dentro» aunque haya capitulado «por fuera».)

Lo que te estoy proponiendo, como ves, es que compartas conmigo otra clase de aventura, que a lo mejor resulta más apasionante y vertiginosa que cualquier otra. Te mando un beso impaciente,

Juan

5

Touché, querida Elvira. En efecto, debí reconocer que tus cartas implicaban ya una invitación a esa recapitulación a dúo. Pero créeme que no quise robarte la idea, sino que más bien quería estar seguro, porque no lo estaba, de que ése era también tu gusto. Y tal vez debería decir: doblemente *touché*, si es que mencionar mis inclinaciones literarias es también ponerme en evidencia. No diré que me sorprende tu perspicacia, porque siempre he sabido lo inteligente que eres, pero sí que sentí que te me adelantaste. Has adivinado perfectamente que a menudo he pensado estos últimos años que debería escribir una especie de memorias —o recuerdos, o recapitulaciones, o simples reflexiones sobre mi vida—, y confieso incluso que duermen en mis cajones algunas páginas escritas, incluso algunas que rozan concretamente el tema de nuestras recientes cartas, o sea el de los celos. Pero la autobiografía resulta para mí un género demasiado solemne y vanidoso; cada vez que me he dispuesto a adentrarme en ese terreno, he sentido que nunca podré mentir tanto. Mis pininos son por eso más bien ficciones, escritos a veces en primera persona, pero sin ninguna pretensión de veracidad histórica. Con lo cual tu inteligencia no podía dejar de adivinar que tu inesperada resurrección, y las ricas posibilidades verbales que nuestra correspondencia ponía de pronto ante mis ojos, se me presentarían como el molde idóneo en que volcar mis devaneos. Todo lo cual es también un aviso de que más me vale no olvidar un solo instante la clase de lucidez con que me enfrento al dialogar contigo.

Pero no ignoro que tal vez lo que esperas con alguna impaciencia no son mis lucubraciones sobre tu perspicacia, ni mis confesiones de autor vergonzante tentado a salir del armario, sino noticias concretas sobre la encomienda que me has hecho. Sí, querida mía, Cecilia llegó con bien y está ya instalada, espero que sin demasiadas incomodidades, en la habitación que le preparé lo mejor que pude. (Y te aseguro, antes de que me lo preguntes, que es una habitación muy independiente.) Te imaginarás que hasta ahora no he tenido mucho trato con ella; te daré sin embargo mis primeras impresiones, corriendo el riesgo de equivocarme supinamente, porque sé que me las estás exigiendo ya.

Lo primero que salta a la vista es que no es fea, tal vez más bonita que guapa, pero eso debe ser en parte consecuencia de su juventud, y puede esperarse que los años vayan invirtiendo la inclinación de esa balanza. De su manera de ser es también natural que el primer rasgo que me llamara la atención fuera un estilo casi infantil, que por supuesto tiene su encanto. En todo caso, detrás de ese infantilismo se percibe claramente que se ha educado en un medio refinado (y sin duda económicamente más que desahogado). Lo que los clásicos llamarían «buena cuna». Deberías contarme un poco de dónde sale, no porque tenga yo ninguna curiosidad insana, sino para pisar un terreno más seguro en el trato con ella. Debo añadir en toda justicia que me pareció no sólo dulce de trato sino probablemente de buenos sentimientos, que es tal vez lo más importante.

Bien, querida Elvira, me parece que la baza está echada y que no podremos evitar ya jugar todas nuestras cartas —nuestras epístolas quiero decir. *Á toi de jouer.*

Besos de tu viejo
J<small>UAN</small>

6

Mi querida Elvira:

Ahora entiendo un poco mejor esa curiosa decisión tuya de mandarme a Cecilia. También a mí me extraña en efecto que no nos hayamos encontrado nunca sus padres y yo, habiendo coincidido en tantos lugares y teniendo tantos amigos en común, por lo que me cuentas. Lo cual es tal vez afortunado. Porque estoy seguro de que tú les habrás hablado de mí del modo más elogioso y más tranquilizador cuando tu amistad (¿o tu generosidad?) te hizo sentir que era tu deber echarles una mano con su niñita (¿o librarlos de ella?). Pero sospecho que tus buenas palabras los tranquilizarían mucho menos si me hubieran conocido (o si se acordaran de haberme conocido). Sé que no tengo derecho a meter las narices en este asunto y mucho menos a juzgar a unas personas a las que no conozco, pero es que en el estilo y modo de tu carta (podría demostrártelo) se trasluce o se traiciona que tú misma tienes alguna vacilación ante ese modo de actuar. ¿De veras les es tan imposible viajar con su querida hijita, o incluso quedarse quietos un rato para que ella pueda estudiar, madurar y fructificar con alguna tranquilidad?

En lo que se refiere a Isabel, no sabes qué envidia me ha dado ese episodio (tan bien contado, además). He pasado grandes ratos imaginando minuciosamente los más deliciosos recorridos por París contigo y con ella. Qué tres inesperados mosqueteros libres por la inagotable ciudad abierta. (¿No sería estupendo escribir algún día unos *Tres mosqueteros* donde Athos, que es el único mosquetero interesante, compartiera sus refrescantes aventuras no con cualquier Porthos y cualquier Aramis, sino con una *Porcia* y una *Amarilis*? —Y dejando en la cuneta al ruidoso d'Artagnan, por supuesto.) En fin, hubiera deseado compartir incluso los chismes —que sin duda tuvo que haberlos (¿cómo, si no, hubiera venido al caso pasarte mis señas?).

Sigue contándome cosas, querida Elvira, no me cabe duda de que quien sabe contar así tiene que sacar mucha satisfacción de ejercer esa facultad. Pero sé también que si te pido, querida Scheherazade, que no dejes de hechizarme con tus relatos, tengo que corresponder a mi vez proporcionándote los que tú me pidas. Aquí te va pues, como anexo, puesto que tú me lo pides, el primer *opus* de mi tímida pluma, la historia sobre celos e impotencia que mencioné en mi carta anterior y que despierta tu curiosidad. Es un texto literario, evidentemente, pero le he puesto un poco un tono de conversación privada contigo porque sentí la necesidad de subrayar esa ambigüedad de que te hablaba la otra vez entre la verdad histórica y la ficción, entre los recuerdos personales y la narrativa, entre la realidad y la ficción. Desde que me lo pediste, he estado titubeando ante la idea de empezar a enviarte algunos de esos escritos míos escondidos (o por lo menos guardados) que tú misma adivinaste, pero me ganaba el temor de que pudieras tomarlos como auténticas confesiones autobiográficas —aparte del temor a importunarte, naturalmente. Me atrevo por fin a abrir esa compuerta porque este relato en particular creo que me asustaría relativamente menos que me lo tomaras como un documento histórico. Tal vez te sorprenda mi vacilación, mi timidez y nerviosismo para decidirme a enviarte ese texto. Tienes que creerme que de veras me asusta hacerlo, pero sería ridículo hacerme el tonto cuando yo mismo te he confesado mi secreta adicción y te he pedido que leas lo que te envíe. Lo que pasa es que no me es fácil convencerme de que estoy simplemente mandándote unas páginas, contándote apaciblemente una anécdota, y no *sometiéndote* una obra. *Eppure,* véase texto adjunto.

Sólo quiero añadir un detalle, pero importante: no te sientas obligada a comentarlo (ni por supuesto a alabarlo) por cortesía o incluso por amistad. Te juro que no tomaré como rechazo o desdén tu silencio sobre este envío, como tampoco consideraré enemistad tus objeciones o tus críticas si las tienes. Si te lo envío es para que lo leas, no para que te devanes los sesos como si tuvieras que pasar un examen sobre mis veleidades literarias.

Un beso muy agradecido de tu

Juan

[ANEXO]

Ruth

Hace bastantes años, entre mis cuarentaitantos y mis cincuenta, creo, tuve una de esas relaciones más allá de los celos que a muchas amigas y algunos amigos míos les parecen por completo increíbles. Alguien que tú no conoces, por supuesto. Se llamaba —o sigue llamándose, espero— Ruth, así, con hache. Era una mujer casada y con hijos de la burguesía acomodada. Nuestro primer encuentro amoroso fue casi un accidente y ninguno de los dos se sintió demasiado impaciente de repetirlo, aunque había sido particularmente tierno y afectuoso, o quizá por eso mismo. Tal vez sentíamos, o al menos tal vez yo sentía algún titubeo ante la posibilidad de forzar la situación, por temor de echar a perder un momento tan episódico pero tan sereno y sin mancha. La cosa es que en nuestro siguiente encuentro no tuvimos que caer en ninguna deriva accidental y más o menos imprevista, sino que emprendimos muy deliberada y lúcidamente el camino de la cama. Pronto esta práctica se convirtió en un hábito. Nunca hacíamos planes ni concertábamos citas cuando nos separábamos, sabiendo que no pasaría mucho tiempo sin volver a encontrarnos, dadas nuestras circunstancias en aquella época; y cuando esto sucedía, teníamos casi infaliblemente la suerte de poder irnos juntos o esperarnos el uno al otro en algún lugar cercano con toda naturalidad, sin intrigas ni trapicheos
    Nuestras sesiones amorosas eran de una armonía y serenidad bastante inusual. Cuando yo le decía que para mí esas sesiones eran especialmente satisfactorias, se mostraba ligeramente

sorprendida —agradablemente sorprendida, por supuesto, pero a mí por mi lado me sorprendía esa modestia. Ella sabía que yo no le mentía por halagarla y yo sabía que su modestia no era fingida. Era una mujer poco llamativa, más bien guapa en el sentido de agradable de ver, pero que no despedía a primera vista, como muchas mujeres, una atmósfera sexy *ineludible. Yo me asombraba un poco, sin darle demasiada importancia, de que su manera de hacer el amor, con toda sencillez y llena de soltura, más dulce que apasionada y más cariñosa que encendida, me dejara cada vez tan plenamente cumplido. Llegué a pensar en algún momento que no era creíble que me gustara tanto una mujer tan pasiva, pero luego pensé que no era propiamente pasiva, sino más bien dócil, y esa docilidad no era una inactividad, sino una especie de actividad solidaria, solidaria con mis iniciativas, por supuesto, pero no por pasividad sino más bien por participación.*

Después del amor solíamos hablar mucho, fumando en la cama, tomando café desnudos, oyendo vagamente música. Nunca tuvimos ninguna reticencia, ni siquiera una coquetería nerviosa o una risita de conejo, para contarnos mutuamente nuestros percances amorosos con otras personas, pasados o presentes. Ella estaba completamente desilusionada de un marido joven y rico pero sin ninguna personalidad y egoístamente pasivo, con el que se había casado puerilmente ilusionada, y desde hacía algún tiempo se había enamorado de otro hombre más joven que ella y al parecer bastante conflictivo. Me contaba cómo este extraño muchacho, con el que apenas había hecho el amor un par de veces, se acercaba a ella muy de vez en cuando para huir en seguida de ella como de alguna negra amenaza, pero luego, a la vez que la mantenía deliberadamente alejada, le enviaba constantemente señales, recordatorios y premoniciones que alimentaban sin cesar su angustia y no le permitían descansar y liberarse de él como quien se cura de una enfermedad persistente.

Yo la consolaba como podía, tratando de no darle consejos impertinentes, ni de proponer, por supuesto, arrancarla de los brazos de aquel amante defectuoso para arrojarla a los míos viriles. La veía sufrir sin perder la naturalidad, sin acogerse al dolor como a un centro, como hacemos tantas veces, aceptando que el dolor existe pero sabiendo que no lo es todo. Sabiendo por ejemplo que su dolor no excluía la paz a la que se acogía entre mis brazos cuando hacíamos el amor de aquella manera tan fraternal, tan espontáneamente cuidadosos el uno con el otro. Yo sabía sin embargo que no era consuelo lo que ella buscaba en nuestros enlaces. En nuestras charlas de después, yo podía tal vez darle algún consuelo verbal, con las cautelas que ya he dicho, pero hubiera sido equivocar las cosas quererla consolar haciéndole el amor. Nuestra ternura en la cama no era el consuelo de ninguna herida, la compensación de nada, la consecuencia de ninguna otra cosa. Ruth no le quitaba nada a esa ternura para dárselo a su otro amor torturado o para ponérselo a su frustración matrimonial, ni le quitaba nada a aquel deseo yugulado para apuntalar aquella paz de nuestros abrazos.

Esa naturalidad era para mí una admirable lección. Yo había aspirado siempre, sin lograrlo nunca, a esa especie de serena aceptación de cualquier cosa que la vida nos depare. Ruth parecía haber superado desde hacía mucho el asombro y el escándalo. Una prueba especialmente llamativa de ello la tuve en un episodio que me relató tranquilamente durante una de nuestras apacibles sesiones. Un día, hacía poco, se había encontrado yendo de compras con una antigua compañera de escuela a la que hacía años que no veía. La encontró muy cam-

biada, vestida con una austeridad casi monjil, sin maquillar y con el pelo recogido. Fueron a tomar un café juntas y su antigua amiga se lanzó enseguida a las confesiones, contándole que desde hacía años mantenía una relación con un hombre mucho mayor que ella, casado y con hijos. Era un hombre rico y de muy buena posición social para quien el divorcio se presentaba como una casi imposibilidad. Para sus encuentros con la amiga de Ruth había alquilado un departamento donde se reunían de vez en cuando por pocos días, haciendo creer a la casera y a los vecinos que eran un matrimonio sujeto a constantes viajes, y donde se comportaban efectivamente durante aquellos breves episodios como un verdadero matrimonio burgués, comiendo en casa, saliendo poco y mostrándose amables y serviciales con los otros inquilinos.

Después de estas confesiones, la amiga insistió en lo importante que sería para ella que Ruth conociera a su peculiar pareja. A Ruth le extrañó un poco esa súbita intimidad amistosa de una compañera a la que no había visto durante años, pero pensó que su amiga debía de estar muy necesitada de una comprensión y tolerancia que seguramente no le era fácil encontrar en su entorno, y no tardó en aceptar la invitación a cenar, un día cercano, en aquel falso hogar familiar. Al compañero de su amiga lo encontró muy parecido a como lo había imaginado: era un hombre corpulento, de noble cabellera intensamente blanca, vestido con muy buen gusto y rebosante de buena educación. Desde el primer momento, él y ella se dedicaron con pertinacia a hacer beber a mi buena Ruth. Cuando la tuvieron suficientemente borracha, la chica empezó a acariciarla y besarla.

Total, que se trataba de que el elegante caballero era enteramente impotente, y la relación consistía en engatusar jóvenes parejas sexuales para ella, mientras él gozaba de las fruiciones del voyeur. *Ruth me comentó, aunque, como de costumbre, sin dar muestra de ningún asombro, que lo curioso era que su amiga estaba realmente apegada a aquel hombre, llena de admiración por él y enteramente supeditada a su voluntad. Pero fui yo, y no ella, quien formuló en voz alta si aquello podría llamarse amor. Después, porque yo nunca he podido ser, ya lo dije, tan impasible como Ruth, no pude dejar de preguntarle "¿Y tú qué hiciste?" Bueno, ya que las cosas habían llegado tan lejos, pensó que nada perdería por probar esos placeres que nunca había probado antes. Yo, por supuesto, le pregunté por el resultado de la prueba. "Bueno, no está tan mal, pero no se compara con la otra cosa."*

Estoy seguro de que aquella experiencia no provocó en Ruth ninguna clase de perturbaciones o agitaciones. Seguramente la colocó en su casilla entre las experiencias de su vida, y no es que no volviera a pensar en ella, pero sería justamente sin sacarla en lo más mínimo de sus casillas. Tal vez se preguntaría alguna vez si no había en ella tendencias lesbianas, pero se lo preguntaría pensando que la respuesta no tenía demasiada importancia; que no sería fácil saberlo con seguridad, pero que cualquiera que fuera la conclusión, la aceptaría con toda naturalidad; pero sobre todo que no iba a desvelarse buscando ansiosamente esa respuesta. Ruth era así. Cuando yo le contaba mis aventuras y desventuras amorosas, me escuchaba como una hermana, pero una hermana que fuera a la vez un amigo, porque yo desde luego nunca he hablado con tanta libertad a mi hermana. No quiero decir con eso que nuestras conversaciones fueran procaces, ni mucho menos, pero yo no podía evitar a veces dar algún detalle sobre las virtudes eróticas de algunas de mis compañeras de cama o sobre alguna peculiaridad de una u otra situación sexual. Ella no entraba nunca en esas minucias; me daba a entender, sin poner el tema en primer plano, que sus abrazos conmigo eran más satisfactorios que con su complicado pseudopretendiente, pero no pasaba de esa cuestión general.

Me contaba que su marido no era celoso, pero no por generosidad o madurez, sino más bien por pereza: como en casi todas las cosas serias de la vida, prefería no enterarse de las posibles amenazas, y desarrollaba muy hábiles estrategias para evitar que nada viniera a abrirle los ojos. Hacía tiempo que ella le había propuesto el divorcio, y de vez en cuando volvía a planteárselo, pero él estaba decidido a que todo siguiera igual y a no preguntar nada. De sus relaciones con aquel joven neurótico hubiera sido fácil encontrar mil huellas y pistas, y ella últimamente daba a su marido cada vez más indicios, con la esperanza de despertar su ira e inducirlo a pedir el divorcio. Pero él seguía heroicamente en Babia, mirando obstinadamente para otro lado y rehuyendo cada vez más las conversaciones con ella y hasta la convivencia con sus hijos.

Ruth evidentemente no era feliz. Y sin embargo yo nunca sentí que pudiera aferrarse a mí como a una salvación. Lo que sucedía entre nosotros sucedía sólo entre nosotros y no era consecuencia, mucho menos compensación de las frustraciones del resto de su vida. Cuando me contaba sus amarguras amorosas, matrimoniales y extramatrimoniales, quería por cierto compartirlas conmigo, pero ni un momento echármelas encima, y no había en su actitud la menor sugerencia de que yo acudiera en su rescate. Nunca tuve con ella la más mínima impresión de que quisiera imponerme nada; ninguna mujer que haya conocido yo antes o después me ha parecido nunca menos dispuesta a invadir mi vida. De esta respetuosa retención estaba hecha la excepcional concordia de nuestra relación, pero también una especie de lealtad bien templada que no era propiamente esa *solidaridad más o menos militante de los que forman equipo, sino más bien la absoluta confianza de cada uno de nosotros en la buena fe del otro, la seguridad inamovible de que ninguno de los estaba en ningún momento tramando nada en secreto o rumiando nada calladamente.*

Es cierto que yo era con Ruth tan poco posesivo, por lo menos, como ella conmigo, pero yo sentía claramente que, aunque nuestras actitudes fueran la misma, el don que representaban era incomparable de uno y otro lado. Yo era un hombre independiente y libre, con bastante futuro todavía por delante, y era difícil distinguir en mi postura lo que era respeto a la libertad y la autonomía de Ruth de lo que sería defensa de mi propia autonomía y huida de los compromisos. Ruth en cambio se enfrentaba bastante desarmada a una adversidad desoladora, y su renuncia a pedir ayuda era por un lado una expresión de su admirable entereza, una entereza que pertenecía a su carácter y se manifestaba en todos los aspectos de su vida y no sólo frente a mí; pero era también por otro lado un verdadero acto de amor, o de amistad, o de hermandad, dirigido personalmente a mí, un deseo de verme libre de complicaciones y de apartar de mí las sombras con las que ella estaba obligada a convivir. Pienso ahora que yo fui sin duda todo el tiempo mucho más egoísta que Ruth. Pero creo poder decir también que si yo hubiera intentado intervenir en defensa de ella, hubiera sido ella misma la que hubiera sentido, a la vez que algún calor de gratitud, una resistencia a ver su vida invadida por aquel pacífico amante cuya figura evidentemente ya no sería la misma. Era también ella la que deseaba que nuestra relación fuera como era, tal vez la que lo necesitaba como el pecador necesita que en algún lugar perviva la inocencia, como el enfermo necesita que haya gente sana y renuncia a desear que todos sufran como él.

Es natural por todo esto que nuestros encuentros se fueran haciendo cada vez menos frecuentes, sin que yo, que tenía por entonces una vida bastante llena, resintiera mucho el cambio. La vida de Ruth, por el contrario, se hacía cada vez más desoladora y ella se apartaba en su desgracia eximiéndome a mí de aquellos sinsabores. Acabé por dejar de verla después de un largo viaje a la vuelta del cual ni yo la busqué ni volvimos a coincidir en aquellos lugares que antes frecuentábamos los dos. Un día me la encontré inesperadamente en la calle. Me pareció sorprendentemente envejecida, auque no propiamente vieja. Me costó algún esfuerzo convencerla de que fuéramos a tomar un café juntos. Me contó sin gran dramatismo los sombríos episodios de su lucha por el divorcio, que por fin había conseguido, pero a qué precio: su marido había aprovechado su mayor riqueza y poder para castigarla por sus culpas, quitarle la custodia de los hijos y dejarla en una triste situación económica que la obligaba ahora a trabajar en míseros empleos desalentadores. Aquel semiamante que tan poco le había dado pero que servía para justificar en parte su castigo había desaparecido también de su vida: apenas le llegaron indicios del divorcio de Ruth cuando se apresuró a poner tierra de por medio.

Al final de esta conversación, durante la cual yo me esforcé por mostrarme todo lo solidario que pude, le propuse que fuéramos un rato a mi departamento, que no quedaba lejos. No quiso. Dijo que estaba ya demasiado vieja para esos percances. Yo protesté con vehemencia que estaba lejos de estar vieja. "Bueno", dijo, "tal vez no estoy vieja en general, pero sí estoy vieja para ti." No se dejó convencer. Alegó que yo no tendría ya el mismo gusto de antes en la cama con ella. Yo argumenté que eso era asunto mío y que además estaba también el gusto de ella, del que no hacía mención. Contestó que ella era ahora una mujer sola y que para ella había pasado ya el tiempo de pensar en los hombres. Así nos separamos. Hasta el último momento ella cuidó el territorio de mi libertad y evitó escrupulosamente intervenir en la coherencia autárquica de mi vida.

7

Mi querida E.:

Hoy llueve en Sevilla (porque también en Sevilla llueve alguna vez), y me siento lleno de evocaciones y melancolías. Es curioso que la lluvia me coloque siempre imaginariamente en situaciones de mi más extrema juventud. O tal vez no es sólo la lluvia, sino cualquier viraje del clima o del ambiente, lo que me empuja insensiblemente a cotejar esa novedad en mi entorno con las más antiguas y arquetípicas experiencias de un cambio semejante en mi remota memoria. Si las impresiones de mi ambiente se prolongan algún tiempo sin cambios notables, tiendo a no ser ya consciente de ellas, pero si hay un cambio brusco, mis sentidos despiertan por fin como si preguntaran "¿qué es esto?" Pero la respuesta viene en otro tiempo verbal: "Esto *era* la lluvia, esto *era* el frío, esto *era* la dulzura otoñal..." ¿Cosas de la edad? Estoy dispuesto a aceptarlo, y sin embargo tengo la impresión de que, fuera de la más estricta y olvidada infancia, siempre descifré mis emociones refiriéndolas a sus más antiguos equivalentes, rodeados en un pasado prestigioso de la aureola de los arquetipos.

Sea como sea, hoy me salí a pasear bajo la lluvia como en los más sentimentales días de mi adolescencia. Estuve deambulando ociosamente por las márgenes del río. Pocos espectáculos son tan logrados, tan redondos como un río bajo la lluvia. Antes del cine, sólo algún pintor chino o japonés era capaz de expresar la emoción absolutamente peculiar de ese espectáculo. Esa agua que viaja dormida, besada en sueños por otra agua atomizada y vastamente ondulante. Ese abrazo acribillado que se prolonga en un espacio radicalmente inabordable, un espacio intocable aunque tan cercano, a la vez íntimo y como geológico.

Estoy seguro de que eres consciente, querida mía, de que con el solo hecho de contarte estas cosas te estoy diciendo a la vez que no estuve solo en mi melancólico paseo. Todo el tiempo viniste a mi lado y ni un momento dejé de hablar contigo. No eran los tiempos que compartimos los que recorría en mi evocación, pero era a ti a quien te lo contaba. ¿Te das cuenta de lo que has destapado, querida Pandora, al poner el dedo en la llaga de mi aciaga adicción a la escritura? Sin querer te has hecho mi cómplice –o quieras que no, te he hecho mi cómplice. *Hypocrite lectrice, ma semblable, ma soeur.*

Espero sin embargo no rebasar los límites de tu resistencia, porque te esperan sin duda muchas páginas más, parecidas a ésta o no tan parecidas a ésta. Y también, seguramente, muchas aclaraciones, pues veo que ya has empezado a pedir alguna, y sospecho que no hay motivo para que no sigas por ese camino. ¿Y yo? ¿Iré a pedirte también aclaraciones, o estoy tal vez pidiéndotelas ya? Espero en todo caso que no te sientas nunca atropellada, y te pido de antemano que me hagas una advertencia apenas sospeches que me estoy excediendo.

Tras lo cual me despido con mucha humildad y unos pocos besos.

JUAN

8

Gracias, querida Elvira, por tus tranquilizadoras palabras. Desde luego me quita un peso de encima contar con tu benevolencia como lectora y cómplice —y nada hipócrita, por supuesto, perdón por haberme dejado llevar por la cita, aunque en un sentido tan impersonal y hasta despersonalizado como el que se percibe en las palabras del propio Baudelaire. Era una broma, naturalmente, que sólo me permití porque sé que eres de esas personas lúcidas y serenas para quienes confesar nuestras humanas lacras, como la purulenta hipocresía, no implica ningún agravio personal. Y justamente en la circunstancia es imprescindible que tanto tú como yo reconozcamos nuestros lunares de hipocresía, que es la única manera de poder curarnos un poco de ella. Porque vamos a rondar todo el tiempo muy cerca de ese condenable proceder en cada declaración que nos hagamos y en cada comentario que le dediquemos.

Pero ahora me paso a un terreno un poco menos movedizo para darte algunas noticias de tu protegida. De momento lleva una vida muy ordenada e independiente —o que aparece como tal a mis ojos. Después de un primer periodo dedicado a sus trámites de estudiante extranjera, durante el cual parecía bastante agitada, agotada y de mal humor, se calmó visiblemente cuando entró en la rutina de los cursos y los estudios. Tengo la impresión de que todavía no ha hecho amistades, o sólo muy incipientemente. Eso me sugirió la idea de presentarle hace poco a mi tía Brígida.

Mi tía es una mujer mayor, pero menor que yo, prima de mi madre, de ésas que, de desfase en desfase del árbol genealógico, acaban siendo, cronológicamente, de otra generación, pero que a la vez militan en la de sus colaterales por una especie de lealtad horizontal. Eso le da cierta movilidad que casa muy bien con su manera de ser. Es locuaz, dicharachera, algo impetuosa, llama a todo el mundo «*corasón*», «mi alma», «vida mía», y sólo se siente del todo en su casa cuando pisa el terreno de las confidencias. Tengo la impresión de que ese acto de hospitalidad fue un acierto. Cecilia adoptó en seguida una actitud filial reposante para todos, su tono se hizo mucho más dulce y melodioso que cuando hablaba conmigo, y Brígida se puso visiblemente clueca esponjando las plumas de su *corasón* con una satisfacción de hembra acogedora universal.

Bueno, querida, no me dejes demasiado tiempo sin respuesta. Cada vez que deposito en el buzón una carta para ti, entro en una cuenta atrás que va avinagrando progresivamente mis días de espera. Piensa en eso, *mi raccomando*.

JUAN

9

Mi querida Elvira:

No entiendo qué interés puedes encontrar en que te cuente a estas alturas mi vieja historia con Isabel. Además esta vez te has equivocado: es cierto que entre los esbozos autobiográficos que te he mencionado varias veces, hay no pocos pasajes que relatan historias de amor, pero esa historia en particular no es una de ellas. Reconozco que he sido yo mismo quien ha propuesto que nos entreguemos a las recapitulaciones, confesiones y aclaraciones, y tienes derecho a pedirme que sea congruente con mis propios principios. Pero yo esperaba que empezaríamos por algo menos indiscreto. Comprendo que escuchar historias como ésa, donde conoces personalmente a casi todos los participantes, te haga más ilusión que leer el relato de algún episodio donde todo te es ajeno, pero recuerda que aceptaste generosamente ser mi lectora única y solidaria, y no puedes ignorar lo cruel que sería negar ahora ese piadoso oído a un escritor vergonzante que tuvo que vencer, es obvio, muchas angustias y timideces para atreverse a confesar su vicio.

Yo te ofrezco otro tanto en reciprocidad. Estoy dispuesto a escuchar sin señales de impaciencia lo mismo los capítulos de tu vida o de tus reflexiones que más despiertan mi curiosidad, que los que tú desees o necesites echar fuera y para los que pidas un oído paciente y afectuoso. Tal vez me esté mal decirlo, pero habrás notado por ejemplo que nunca he vuelto a mencionar al tal Federico. Y sin embargo es fácil adivinar que en este humor memorioso en que me ha sumergido nuestra correspondencia, tiendo a repasar sobre todo los recuerdos que tú y yo compartimos. Y conste que no hay en esos repasos ni reclamaciones, ni reproches, ni preguntas impertinentes. Pero sí me gustaría que evocáramos juntos algunas experiencias que nunca he olvidado, para que me ayudes a evocarlas mejor, porque tal vez sabes ya, y lo sabrás con mayor certeza cuando tengas mis años, que al final saber qué fue de verdad lo que le pasó a uno es lo único que justifica haber vivido.

Y con esto te mando hoy uno de mis mejores besos,

JUAN

10

Pero Elvira, por Dios, ¿vamos a empezar ya a discutir como los matrimonios fracasados o como esas parejitas bobas de niño mimado novio de niña mimada? ¿Cómo se te puede ocurrir, aunque sea en broma, que estoy escabulléndome de ti, como si tuviera algo que ocultarte en la historia de Isabel o en cualquier otra historia? ¿O que trato de sonsacarte no sé qué intimidades por no sé qué morbosas curiosidades? Pero sospecho que todo es una estrategia para hacerme hablar, para sonsacarme, justamente, tú a mí. El tono de guasa de tus acusaciones no me engaña. Burla o no burla, te las arreglas para que yo quede como un botarate si no te cuento lo que tú quieres. ¿Voy a tener que concluir que eres chismosa y yo no me había enterado todos estos años?

Pero basta de bromas por mi lado también. Lo que pasa es que no es fácil contar así esa historia. No sé por dónde empezar. Si la escribiera para mí, pronto decidiría por dónde empezar y por dónde acabar y más o menos qué contar y en qué tono. Si estuviéramos hablando de viva voz, tú me preguntarías y tu interrogatorio sería el guión inevitable de mi relato. Pero una correspondencia no es ni lo uno ni lo otro, y de pronto me doy cuenta de lo temerariamente que me he metido en esta aventura de repasos y recapitulaciones dentro del corsé oprimente de una diálogo epistolar. ¿Cómo adivinar qué es lo que te interesa de esa historia mía? ¿Cómo adivinar en qué se convertirá en tu imaginación lo que yo pueda contarte?

Pero que tú ganas es evidente. Tendré que adivinarlo todo, empezando por tus preguntas. ¿Que dónde nos conocimos, por ejemplo? Nada más vulgar: en Acapulco. Pero debo decir en mi descargo que yo estaba allí trabajando. En un congreso de tantos, que se celebraba, como suele suceder, en un hotel de lujo: el Presidente, uno de los más caros de la ciudad, según creo. Me la presentó Gercourt, un amigo francés que estaba casualmente en el hotel. En mis numerosas horas libres (pues por algo esos congresos se hacen en centros turísticos paradisiacos) tomé copas varias veces con él y su bella acompañante, y me enteré de que ella se alojaba en un hotel menos lujoso, donde descansaba de las fatigas del hogar, de unos hijos agobiantes, por supuesto, pero yo sospeché en seguida que más aún de un marido desalentador. No me fue difícil hacerme el encontradizo en las playas aledañas a su hotel, y en el bar del mismo, sin Gercourt, nos desvelamos bastante tomando muchas más copas que las que serían recomendables. La conversación se hizo pronto bastante íntima. Cuando le hablé de Gercourt poniendo cara de cómplice, para sondear qué clase de relación había entre ellos, me sorprendió revelándome que mi amigo era homosexual. Yo me sentí bastante pazguato de no haberlo adivinado después de varios años de trato no muy asiduo pero repetido. Tuve que decirme con saludable autoironía que en realidad me había convenido ese despiste, que me había permitido aquella estrategia exploradora. La cual surtió claramente algún efecto, porque a partir de allí Isabel se dejó ir más y más a las confidencias, con ayuda del alcohol, naturalmente, pero yo estaba convencido de que no era el alcohol lo que la llevaba a las confidencias, sino las ganas de hacerme confidencias lo que la empujaba a beber.

Aquí, querida Elvira, tengo que interrumpirme para introducir unas consideraciones insoslayables. Estoy a punto de contarte algunas intimidades de una tercera persona, y de pronto me sobrecoge verme en la figura de un cínico sin escrúpulos: de pronto estas cartas me suenan a la perversa correpondencia de una novela libertina. ¿Estaríamos tú y yo escribiendo sin darnos cuenta *Las relacionaes peligrosas*? ¿Soy yo el vizconde de Valmont y eres tú la marquesa de Merteuil, para hablar de otros seres humanos con esa ausencia de todo límite moral y ese desprecio de nuestros semejantes? Podríamos proponer que ante ti puedo dejar al desnudo a Isabel sobre el presupuesto de que te aprecio, te estimo, te respeto y te quiero más a ti que a ella. Pero ¿no es justamente eso lo que le pasa a Valmont? Es claro que desea tan obsesivamente hacer el amor con Mme de Merteuil, tal como ella le ha prometido en prenda de su apuesta, que el respeto a Mme de Tourvel le resulta una nimiedad. Y es eso lo que resulta monstruoso a los ojos del lector. Ni siquiera la frustración del premio prometido, ni el fracaso final de una y otro libertinos, ni lo que bien podemos llamar su castigo celestial mitigan esa impresión escandalizada.

Y fíjate, Elvira: la situación es especialmente escandalosa *por tratarse de una carta*. Exhibir públicamente, a voz en grito, las intimidades de una persona es una violación menos mortífera que revelárselas en privado, *en secreto*, a una persona particular, una persona malevolente, o simplemente que podría volverse malevolente sin la menor traba, porque lo indignante de esa situación es que las personas que despellejan así a su prójimo no están expuestas a su vez a la censura pública, como lo está quien vitupera en la plaza a otra persona. Contarte *en una carta* cosas que supongo que no te contaría Isabel misma no parece precisamente una conducta ejemplar.

Pero tampoco me han de faltar —ya me conoces— contraargumentos. *Las relaciones peligrosas* es una novela: todos los personajes, empezando por Valmont y Mme de Merteuil, son ficticios e intercambian cartas igualmente ficticias. Mientras que tú y yo somos reales e intercambiamos una correspondencia real, en la que la única ficción son los engendros que yo pueda enviarte, o tal vez la ilusión momentánea de que yo era un verdadero escritor y no el plumífero escondido, secreto y vergonzante que tienes derecho a pensar que soy, y tú mi devota y agradecida lectora. Y además, mi buena Elvira, ni yo he hecho ninguna apuesta, ni tú me has ofrecido ningún vertiginoso premio. En ese terreno estamos del otro lado de la barrera, a salvo, en nuestra tranquila orilla, de aquellos dramáticos naufragios de nuestra juventud.

Es claro que por hoy ya me he excedido bastante. La continuación (si hay una continuación) tendrá que ser otro día —y después de haber leído tu réplica.

Tuyo,
Juan

11

Ma chère Marquise,
    Créeme que adiviné que ibas a protestar contra mi descripción de los males epistolares. Es verdad, como dices, que en esa cuestión de los géneros, las formas y los modos, caben diferentes actitudes. Pero no creo que, en nuestro caso particular, mi recelo ante la forma epistolar de nuestras confesiones se deba a que yo considero esas confesiones como un detalle secundario de la forma epistolar, en lugar de ver en esa forma un rasgo exterior de nuestras confesiones. En rigor, lo que me preocupa no es que tenga o no forma de carta lo que me dispongo a contarte. Lo que me inquieta es si no estamos hurgando *a escondidas* en las vidas de otras personas, y para el caso lo mismo da que nos escondamos detrás de un sobre cerrado legalmente inviolable, o detrás de un cuchicheo por los rincones que no dejamos escuchar a nadie.
    ¿Seríamos menos cínicos, *chère Marquise*, si utilizáramos ese invento ulterior llamado teléfono? De viva voz (o de telefónica voz), mi alegre desvergüenza sería la misma al contarte cómo aquella noche del bar Isabel acabó por ser tan desleal hablando de su marido como yo ahora hablándote de ella. Cuando sintió que tenía bastante alcohol en las venas como para perdonarse a sí misma cualquier imprudencia, me confesó sus grandes sospechas de que no sólo Gercourt, también su marido abrigaba fuertes tendencias homosexuales. Se suponía que Gercourt, amable y nada peligroso escudero, cuidaría galantemente a la solitaria Isabel en Acapulco, aunque un poco de lejos, porque tampoco le hubiera gustado demasiado que Isabel siguiera de cerca sus aventuras hoteleras. Pero ella maliciaba que era otra la complicidad con

su marido, al que cubría desde aquella avanzadilla para que se entregara tranquilo en la capital a sus devaneos clandestinos.

En esos momentos, ma chère, yo estaba enteramente conmovido por las injustas heridas infligidas a aquella delicada mujer, la encontraba absolutamente seductora, y no podía dejar de pensar para mis adentros: *po-verina, po-verina*. Le conté a mi vez diversos episodios lamentables de mi vida amorosa, por solidaridad y para alimentar aquella otra borrachera, la borrachera sentimental en la que uno y otra estábamos dispuestos a revolcarnos todo el tiempo posible, como en un lecho profundo donde nos fundíamos ya en un abrazo imaginario. Cuando llegó la hora de retirarnos, era fácil adivinar que yo preguntaría si de veras tenía que dormir en mi cama de mi hotel, y que ella me sonreiría comprensiva pero pidiéndome que no estropeara las cosas con mi precipitación.

Buen momento, ¿no crees?, para cerrar el capítulo, porque *ce cher Vicomte* empieza a resultarme insostenible, y empiezo también a arrepentirme de meterte tan abusivamente en el papel de *Mme la marquise de Merteuil*.

Bons baisers de ton

VALMONT

12

Elvira querida:

Desde luego pido perdón. Pero a la vez te pido que consideres todo eso como una «ficción». Quedamos en que aceptabas ser a la vez mi confidente y mi lectora. La cosa es que muchas veces va a ser difícil trazar la frontera entre lo uno y lo otro. Como es difícil en general trazar la frontera entre la realidad y la ficción.

Y ahora que lo digo, pienso que tal vez fue eso lo que me impidió siempre ser un «verdadero» escritor. Si yo hubiera logrado tan sólo una vez en la vida construir una verdadera ficción, que se sostuviera sola sin estar empapada por todas partes de esos chorros de realidad que se le filtraban por todas la grietas, tal vez hubiera hecho ese gesto escalofriantemente audaz que consiste en *asumir*: soy un escritor.

Pero dejemos eso. Lo que quería decirte es que no se me ocurriría ni por un momento igualarte *en la realidad* con la marquesa de Merteuil. Pero si yo me evado en la ficción hablando como el vizconde de Valmont, mi corresponsal toma en esa ficción la figura de Mme de Merteuil. Te confesaré que también a mí me da bastante mareo navegar en esa procelosa ambigüedad. Entramos y salimos de esas esferas ficticias cruzando la frontera más flotante y nebulosa del mundo. Acabo de declarar que nunca he sabido fijar con alguna firmeza esa frontera. Pero ahora veo el otro lado de la medalla y casi me felicito de mi impotencia. Porque si yo fuera el autor de una obra de ficción impermeable a mi vida o a la tuya (o a la de cualquiera de mis lectores), sería seguramente un escritor premiado y celebrado, pero a mí mismo mi obra me parecería enteramente superflua.

Cruzo pues de este lado de la frontera para acabar de contarte, con impudicia pero ya no (o eso espero) con cinismo, mi historia con Isabel. Durante aquellos días de Acapulco no hubo tiempo para mucho más. Casi no volví a verla a solas, y lo más que pude hacer fue darle todos los indicios posibles de que estaba impresionado e interesado en ella y de que no intentaría forzarla en ninguna medida. Yo regresaba a París y me despedí dándole mis señas e insinuando que allí estaría esperándola.

En efecto, unos meses después apareció allá y entonces no fue necesario decir nada para que durmiera desde la primera noche en mi cama. Fue una época maravillosa. Yo trabajaba en la UNESCO, como sabes, y nos encontrábamos al final de mi jornada, cuando ella había tenido ya todo el comienzo del día para sus compras, sus visitas, sus peluquerías y su repaso de *boutiques*. Se ponía enteramente en mis manos y aceptaba con encantadora docilidad el programa que yo proponía cada tarde. Yo le decía a menudo que me había convertido en un neodiletante. Antes de su llegada, me sentía ya tan habituado a París, que pospondría casi siempre el ir a los museos, a los estrenos, a volver a admirar los monumentos. Pero ahora, al guiarla a ella entre todas aquellas riquezas y al volverlas a ver emparejando mi mirada con la suya, recuperaba una especie de inocencia que excitaba mi entusiasmo como en mi primer encuentro con la seductora Lutèce. Las noches eran, por decirlo de alguna manera, muy satisfactorias, unas veces en su cuarto de hotel cinco estrellas, otras veces en mi apartamento del Neuvième arrondissement.

La brevedad de aquel periodo contribuyó sin duda a su perfección. A la hora de la despedida sentí una tristeza honda y desvalida, una tristeza de niño sacado de la fiesta. Pero a la vez sabía que esa tristeza redondeaba una aventura impecable, sin sombra ni reproche. Isabel había sido todo el tiempo dulcemente alegre, de una alegría discreta, sin exclamaciones, más risueña que jocosa, más mimosa que vehemente. Con su partida perdía una compañía calurosa y apaciguante, pero me quedaba un recuerdo más que reconfortante, una nostalgia enamorada que casi me hacía tanta compañía como Isabel misma cuando estaba a mi lado. Nos separamos, por supuesto, prometiéndonos que volveríamos a encontrarnos, aunque claro que yo no hubiera podido imaginar entonces lo que fue después ese encuentro.

Pero eso es otra historia, y la que te prometí contarte es ésta. No quiero (todavía) hacerte reproches, pero te hago notar que estamos en franca desigualdad en nuestras recíprocas confesiones. Creo sin embargo que todavía mereces que te mande un beso cariñoso.

JUAN

13

Querida mía:

Eso no era una carta, era una avalancha. Me pregunto qué cuerda sensible habré tocado inadvertidamente para hacerte pasar así de tu habitual parquedad al extremo opuesto. Pero comprenderás que no puedo responder de una vez a todas tus declaraciones, preguntas y exigencias. Tendré que repartir mis réplicas en varias cartas y posiblemente en varios capítulos. Empezaré por lo *menos* urgente, que es una táctica defensiva bastante recomendable.

Con respecto a Cecilia, puedo casi decir que te me has adelantado. Hace tiempo que ando rumiando mandarte más información sobre tu *protégée*. Contarte por ejemplo la visita que hicimos unas semanas atrás a casa de mi tía Brígida. Cuando nos hizo la invitación por teléfono, terminó diciendo «...y así Cecilia conoce a Luisito.» Comprendí que de eso se trataba. (Luisito, lo habrás adivinado, es su hijo —y mi primo, *alas!*).

La casa de mi tía parece hecha adrede para filmar en ella una de aquellas películas donde todo el mundo decía «¡Josú!», llevaba sombrero calañés y se creía gracioso. Tiene un patio de azulejos, macetones, rejas forjadas, claveles a profusión. Mi tía nos sirvió en el patio una manzanilla estupenda acompañada de alfajores y otros dulces folclóricos: «Anda, niña, tómate otra, que una cosa tan fina no puede ser pecado.»

Cecilia estaba efectivamente un poco intimidada. No tanto por mi tía como por Luisito, naturalmente. Con Brígida, ya te lo dije, creo que se entendió desde el principio. Pero Luisito empezó tuteándola directamente, a la española, cosa a la que ella, supongo, no debe estar acostumbrada. Y se puso en seguida inquisitivo, seguramente imaginándose que se mostraba con eso galantemente interesado, pero en realidad desconcertando lamentablemente a la pobre Cecilia. La escena era bastante cómica, y yo me preguntaba si tú, de haber estado presente, le encontrarías lo pintoresco o por el contrario estarías pasando un mal rato en nombre de los demás. Luisito apremiaba a Cecilia con preguntas enteramente desplazadas sobre sus estudios, de los que no entendía absolutamente nada (¡filología, figúrate!). "Ah, ¿eso de los rollos del Mar Muerto?" —Bueno, sí, también, pero de momento llevamos latín y griego nomás. —Griego, ¡jolín!" Y se inclinaba de lado en su silla de hierro, torciendo el torso, para estar más cerca de ella. "A ver, dime algo en griego." Cecilia se rebullía acorralada, lanzándome angustiadas miradas de auxilio, porque, después de todo, yo resultaba su único amparo. Yo la veía aferrarse al brazo metálico de la silla casi levantándose en vilo de su asiento, como a punto de salir corriendo. Luisito le escudriñaba la cara sin ningún recato. Tiene unos ojos negros redondos y sin brillo debajo de unas cejas igualmente negras pero más brillantes, de un arco perfecto como de dibujo ingenuo. A ella se le ponía tieso el cogote y la espalda tratando de no echarse para atrás ante el aliento agrio de aquel hombrecito de sonrisa ansiosa. Yo sonreía a Cecilia con toda la solidaridad que podía; pensaba que en realidad hubiera encontrado mejor refugio en Brígida, pero sin duda le resultaba un poco retorcido protegerse de aquel botarate bajo las alas de su propia madre. Por supuesto, a mí eso me halagaba y no dejaba de conmoverme, pero a la vez veía que mi tía, madre o no madre, entendía también perfectamente la situación, y en las pocas miradas que cruzamos ella y yo la cosa quedaba clara. Conozco a mi tía, y estoy esperando de un momento a otro que me busque para hablar del caso. Será una conversación con algunas dificultades, pero estoy seguro de que me gustará.

En todo caso fue Brígida, por supuesto, y no yo, quien le echó a Cecilia un salvavidas. Interrumpió con aplomo de madre proveedora a su impertinente hijo, que seguía torturando a la inerme Cecilia preguntándole si había probado el jamón de Huelva, si había estado en el Escorial, y si era verdad que en Suramérica la judías verdes se llamaban cauchas o chauchas o no sé qué... "Dime, niña", terció Brígida, "¿te ha contado Juanito de quién era el cuarto donde duermes ahora?" Y se lanzó a relatar la historia de la tía Julieta, que se casó con un jugador empedernido y que se fue a vivir con él a un pueblo de Almería, donde un día oyó repicar las campanas, y al preguntar por qué repicaban, le dijeron que era porque su marido lo había perdido todo al juego, incluso la silla en que estaba sentada cosiendo. La tía Julieta no quiso nunca regresar a Sevilla, donde la casa paterna hubiera estado abierta para ella, y vivió hasta su muerte de coser y remendar ropa ajena, abandonada por un marido que huyó a esconder su vergüenza en Cuba y nunca se supo más de él; y por eso ahora ocupo yo la vieja casa familiar. Mi tía sabe contar historias, las salpica con gestos de las manos un poco de bailaora flamenca, sonoras risotadas y miradas pícaras que buscan la complicidad del oyente. Todo eso fue calmando a Cecilia y por fin le hizo distender el ceño hasta que su mirada recobró su chispa sonriente habitual.

Bueno, querida, pronto seguirá otra carta con consideraciones menos divertidas. En la espera, ve preparando la siguiente de estas andanadas tuyas que me dan bastante miedo pero me llenan de ánimo.

Un beso,
JUAN

14

Querida:

Inútil seguir aplazando el heroico enfrentamiento con tu rigor inquisitivo. Salgo pues a la liza temerariamente.

Si te conociera menos, podría tal vez dolerme un poco de tu manera de aludir a nuestro pasado. Conociéndote, sé que cuando dices que *no entiendes* qué fue lo que te pasó, estás haciendo en realidad de este interrogatorio un duelo de inteligencias. En cuanto tal duelo, me doy por vencido de antemano: sé que contigo sería vano intentar competir en inteligencia. Pero este intercambio no es sólo eso. Nuestra brillante esgrima tiene también un contenido lleno de sentido real, incluso de sentido «humano», como dicen en las revistas del corazón. Es en ese terreno donde me atrevo a confrontar mi postura con la tuya, e insisto en eso porque espero que descubras que tiene mucho que ver con el asunto.

¿Qué tengo que entender yo en eso de que tú no entiendas qué te pasó? Ante todo, sin duda, que no es tu culpa o tu responsabilidad. ¿Es la mía entonces? ¿O fue un destino sobrenatural —o natural, da igual, pero superior a ti y a mí–, del que no podríamos responder? En un sentido, yo estaría de acuerdo con eso, pero me temo que no es en ese sentido en el que estás pensando. Yo por mi lado pienso en una clase de «destino» que no nos exime de nuestra responsabilidad. «Sobrenatural», si quieres llamarlo así, y que por tanto no es de este mundo, que es en cambio el mundo donde tú y yo vivimos lo que vivimos.

Pero no es eso, ¿verdad? Cuando dices que «nada te preparaba para aquello», sé bien lo que quieres decir. Llevabas una vida satisfactoria, eras una mujer irreprochable, en paz consigo misma, un sí es no es orgullosa de sí misma, junto a un marido igualmente satisfactorio con el que eras «feliz». Y de pronto llega alguien que no has buscado, que no has llamado, que no has querido, y todo aquel castillo de naipes se viene abajo. Una desgracia, obviamente, algo que tú ni buscaste ni deseaste.

¿Fue sin querer entonces? ¿Te hice yo caer, te tenté, te engañé? Mira un poco atrás, Elvira, acuérdate de esa historia como fue en realidad, como la viviste —la vivimos— entonces y no como la deforma una memoria sumaria y más bien mecánica. ¿Piensas de veras que describes mejor lo que sucedió entonces diciendo que te seduje que diciendo que nos sedujimos? ¿Crees que sólo Romeo seduce a Julieta y que Julieta no seduce a Romeo; que Calixto seduce a Melibea y no es seducido por ella; que Tristán e Isolda no se seducen mutuamente desde antes de probar el oportuno filtro de amor? ¿Crees incluso que tu ilustre tocaya es unilateralmente víctima de mi ilustre tocayo: que Doña Elvira no seduce a Don Juan? Si tienes alguna grabación del *Don Giovanni* de Mozart, escucha lo que dice nuestro héroe la primera vez que aparece Donna Elvira:

Poverina, poverina,
Cerchiam di consolare il suo tormento.

Es cierto que en esa escena no ha reconocido a Elvira y no sabe quién es esa pobrecilla cuyo tormento tratará de consolar. ¿Pero no es justamente eso lo que implica el estar seducido? Puedo dejarme seducir por alguien que sé quién es, pero no *porque* sé quién es. Aunque lo sepa, si estoy de veras seducido, es que lo estoy como si no lo supiera. Si necesito saber quién es quien me seduce, me estoy engañando: no estoy seducido. Imponerse no es seducir, y menos aún chantajear o sobornar, y no digamos comprar. Nadie pretende haber seducido a una prostituta a la que paga por sus caricias. Más adelante, en ese mismo Primer Acto, Don Juan canta en cuarteto con Ana, Octavio y Elvira, expresando su angustia (*spavento*), que le dice sobre esa desdichada cien cosas que no entiende:

> *Che mi dice per quella infelice*
> *Cento cose che intender non sa.*

No cabe duda de que Don Juan está seducido. A lo cual podría añadir cientos de pasajes de Casanova donde declara estar seducido, y hasta enamorado, mucho más a menudo que estar seguro de tener seducida a la mujer ansiada.

Pero la tradición literaria no es el único recurso que puedo utilizar en apoyo de mi tesis. Te contaré una anécdota muy indiscreta, sobre el entendido de que el interesado está suficientemente alejado de ti para que mi indiscreción no le afecte. ¿Te acuerdas de Nacho, el pianista? Hace muchos años me contó que cuando estaba luchando por aceptar su homosexualidad, una frase de su psicoanalista le hirió como una puñalada. Había relatado muy dolorosamente, en una sesión anterior, que cuando no era todavía del todo adolescente, un amigo algo mayor lo había violado de manera bastante brutal, y al terminar, se había reído soezmente de sus lágrimas y gemidos. En una sesión posterior, el psicoanalista empezó diciendo: «Cuando usted sedujo a su amiguito...» Nacho saltó como un resorte: «¿¿Cómo? ¿que yo seduje...?» «Sí, que usted sedujo...»

No pretendo recurrir a tu inconsciente para que te confieses seductora, todo lo contrario, puesto que estoy invocando tu responsabilidad. No creo que la seducción esté confinada en el inconsciente, pero tampoco que se reduzca a la esfera de la voluntad. Es como la respiración: uno puede respirar porque quiere, pero no puede no respirar porque no quiere. La cosa es que uno es responsable de respirar aunque respire sin querer, es decir sin proponérselo. Salvo ante la asfixia, o sea ante la muerte. ¿Hay una seducción ante la muerte –un dilema seducir o morir? Tal vez, pero sería en un sentido muy especial, un sentido muy simbólico. Es claro que ni tú ni yo corríamos ningún riesgo de muerte literal si no nos seducíamos. Pero de muerte simbólica, no estoy tan seguro. No te ibas a morir si no me seducías, no te ibas a ahogar si no respirabas. Pero era *como si* te fueras a morir, te fueras a ahogar. No querías, pero ¿fuiste tú, o no fuiste tú quien me sedujo? Por mi lado, me hago enteramente responsable de haberte seducido —en la medida en que lo consiguiera, porque una cosa es ser responsable y otra ser inmodesto.

Me tranquiliza pensar que vas a rumiar un buen rato tu respuesta, porque si me contestaras al calor de la argumentación, puede que me atacaras más de la cuenta.

    Un beso conciliatorio de tu aprensivo

GIOVANNI

15

Mia cara Donna Elvira:

Estoy perfectamente dispuesto a darte la razón en cuanto al *povero* Nacho: en efecto, eso es una violación, y justificar una violación culpabilizando a la víctima es una actitud inadmisible. Pocas cosas me han indignado más en la vida que leer que ciertos jueces absuelven a algunos violadores con el argumento de que las chicas enseñan mucho las piernas o llevan pantalones muy ajustados. Acepto también que tu condición de mujer te prepara para entender eso mejor que yo, aunque no creo que puedas tomar esa diferencia en un sentido demasiado absoluto: ya ves que también un hombre puede ser violado −hasta un psicoanalista puede ser violado. Y eso es lo que me inclina a pensar que este psicoanalista en particular no estaba en efecto justificando la violación de Nacho, sino intentando que Nacho no utilizara a su vez una experiencia tan tremenda (tan traumatizante, diría probablemente él) para echar una cortina *inviolable* sobre algún aspecto de su persona. Porque lo que hay que decirles a esos jueces misóginos y deficientes mentales es que nadie niega que los muslos al aire de las chicas y sus nalgas bien empacadas sean excitantes, pero es barbarie decir que si una mujer nos excita tenemos derecho a violarla. La represión fomenta la mentira por todos lados: miente el represor y miente el reprimido.

Lo que sí es cierto en todo caso es que si también un hombre puede ser violado, aunque sea menos frecuente, casi puede decirse que nunca una mujer puede violar. O sólo en un sentido más o menos simbólico −y ya volvemos a eso. Los hombres somos todos violadores potenciales, pero también violados potenciales. Piensa en el lenguaje soez en nuestro tosco español (en sus mil variedades) y verás que está atiborrado de la amenaza, y el miedo correspondiente, de la violación de hombre a hombre. «Te la meto; me la mamas; vete a tomar por el culo; me lo chingué; no me jodas», y muchas otras lindezas en las diferentes variedades nacionales del español. Un hombre cabal se hace cabal venciendo dos miedos: el miedo a violar y el miedo a ser violado. Las mujeres en cambio sólo sufren uno de esos miedos. Pero estoy de acuerdo en que esa sola diferencia basta para que la mujer tenga sobre este asunto una mirada mucho más limpia que la del hombre. Porque no hay que olvidar además que ese miedo masculino a violar se invierte fácilmente en un miedo a *no* violar, o sea, simbólicamente, a no ser el macho dominante de la manada, a no disponer de una mujer sumisa y solícita, a *tener que seducir.*

La acusación del psicoanalista a Nacho era probablemente demasiado brutal, puesto que el acusado había sido efectivamente violado. Supongo que el doctor se juzgaba justificado por el valor terapéutico que esperaba de ese trauma. Tal vez pensaba que el hecho de que el violador se sintiera seducido por Nacho no suprimía en absoluto el carácter criminal de su violación, pero a la vez quería que Nacho aceptara, o por lo menos fuera capaz de imaginar, que su violador estaba seducido. A mí por supuesto me repugna llamarlo así, como estoy seguro de que te repugna a ti, y preferiría decir que estaba «tentado» o algo así. Pero sigue siendo cierto que no es lo mismo seducir que querer seducir, tentar que querer tentar, respirar que querer respirar. Y para un psicoanalista, me parece, la verdad de la respiración hay que buscarla en la respiración involuntaria, o sea en el Inconsciente.

Pero yo, es claro que no te violé. ¿Es por eso por lo que dudas de que estuviera seducido? No voy a decir, naturalmente, que te propusieras deliberadamente seducirme. Bien sé, ya te lo dije, que en medio de tu vida de entonces esa idea hubiera sido completamente disparatada. Pero no hace falta ser psicoanalista para saber que no es lo mismo lo que nos proponemos que lo que deseamos. Lo que implica tu duda de que yo estuviera seducido es la sugerencia de que yo sí tenía un propósito deliberado de seducirte. Cosa, *mia cara Donna Elvira*, que he confesado no sé cuántas veces ante tu severo tribunal. Pero ese seductor, diríamos, profesional, que arma fríamente su estrategia para llevar a la cama innumerables mujeres, es un personaje bastante improbable, *mia piccola amica*. Lo encontrarás quizá en películas malas y en relatos rudimentarios; en la vida real malamente logra existir fuera de la fantasía de algunos adolescentes encogidos y algunos adultos defectuosos. Y aun suponiendo que exista, no son así ni el hombre seducido que se propone seducir a su seductora, ni el que se propone que su seductora asuma su propia seducción, seduzca sin ocultación ni represión, respire a gusto, seduzca a pleno pulmón.

¿Te suena eso, aunque sea guardando las distancias, aunque sea «idealizando» un poco, a nuestra propia historia? Voy a tratar de resumirlo en una fórmula, peligrosamente escueta como todas las fórmulas, y que someto a tu temible crítica: mi seducción consistió siempre en pedirte que me sedujeras.

Il tuo fedele e sedotto
GIOVANNI

16

Ma très-chère Marquise:

Hoy es el día que no he acabado aún de responder a vuestra misiva anterior; ya os dije que tendría que ir por partes. Pero tengo que demorar esa continuación para hacer frente a vuestras nuevas consideraciones.

(Tienes razón en preguntar si con mi metáfora de la respiración no me acerco «peligrosamente», dices tú, al psicoanálisis, y más razón aún en negarte a dejarte psicoanalizar por tu humilde servidor. Desde luego confieso que el psicoanálisis debería estar vedado en toda polémica un poco vivaz: no es *fair play* ganar un debate con la complicidad del inconsciente del otro. Sin excluir el debate —el agrio debate— de un docto letrado con el escritor que estudia. Cierto que esta plática nuestra dista mucho de ser una polémica, pero como es más sabio prevenir que remediar, abjuro solemnemente de toda tentativa de espiar tu inconsciente.)

Lo que quise deciros, mi dulce marquesa, fue que si yo me dejé seducir, fuisteis indudablemente vos quien me sedujo. Si lo hicisteis de intento o no, si fue vuestra la culpa o no, si hubierais podido evitarlo o no, todo eso pertenece a otra cuestión. En cualquiera de esos casos está fuera de duda que esa seducción era *vuestra* seducción (*que cette séduction était la vôtre*). Como es vuestra vuestra respiración por más que no estéis respirando adrede. Me seducíais sin querer como respiráis sin querer, pero es ésa *una* manera de querer, y no un querer en todas sus maneras. En otra manera de querer, no sólo no podéis evitar respirar (*vous empêcher de respirer*), tampoco podéis evitar *querer* respirar (*vous empêcher de* vouloir...). Concedo que no era vuestra culpa, pero no podíais evitar «querer» seducirme. Lo contrario os hubiera puesto ante una cuestión de vida o muerte. Lo contrario sería alternativamente querer no seducirme o repudiar seducirme. Dando en la ocasión su pleno sentido a los vocablos «querer» y «repudiar» («*vouloir*» y «*repousser*»), una y otra postura resultarían mortales. Querer *del todo* no respirar, querida señora mía, es la asfixia.

¿Es que no te acuerdas? Yo desde el primer momento me mostré seducido, y tú adoptaste el papel de que no eras responsable de ello. Pero ¿cómo hubieras podido evitar que yo me mostrara seducido? ¿Podías «des-seducirme»? Hubiera sido al precio de dejar de ser tú. Pongamos que tal cosa fuera idealmente posible, ¿no sería de todos modos un acto mortal, precisamente? Más tarde, cuando ya habíamos reconocido abiertamente la situación, me preguntaste alguna vez qué podrías hacer para ayudarme a sanar de aquella herida de estar seducido e insaciado. Encantador gesto, deliciosa dulzura, angelical amparo. Todo ello irresistiblemente seductor, no podrás negarlo. ¿Cómo hubiera podido tu humilde servidor no exagerar ante aquella prodigiosa piedad lo trágico de su estado? En ciertos momentos de extremada dolencia, una mano sobre mi hombro, una mirada aterciopelada, un leve apretón de manos renovaban mi embriaguez.

Confío en que entiendas que en todo esto no va ningún reproche. Diréoslo todo, adorada doña Elvira, idolatrada doña Ana: era *fatal* que me sedujerais. ¿Cómo hubierais podido portaros de otro modo sin asfixiaros —léase sin estrangular vuestra adorada personalidad? Y vuestro servidor, fácil es suponerlo, no pedía otra cosa.

No creerás, estoy seguro, esa sandez mojigata de que una mujer que no cede, el mayor bien que puede hacerle a su pretendiente es no seducirlo. Es palmario que seduciéndome me llenabas de sentido, me sacabas de la masa amorfa de los sin nombre, sin rostro y sin destino, que en el mundo humano, mundo de infinitos símbolos, es la imagen simbólica de la muerte. Un hombre solo que va por la vida sin la aureola de una historia de amor, trágica o gloriosa, es un ser bien poco interesante. Pero si está enamorado, flechado, seducido, su figura irradia inmediatamente una hermosa luz y pasa a ser personaje envidiado por sus iguales, origen de fantasías e identificaciones. Eso es lo que quise decir cuando afirmé que mi seducción consistió siempre en pedirte que me sedujeras. Pedirte que me dieras la vida; no el paraíso, no la felicidad, no el placer, sino la vida, por lo pronto la vida, por infernal, desdichada y displicente que fuera.

No tengo idea alguna de cómo serían las cosas en el Edén, pero en este bajo mundo de hombres y mujeres mortales y deseosos, no cabe duda que los adanes nacemos de las costillas de las evas.

     Vuestra amorosa criatura,

          Don Juan

17

Querida Elvira:

Esta vez te escribo sin esperar tu siguiente carta porque es la única manera de contestar tus preguntas anteriores que se me quedaron en el tintero. No quisiera que empezaras a imaginar (o que volvieras a imaginar) que me hago el tonto con la historia de Isabel. Reconocerás que preguntarme por qué se acabó esa relación era ligeramente impertinente, en todo caso bastante más impertinente que preguntarme cómo empezó. Pero no es por eso por lo que he tardado en responder a tus deseos. No niego que me da cierta pereza ponerme a hurgar de nuevo en una historia más bien desoladora, lo cual explica en parte que me ocupara primero de otros temas de tu carta bastante más apasionantes. Pero lo que me importa dejar claro es que no repudio ni desdeño ni niego esa historia. Nunca he podido renegar de una mujer que he amado. Conozco muchos hombres que se declaran, más aún: que se muestran fascinados por una mujer, y que después, fracasada la pareja, afirman y sin duda creen que «en el fondo» nunca hubo tal fascinación. ¿Conoces tú muchas mujeres así?

Sé que tú misma has prestado a veces oídos al rumor de que yo soy (o yo era) un hombre infiel. Y sin embargo ¿quién podrá entenderme mejor que tú si proclamo mi ejemplar fidelidad? Yo que nunca en mi vida he jurado a nadie amor eterno, ni siquiera a mi madre, he amado siempre para siempre a todas las mujeres que he amado. Es cierto que no las amo ya, pero lo que fue en cada caso amor sigue siendo amor. Es más: cada amor fue distinto y cada uno sigue siendo *ese* amor. Lo que no entiendo de esos renegados que te mencionaba antes no es que dejen de amar y que amen a otras: ¿cómo reprocharle eso a un ser humano real, a un sujeto mortal? Lo que me extraña es que cuando evocan su amor, no es que lo que evocan ya no sea amor, sino que *nunca* fue amor. Un amor que fue verdad un rato se ha vuelto una mentira eterna. Lo que no entiendo es que desfiguren el pasado, que reescriban la historia de manera tanto más ilegítima por no hacerlo conscientemente. Si yo hiciera eso sentiría que no he vivido, puesto que me sería imposible creer en mi pasado.

Pero una vez más me temo que vayas a pensar en mí como un donjuán y en Don Juan como esa odiosa figura que han pergeñado los *bienpensants*. Lo primero que hay que alegar ante sus insidias es una perogrullada que parecen olvidar siempre: que Don Juan no existió. Puesto que el personaje es un mito, hay que concluir que las peripecias que nos cuentan de él son invenciones literarias de tal o cual autor, mientras que el mito como mito no es una invención de literatos, sino de algo así como lo que el bueno de Jung llamaba el Inconsciente colectivo. En esa imagen colectiva, inconsciente o no, el mítico Don Juan es simplemente el hombre de mil mujeres, el amado de todas, o sea la imposible fantasía de todos los varones. En cambio, la supuesta frivolidad e insensibilidad de Don Juan abandonando fríamente a sus amantes de un día es pura difamación de autores envidiosos. Sería ridículo atribuir esas ruines acciones a una figura mítica que no tiene propiamente biografía, sino existencia simbólica. Atribuirlas a un ser real o posiblemente real, a un personaje psicológico, es simplemente falso. Ese ser real existe: es Casanova. Si lees cualquier parte de su *Histoire de ma vie*, verás que sus amores duraron toda su vida, que nunca olvidó a una mujer amada y que mil veces fue fiel a alguna ausente, aunque otras mil veces cayó en las redes de una belleza harto presente.

Declaro pues para empezar que Isabel sigue siendo mi amor —quiero decir: que ese amor sigue siendo mío. Eso que hicimos florecer juntos sigue siendo para mí absolutamente verdadero, por mucho que después lo hayan desmentido los acontecimientos. Esa persona que fui descubriendo hipnotizado, que fui viendo iluminarse y perder velos ante mis ojos imantados me sigue pareciendo única e irrepetible; no me pasa lo que a los usuales desilusionados: que juzgue ahora que me engañaba entonces, que la idealizaba, que hacía de ella una falsa ilusión. Al revés: ésa es para siempre la verdadera Isabel, la que coincide sin residuo con su plena significación.

Evoco su cabellera rojiza y esponjada, como una nube inflamada, en nuestros días iniciales de París, su boca grande y pálida abierta en aquellas grandes sonrisas húmedas, sus ojos que tan fácilmente se velaban de ternura, y sé que mi encuentro con ese ser fue una de las señales imborrables que marcaron mi historia, el hierro que la vida imprimía en mi ser como en el anca de un animal para hacerme suyo. Isabel era intrínsecamente elegante y delicada. Se vestía y se perfumaba con un cuidado un poco solemne y muy seguro de sí mismo, y nunca he visto una mujer que hiciera más suyo su perfume. Se movía con cadencia y languidez, hablaba con mucha suavidad y sabía poner en su conversación un tono de curiosidad e interés que le hacía a uno sentir que había estado pensando en uno desde hacía muchísimo tiempo. Pero en la cama era ilimitada, a la vez afanosa y repetidamente precipitada al ciego abismo, con ausencias de epiléptica y renaciendo incansablemente. Alguna vez me explicó con pudores de novia que la falta de entusiasmo de su marido la había empujado a usar y perfeccionar todas las armas de la sensualidad.

Todo eso volví a encontrarlo básicamente intacto en lo que llamaré nuestra segunda época. ¿Cómo explicar entonces que acabara tan pronto? Separada por fin de ese marido del que había desconfiado siempre, decidió instalarse temporalmente en París con sus dos hijos pequeños, con el pretexto de que era imprescindible poner tierra de por medio hasta que sanaran por ambos lados las heridas que había dejado un conflicto matrimonial largamente enconado. Y en seguida las mismas cosas que habíamos vivido un par de años antes empezaron a iluminarse de un modo distinto. Es muy posible que yo me mostrara sin querer un poco en guardia ante el peligro de verme atado, atrapado, domesticado, pero ella a su vez se mostraba claramente al acecho de mis tentaciones de huir. Yo iba viendo más y más indicios de que empezaba a dudar de mi seriedad, de mi madurez, de mi responsabilidad. Poco a poco nuestra relación se le iba presentando como una especie de desgracia, algo así como una fatalidad que la ligaba a un hombre no del todo digno de ese ascendiente. Esa fatalidad que la unía a mí no era exactamente seducción, o por lo menos no era la forma habitual de la seducción. No era propiamente un poder que yo tuviera sobre ella como el de un imán sobre un trozo de hierro, sino más bien una condición suya, algo que en su naturaleza la empujaba hacia mí pero que no era conveniente para ella. Estaba tan segura de que yo iba a dejarla, que me lo reprochaba de antemano como si yo me hubiera ido ya, y cada vez más se refería a nuestra relación con una leve resonancia entre quejosa y resignada, como se refiere uno a la juventud perdida o al fastidio de tener que vivir en un lugar que no nos gusta. Cada vez sucedía con más frecuencia que comparara alguna opinión mía con otra de su abandonado marido, y aunque no siempre daba la razón a ese marido depuesto, siempre presentaba sus opiniones como imprescindibles y más de tener en cuenta que las mías.

¿Me estoy justificando, querida jueza mía? Te dije hace tiempo que teníamos que vigilar cualquier tendencia a la hipocresía, y seguramente este es uno de los momentos en que es importante esa vigilancia. No ocultaré en todo caso que cuando acabó la relación con Isabel yo ya estaba metido con otra mujer. ¿Por eso la relación se envenenó, o por estar envenenada sucedió eso? No contestaré a esa pregunta, no he olvidado cuántas veces discutimos en otro tiempo sobre ese dilema, y que tuvimos que llegar a la conclusión de que era inútil decidir. Siempre un infiel se justificará con ese argumento, y nunca una mujer traicionada le creerá. Me despido pues como el más injustificado de los pecadores.

Tu fiel
JUAN

18

Sí, querida mía, es muy probable que mi versión de mi historia con Isabel no sea todo lo objetiva que podría pedírsele. Me parece razonable tu hipótesis de que, una vez establecida una convivencia continuada conmigo, Isabel se desilusionó de mí. Sin duda algo hay de eso, pero todavía puede especularse bastante sobre los motivos y el sentido de esa desilusión. Isabel por ejemplo casi nunca hablaba de sus hijos conmigo. Yo sentía sin embargo que le preocupaban profundamente, y en más de un sentido. Por un lado, no podía dejar de divagar, aunque sólo fuera de vez en cuando, sobre la posibilidad de asentar más o menos definitivamente su relación conmigo, y en esas divagaciones sería inevitable tomar conciencia punzantemente de la complicación que significaban esos hijos. Por otra parte, le sería difícil descartar por completo la idea de que su relación conmigo era quieras que no una traición a esos hijos, pues es obvio que nadie es más posesivo y exigente que un hijo pequeño.

Isabel, por supuesto, era lo bastante sensata para no echarme la culpa de esos problemas, por lo menos conscientemente. Pero esa desilusión que empecé a producirle, ¿no crees que podría ser en parte, más que desilusionarse de mí, desilusionarse de la situación? Quiero decir: la decepción de que las satisfacciones y alegrías que pudiera tener conmigo no disiparan esos sinsabores y esos pensamientos sombríos. Jamás se me ocurriría acusarla de frívola, pero es que me parece que no hace falta ser necesariamente frívolos para que nos suceda a veces descubrir que no nos dábamos bien cuenta de dónde nos metíamos. No me extrañaría que Isabel, a pesar de la sensatez que acabo de mencionar, durante nuestro delicioso primer encuentro en París no pensara demasiado en qué vendría después. Supongo que imaginaría a veces un futuro de aquella «aventura», como decían las novelas del xix, pero probablemente lo que imaginaba era una renovación de aquel afortunado episodio, sin insistir en preguntarse qué cambios acarrearía una segunda vuelta. Sobre todo con ella divorciada.

Porque sin duda en esa primera época ella no preveía que se divorciaría, y no tendré la petulancia de pensar que ese divorcio tuvo nada que ver conmigo. De cualquier manera, es claro que la situación era muy diferente y que ella no había previsto eso, o tal vez hubiera sido imposible que lo previera. Ahora tenía un amante estable, y eso ya no era una «aventura», sino una doble vida. Durante nuestra primera época ella era una mujer casada, pero escapada a ese maravilloso y exaltante paréntesis que es el mundo del viaje. Estábamos en cierto modo fuera del tiempo, en un impune anonimato que era como una clandestinidad pero sin lo tétrico. Ahora era una mujer divorciada, pero divorciada del marido, no de los hijos. Y yo ya no era el cómplice de su atrevida fuga, sino el compañero cotidiano de su rutina. Puedes fácilmente imaginar lo que eso suponía para sus nervios, y si no, reléete *Madame Bovary*.

¿Y yo, me desilusioné a mi vez de ella? ¿Y me ilusioné por eso con otra mujer? No negaré que mis días con Isabel empezaban a tener grandes trechos grises. Pero ¿soy inapelablemente de mala fe si alego que era natural, puesto que ella estaba claramente desilusionada? ¿Es demasiado alambicado decir que me desilusionó su desilusión? Ya te he contado que me enviaba cada vez más señales del reproche que me hacía anticipadamente por unos impulsos míos de huir de los que estaba completamente segura. Estoy dispuesto a admitir que esos impulsos existían, pero tal vez no hubieran arraigado tanto si ella no hubiera estado constantemente echándoles encima los reflectores y redibujando su perfil.

Adonde quiero ir a parar es a que esa historia, no lo niego, puede contarse como la desilusión de una mujer que se dejó seducir por un hombre que parecía prometerle lo que su matrimonio no le había dado, pero que al intentar concretar esa promesa, comprobó que el suelo de esa relación era todavía más inestable que el de su matrimonio. Pero también puede contarse como la historia de una mujer desilusionada de un marido nada entusiasta, que se ilusionó con un hombre al que había seducido intensamente, voluntaria o involuntariamente (ya hemos hablado de eso), pero que al encontrarse con él en una relación más estable, se desilusionó al comprobar que no le deseaba como marido, ni siquiera como compañero estable, sino como seductor fascinantemente inestable. O sea, *ma chère Emma*, que te propongo este disparate que bien sé que no es verdad, pero que si juegas ágilmente con él, podría estimular tu espíritu: algunos hombres son donjuanes, pero *todas* las mujeres lo son.

Tu viejo
J.

19

Mi querida Elvira:

Sí, se me ha ido pasando el contarte esa conversación con mi tía, que tuvo efectivamente lugar como yo había previsto. Varias veces me he hecho el propósito de contártela, pero siempre empiezo por contestar a lo más apremiante de tus últimas cartas y siempre esa contestación se alarga tanto, que acabo posponiendo ese relato para la próxima vez.

Mi tía, por supuesto, no dejó pasar mucho tiempo antes de invitarme al té en el Horno San Buenaventura. Tampoco prolongó demasiado los rituales de la conversación de salón antes de entrar en materia: «Vamos a ver, chiquillo, esa niña Cecilia ¿de dónde la has sacado?» (Dejo por tu cuenta añadir el acento sevillano —me niego a la ridiculez de escribir «Vamo a vé, shiquiyo...»)

Bien sabes tú que no era nada fácil contestar a esa pregunta, y yo, absurdamente, me puse nervioso como si me sintiera acusado. Tanto, que no supe qué inventar, de modo que lo que inventé se parecía más o menos a la verdad. Lo cierto es que lo dije sin cálculo, pero después pensé que me hubiera gustado haber sido tan astuto como para contestar con la absurda verdad para que así me creyera, pues pensaría que si yo inventara una explicación falsa, inventaría sin duda algo más creíble. Le conté mal que bien que los padres de «la niña Cecilia», aunque era «gente muy bien» habían tenido que salir de Uruguay «por motivos políticos», y se veían obligados a viajar continuamente fuera de su país, pero no querían que su hija interrumpiera sus estudios a causa de esos desplazamientos. Inventé a continuación que esos padres eran viejos amigos míos de la época en que trabajé en Montevideo.

(Te hago notar de paso que conmigo adopta a fondo el papel de tía, llamándome «chiquillo» o cosas parecidas, aunque es menor que yo, como ya te dije. Ese apego a los estratos familiares es muy suyo. Su hijo, que es lo bastante joven, como ya sabes, para sentirse con derecho a cortejar a Cecilia, es genealógicamente primo mío, y ella insiste en ponernos en la misma clase generacional como si tuviéramos la misma edad.)

Le verdad es que yo estaba un poco inquieto con mi explicación. Mi tía no es nada tonta, aunque le falta por supuesto bastante formación. Por fortuna creo que eso bastó para que renunciara a entender lo que podría pasar en un sitio tan absurdo como Uruguay. Yo sé que en sus tiempos había leído a Valle-Inclán, pero justamente eso le había ofrecido una imagen enteramente novelesca de Latinoamérica que después no había encontrado con qué matizar.

A continuación, casi sin transición, dijo como suspirando: «Ay, este Luisito...» y dejó la frase flotando en el aire como en espera de que yo le tomara el relevo. No se lo tomé, por supuesto. En vista de eso lo tomó ella misma y se puso a divagar sobre «los hombres de estos tiempos», pobres, que están tan desconcertados —o *estamos* tan desconcertados, pues era claro que me situaba entre «los hombres de estos tiempos»—, tan desconcertados e impotentes ante los cambios de la mujer. Tendrán que pasar bastantes años, en su opinión, para que los hombres aprendan a entender a estas mujeres de ahora tan diferentes de las de sus tiempos. Ya te imaginarás que la cosa empezaba a interesarme. Le pregunté si pensaba que en sus tiempos los hombres sí entendían a las mujeres. No, claro que no, pero lo de ahora era diferente. En sus tiempos las mujeres eran ya rebeldes. Fueron las mujeres de su generación las que dieron la batalla. Ellas habían empezado sus vidas como personitas sometidas y obedientes, y la terminarían como seres humanos que si todavía no tenían todos los derechos, por lo menos sabían ya reclamarlos. Pero aunque tampoco los hombres de sus tiempos las entendían, la cosa era mucho más clara. Ellas sabían de dónde venían, de qué querían liberarse, y eso hacía que fuera también más claro adónde querían ir. Pero las mujeres de ahora han nacido en un mundo donde no puede decirse que estén de veras liberadas, pero donde se habla todo el tiempo de esa liberación. Yo propuse que por lo menos es claro que hoy, aunque uno dude de que se haya producido la liberación, nadie duda de que hubo una opresión. Sí, lo que ella quería decir es que esas chicas de ahora, como Cecilia, que no están en lucha sino que actúan libremente con toda naturalidad, desconciertan a los hombres mucho más que las rebeldes de sus tiempos.

Yo le dije que en cuanto a Cecilia estaba seguramente simplificando muchísimo: era una chica bastante vigilada y atada por sus padres, que nunca le hubieran permitido vivir sola en Sevilla si no me hubieran tenido a mí para confiarme su custodia. Cómo me gustaría que hubieras visto la mirada de mi tía Brígida al oír eso. Con toda la sorna del mundo condensada en esa mirada, me dijo: «¿Confiarte su custodia? ¿pero es que son bobos?»

(Debo aclarar que nunca he hecho grandes confidencias a mi tía, y que no tiene muchos datos sobre mi vida transcurrida prácticamente toda lejos de Sevilla. Pero es bastante perspicaz para haberme sonsacado de todas formas alguna que otra confesión y haber adivinado o imaginado muchas otras.)

Yo me adapté a su tono para contestarle con parecida ironía que no eran bobos, sino que en Uruguay yo tenía fama de respetable español obtuso. En todo caso ella insistía en que a ella, en sus tiempos, hubiera sido un escándalo que le hubieran permitido vivir lejos custodiada por «un respetable español obtuso». Hacía rato que yo había entendido lo que quería decirme con todo eso: que la impertinencia de Luisito ante Cecilia era perfectamente disculpable, como la de cualquier hombre de estos tiempos ante cualquier chica de los antedichos. Porque, como acababa de decirme, en estos tiempos no hay hombre, joven o viejo, que esté a la altura de una mujer joven. Pero puesta en ese camino, se lanzó a contarme, a modo de ilustración de sus ideas sobre las mujeres de sus tiempos, bastantes detalles de su propia historia, que yo conozco a grandes rasgos, pero en la que me faltaban muchos pormenores.

Historia que se abre con el episodio más admirable del mundo: el de madre soltera. No sé si te das cuenta de todo el heroísmo de ese episodio: en tu país sin duda no hubiera sido lo mismo, pero esto sucedía en la España de Franco, una España que ya para entonces había empezado a europeizarse, pero muy poco a poco. Brígida seguramente no hubiera podido ganar su batalla si no hubiera huido de Sevilla. Por fortuna para ella, encontró apoyo entre el parentesco del lado de mi padre, que comprendía bastantes «rojos». Una tía política segunda o tercera la recibió en Madrid, presentándola por supuesto al vecindario como viuda reciente, y la ayudó a ganar las pesetas más imprescindibles dando clases particulares de álgebra y geometría, pues has de saber que mi tía obtuvo en el bachillerato no sé qué premio nacional de matemáticas.

Por eso Luisito presume en Sevilla de madrileño: Brígida dio a luz en Madrid, y un año o cosa así más tarde inició una relación con un profesor alemán más o menos arraigado en España. Cuando al padre de Luisito, que no había vuelto a contestar sus llamadas telefónicas desde que se enteró de que estaba embarazada, le empezaron a llegar chismes sobre aquella pareja, sintió de pronto que estaba espantosamente amenazada una patria potestad en la que no había pensado nunca antes. No sé muy bien cómo fueron las etapas de aquella nueva pelea, ni tampoco puedo imaginármelas, pero el resultado fue que acabó casándose con aquel irresponsable, e incluso, me temo, siéndole fiel hasta su muerte. A ese tío político yo lo traté muy poco, pues para cuando yo me asenté en Sevilla hacía rato que había muerto.

Bueno, querida Elvira, espero no haberte aburrido demasiado y haber satisfecho por lo menos en parte tu curiosidad. La historia de mi tía Brígida podría dar sin duda una excelente novela, pero difícilmente una buena carta. Temo que a mi relato le faltan y le sobran a la vez detalles. Cuando iniciamos esta tardía y contumaz correspondencia, te propuse que fueras a la vez mi corresponsal y mi lectora. La cosa no es tan fácil. ¿Cómo transformar una carta en una obra de ficción, cómo pasar de la epístola a la novela? Pero seguramente ahí está el desafío de la tentativa: no una literatura epistolar, quiero decir *ficción* epistolar, que para eso tendríamos que estar fingiendo la correspondencia de unos personajes en lugar de ser nosotros mismos los corresponsales, sino un epistolario donde quepa la literatura, donde quepa la ficción. Cosa que me sería rigurosamente imposible si no contara con una interlocutora tan lúcida y tan imaginativa como tú. Por lo cual te mando el beso más agradecido del mundo.

Tu
Juan

20

Mi querida Elvira:

Tienes razón, la parte más intrigante de la historia de mi tía es la que no relaté: su entrada final en el corral, su rendición ante el impresentable que acabó siendo su marido. Es también, por supuesto, la más difícil de contar, pero creo que no fue sólo por eso por lo que la dejé sin relatar, sino también porque temía aburrirte prolongando demasiado un relato que en realidad no venía muy a cuento y que evidentemente no te incumbía. Pero comprendo perfectamente que despierte tu curiosidad un episodio como ése, y me da gusto que me pidas que te cuente más. Aunque yo tengo más datos que tú sobre cómo ocurrió todo, en realidad me pregunto igual que tú cómo pudo ocurrir. Ya te dije que no traté mucho a ese tío (Pedro se llamaba) ni conozco en detalle las etapas de esa historia, pero al final de mi carta anterior me preguntaba cómo pasar de la epístola a la ficción. Lo que pueda contarte del matrimonio de mi tía será bastante más ficción que crónica, tómalo como uno de esos trozos «literarios» que sabes que pueblan mis cajones. Éste no los puebla todavía, porque lo escribo por primera vez aquí para ti, pero no sería nada extraño que acabe poblándolos.

No me cuesta trabajo imaginar las presiones que debió ejercer sobre Brígida una buena parte de la familia, pero me inclino a creer que eso no explica del todo su rendición. Porque sin duda los parientes de Madrid que la alojaban la sostenían también en su lucha por la independencia, por lo menos en la medida en que se lo permitía su condición de ciudadanos sospechosos, con el temor todavía entonces de ser víctimas de alguna denuncia. Pero era seguramente Brígida misma la que se sentía incómoda de orillar a sus tíos a tomar esos riesgos. Todo eso hacía más difícil que Brígida resistiera, pero tuvo que haber también alguna actitud del ánimo que acabara de inclinar de ese lado la balanza.

Pedro empezó a hacer viajes a Madrid, y la primera fisura en la fortaleza de Brígida debió ser que le ocultó la existencia de su amigo el profesor alemán. No se habría propuesto conscientemente ese disimulo, pero el hecho es que callaba cobardemente esa parte de su vida, aunque luego se reprocharía su propia hipocresía y cobardía, y tendría accesos de rabia al decirse que así se declaraba irremediablemente culpable de un delito inexistente. Por fortuna Pedro no era bastante inteligente para comprender cuánta ventaja le daba el silencio vergonzante de ella, cosa que un hombre menos obtuso hubiera sabido aprovechar.

Pedro llegó en plan de ofendido, reprochando que no se le hubiera anunciado el nacimiento del niño como si no hubiera sabido perfectamente cuando abandonó a la madre que estaba embarazada. Aunque no se privó de lanzar indirectas sobre esas repulsivas mujeres que salen con dos hombres y sobre los terribles tormentos infernales que les esperan, no se atrevió a reclamar directamente, tal vez por temor a las comparaciones, tal vez porque adivinaba que no hubiera sabido cómo habérselas con un hombre mucho más maduro, leído y viajado, si hubiera tenido que confrontarse con él. Cuando se veía obligado a concretar sus reproches, acababa reduciéndose a reclamar con refunfuños de víctima ofendida que Brígida se hubiera alejado sin avisarle.

A pesar de la desfachatez de esas reclamaciones, que pasaban cínicamente por alto los largos meses en que él se escondió vergonzosamente, Brígida empezaba a flaquear, desesperada ante la imposibilidad de ser escuchada mínimamente. Todavía luchaba por mantenerse más o menos firme, pero lo malo era que su situación social y material se hacía insostenible y era imperioso tomar una decisión. No podía seguir abusando de la hospitalidad de sus tíos, que representaba además para ellos peligrosas complicaciones suplementarias, y el cuidado del niño no le dejaba tiempo para las pequeñas tareas que de todos modos ya no hubieran bastado para sostener a los dos. Era casi seguro que el profesor alemán estaría dispuesto a casarse con ella y asumir responsabilidades paternas, pero tal vez fue precisamente por eso (y perdona si lo que voy a decir te resulta chocante) por lo que se abandonó a Pedro.

No es difícil adivinar que el sentimiento de culpa de Brígida le impediría creer en la realidad de ese desenlace idílico. Sin duda ella lo formularía en términos más simplificados, diciéndose por ejemplo que no podía echarle a perder la vida a un buen hombre. Estaba también la cuestión del hijo. Ella no podía ignorar que en la crianza y sobre todo en la educación de ese hijo hubiera podido contar con el alemán mucho más que con el tarambana de Pedro. Pero tampoco podía olvidar que la criatura era hijo de aquel tarambana, y es increíble la fuerza que estas ideas atávicas, o prejuicios atávicos, pueden tener en la imaginación. Me temo que mi pobre tía pensaría en eso como en «la fuerza de la sangre» y se convencería de que ese oscuro argumento, juzgado como un sublime principio ético, era una de las razones de más peso ante las vacilaciones de su espíritu. Yo por mi parte me inclino a pensar que debió haber otras motivaciones, seguramente inconscientes, en su comportamiento. La idea de convivir con un hijo más o menos germanizado (alemanizado, me imagino que hubiera dicho ella) es de suponer que la inquietaría bastante. Porque puede adivinarse que la convivencia misma con el amado alemán debió parecerle siempre medio irreal, con una parte en la sombra, misteriosamente inabordable y secretamente frustrante. Yo no le reprocharía a nadie que se empeñe en llamar a ese tipo de cosas fuerza de la sangre, apego a las raíces, o como se dice ahora cada vez más a menudo, identidad, pero me parece clarísimo que son ganas de no mirar las cosas.

El resultado en todo caso era que ella veía su destino mucho más concorde con el destino del señorito despreciable que con el del dulce profesor. Si se había dejado seducir por aquel inocuo canalla, era sin duda porque no era mejor que él, y si había sido engañada y abandonada, era sin duda porque lo merecía, y ese desengaño no hacía más que revelarle que los dos eran de la misma calaña. Es cierto que también se había dejado seducir por el bondadoso profesor, pero es de suponer que ella no ponía aquellas dos seducciones en el mismo plano. Puesto que el profesor era a todas luces digno de amor, eso no debía parecerle seducción. Es una confusión muy generalizada de la que ya hemos hablado tú y yo. Para ella, como para tanta gente, el seductor tenía que ser el canalla. Lo cual implica la idea absurda de que sólo recurre a la seducción quien carece de... seducción. La propia Brígida, aun sintiéndose digna del canalla seductor, me temo que no se daba bien cuenta de su propia seducción —doble seducción—, con la que inducía la canallada del canalla y la ternura del tierno.

Pero si se sentía a la altura del canalla, eso no le impedía portarse a la altura del hombre bueno. Habló con él honradamente, amorosamente. Le dijo lo de que no quería echarle a perder la vida, pero también que ella no podría hacer su vida en Madrid, mucho menos en Alemania llegado el momento, y que tenía imperiosamente que volver a Sevilla. Él protestaría que casarse con ella no destruiría en absoluto su vida, al contrario, pero se declararía respetuoso de las necesidades espirituales de ella y de su derecho a satisfacerlas regresando a Sevilla. Sería una despedida tierna y melancólica, llena de manos acariciadas y de besos mojados de lágrimas.

*

Bueno, querida Elvira, vas a acabar por hacer de mí un verdadero escritor. Que no es necesariamente lo mismo que un buen escritor. Ahora me han quedado ganas de someterte más bodrios míos. Pero no temas, sigo aguantándome.

Besos antiguos,

Juan

21

Querida Duquesa:

Sí, en efecto, la mujer en cuyos brazos caí huyendo de Isabel fue esa Sophie de la que te habló Isabel misma. Supongo que no tomarías al pie de la letra lo que haya podido decirte: es más que probable que no habrá sido muy objetiva. De todos modos, ¿de qué te extrañas? ¿No sabías que «yo a los palacios subí, yo a las cabañas bajé»? Bien sé que tú no eres una mujer como para calificar a las personas por vivir en un palacio o en una cabaña. ¿Puede alguien pensar que la Zerlina de Mozart es menos encantadora, menos sabia, menos noble que tu ilustre tocaya Donna Elvira? Incluso la Tisbea de Tirso de Molina, mucho más chabacana, es más humana que su Isabel, a la que Tirso, en la lista de personajes, define, supongo que sin malicia, de esta manera escueta: «Isabel, duquesa». Qué desgracia para una mujer no tener más atributo que el de duquesa. Pero aunque Sophie hubiera sido mi Zerlina (que no lo fue), confieso que algunas veces he amado a mujeres de pocas luces y pocas «prendas», como decían los clásicos. Y yo mismo me he hecho esa pregunta que me haces tú, y además generalizando: ¿cómo es que los hombres se enamoran tan fácilmente de mujeres tontas?

Y no me salgas con la inversa, porque me parece clarísimo que el amor de una mujer por un tonto no se parece nada al de un hombre por una tonta. Podría proponerte esta manera de verlo: una mujer que ama a un tonto no es su tontería lo que ama, mientras que un hombre más bien ama la tontería de la tonta. Otra caracterización podría ser que el sustrato de amor maternal que hay en el amor de una mujer le hace ver la tontería de su hombre un poco como vería la tontería de un hijo: perfectamente integrada en su personalidad y prácticamente borrada como cualidad aislable. Aquí vendría al pelo una anécdota que suele contar con gran regocijo mi tía Brígida. Una prima pueblerina suya presumía de sus hijos que «le habían salido maravillosos los dos». El mayor había hecho la carrera de ingeniero. ¿Y el otro? No, al otro no le daba la mollera para eso. Y repetía que eran maravillosos *los dos*.

O, si te parece que mencionar lo maternal es demasiado machista, podríamos decirlo así: para una mujer el ser amado tiene el carácter de una persona, digamos, integral o unitaria, mientras que para un hombre las facetas o los aspectos de la amada tienen más autonomía. Pongamos, por ejemplo, la belleza. Un hombre puede en general enamorarse de la pura belleza de una mujer, sin ninguna otra consideración de otros aspectos de su persona, como demostraría prácticamente toda la poesía del mundo, mientras que es bastante raro que una mujer se enamore de la sola belleza de un hombre sin que le importe un bledo todo lo demás. O pongamos la juventud: sabemos que en los hombres es una verdadera manía enamorarse de la juventud de las mujeres; por eso, un hombre que cuenta con el amor de una mujer tiene mucho menos que temer del envejecimiento que una mujer en las mismas circunstancias.

Pero todo esto son generalizaciones. No basta para describir mi relación con Sophie. Por supuesto, no era ante todo su tontería lo que me enamoraba; era más probablemente su belleza y su juventud. Pero también, claramente, su tontería me gustaba, o por lo menos me gustó mientras la relación fue saludable. Es posible que hubiera incluso en esto una gota de ideología, o de moral social. Sophie venía de un origen humilde, campesino incluso, y no había gozado de la misma educación que otras mujeres de mi medio. Era difícil a veces distinguir lo que sería tontería de lo que sería ignorancia, falta de mundo, falta de experiencia, incluso distinguir la tontería de la simpleza. Yo tendía inevitablemente a interpretar sus tropiezos, sus dificultades para entender, sus interpretaciones estrafalarias más bien como inocencia, como una especie de pureza, casi como autenticidad. Me vigilaba a mí mismo para no caer en la tentación de juzgarla por comparación con tantas amigas mías que habían recibido una educación evidentemente privilegiada, y tenía gran cuidado de no apabullarla yo mismo con mi superioridad en ese terreno, de la que a ratos llegaba a avergonzarme por injusta.

Desde el primer momento, si no fue literalmente su tontería lo que me sedujo, por lo menos es cierto que no me repelió. Era mecanógrafa, una de las de rango más bajo en la nefasta agencia de traducción en la que trabajaba yo entonces. Hacía inverosímiles faltas de ortografía cuando escribía al dictado. Tantas por lo menos como la otra mecanógrafa que me había ayudado al principio. Pero mientras que los errores de ésta me irritaban mucho, los de Sophie me hacían sonreír con benevolencia. Hubiera sido fácil adivinar eso: Sophie era bastante más atractiva que la otra. Pero yo me atrevería a jurar que no era sólo eso. Las faltas de una y otra eran bastante diferentes, y yo descubriría que, *objetivamente*, unas faltas de ortografía son más irritantes que otras. Las de Sophie lo eran menos *para mí*, por supuesto, no necesariamente para todo el mundo, pero si digo que así era «objetivamente» es porque lo eran por ser las faltas que eran, no por ser las de una chica atractiva. Y también, lo admito, por la manera en que ella las aceptaba y corregía riendo de su propia torpeza; pero una vez más estoy seguro de que si la mecanógrafa fea hubiera reaccionado así, esa reacción me hubiera parecido igualmente encantadora, aunque el resto de su persona seguiría pareciéndome insípido.

Durante nuestra *liaison*, como la llamaba ella, sus tonterías me parecían tener el mismo encanto que sus faltas de ortografía. Porque es claro que cuando digo que me gustaba (de algún modo, al menos...) su tontería, no hablo de la tontería absoluta y sin calificaciones, sino de su tontería personal que era una tontería encantadora: la tontería tiene mil formas, como todo lo que es real. Pero no es que el amor me cegara, como dicen tan irreflexivamente, y no me dejara ver que era tonta; fue justamente cuando dejé de amarla, y sobre todo últimamente, cuando empecé a decirme a veces que tal vez no era tan tonta. Mientras estuve entregado a la pasión con ella, en cambio, me decía a mí mismo con frecuencia que era irremediablemente tonta. Pero me lo decía sonriendo y sin rencor.

Pero debo confesarte, querida Elvira, que hace rato que estoy rehuyendo mientras te escribo una posibilidad que no puedo seguir ocultándote. Varias veces te he dicho que tengo guardados en mis cajones algunos borradores y fragmentos más o menos autobiográficos y más o menos empujados hacia la ficción. Uno de esos fragmentos lleva el encabezado de «Sophie». Mientras te escribía todo esto, sentía incómodamente que estaba plagiando mi propio texto. No puedo evitar, aun a riesgo de importunarte una vez más, adjuntarte aquí ese relato.

Un beso de tu lamentable

JUAN

[ANEXO]

Sophie

Llego a buscarla con el tiempo más bien justo, y la encuentro dudando todavía de qué vestido ponerse. Tiene tres o cuatro extendidos sobre la cama y está acabando de abrocharse uno malva y verde que a mí me parece de querida de cacique de pueblo. Es verdad que la presenta bastante apetitosa, con un hombro descubierto y el comienzo del moldeamiento del pecho insinuantemente visible, efecto que no tendría, supongo, en la querida del cacique. Pero deja bastante indefensa su respetabilidad, de la que ella no es muy consciente, pero que precisamente por eso conviene ayudarle a proteger. Reprimo cuidadosamente mi repugnancia y espero con prudencia que me pregunte mi opinión. Precioso, sí, pero... Y me pongo a explicarle con parsimonia que Monsieur Danceny al que vamos a ver, mi viejo maestro, es un hombre mayor un poco anticuado (aunque muy simpático, conste, y muy divertido, un hombre en realidad muy abierto dentro de todo). No deja de hacer un ligero mohín, pero en seguida acepta animosamente quitarse el adefesio y probar frente al espejo otros vestidos colocándoselos ante el pecho. Repito varias veces «Mmmm», y por fin digo:

—Mira, yo conozco mejor a Danceny, déjame a mí.

Abro su armario y acabo por encontrar entre aquella espesura multiforme un vestido relativamente discreto. Mientras se arregla me pregunta si Monsieur Danceny vendrá con su mujer. Le digo que es viudo y automáticamente su expresión se ensombrece mientras exclama «Oh, le pauvre homme». Por fin, terminada su tarea, se planta frente a mí, con los brazos un poco apartados del cuerpo, las piernas ligeramente separadas, y se pone a quebrar la cintura a izquierda y derecha con ritmo mecánico. Y yo, ligeramente avergonzado de encontrarla deliciosa, debo haber sonreído con bastante beatitud, porque se me abalanza y me da muchos rápidos besitos en la boca exclamando ¡mua! ¡mua! ¡mua!

Parece que finalmente estamos listos para salir. Pero, naturalmente, no encuentra sus llaves por ningún lado. Sin embargo anoche las tenía y hace un rato está segura de que las vio en algún sitio. Una vez encontradas las llaves, es el encendedor lo que ha olvidado, y unos minutos después tiene que rendirse a las ganas inaplazables de hacer pipí. Hace rato que me he sentado resignadamente en el pouf cerca de la puerta, y cuando por fin ella se dispone a abrirla, me dice:

—*Pero ¿que haces aquí sentado? ¿No nos íbamos ya?*

En el taxi, me pregunta si ce monsieur *está enterado de nuestra* liaison. *Una vez más, le digo que de dónde saca un término tan rebuscado, y una vez más me contesta que así le enseñó que se dice su abuela, que había estudiado con las* béguines. *Me lo dice con una sonrisa de una picardía absolutamente ingenua, que me deja en la duda de si su aferramiento invencible a ese término es un juego o es una convicción seriecísima. Sea como sea, trato de satisfacer su curiosidad. Danceny, le digo, supongo que supone que tenemos eso que tú dices. No se lo he dicho explícitamente, pero si hago una cita con él incluyendo a una mujer, sin duda habrá concluido que esa mujer es mi* maîtresse.

—*Ta maîtresse? —se sobresalta instantáneamente Sophie.*

Ni siquiera tengo que argumentar. Le sonrío con benevolencia, y ella encoge un hombro murmurando «Oh, bon...», y a continuación me dirige bajando la cabeza una sonrisa ridículamente pudorosa de solterona. Yo estaba diciéndome «¡Pensar que la llaman *sofía*!», cuando esa sonrisa y esa mirada ridículas, que se le quedan un rato colgando del rostro, empiezan a despertarme unas grandes ganas de besarla en la boca y en los ojos.

En el restaurante, hago las presentaciones, y Sophie sonríe encantadoramente a Danceny y le dice:

—Ay, señor, estoy tan triste de que sea usted viudo.

Le lanzo una mirada asesina, y se sobresalta, poniendo ojos de animalito asustado, con lo cual me siento doblemente incómodo. La conversación es una alternancia un poco cansina de preguntas de Danceny sobre antiguos compañeros míos de estudios, y preguntas mías sobre antiguos colegas de mi maestro. Es evidente que Sophie se aburre. Tratando de hacer que se interese en el diálogo, le pregunto a Danceny si todavía le piden a veces asesorías históricas para el cine. Me dice que no, que se hartó de esa gente; que una vez Martine Carol le estuvo telefoneando toda una semana para que aceptara que ella enseñara la jarretera en el muslo y no en la pantorrilla. Sophie abre tamaños ojos y pregunta ansiosamente:

—Ah ¿pero usted conoce a Martine Carol?

Danceny le lanza una mirada terriblemente despectiva y contesta con el tono más desabrido del mundo:

—No tanto.

Yo tengo bastantes ganas de estrangular a Sophie, pero sólo puedo dirigir a Danceny una sonrisita falsa, desolidarizándome innoblemente de ella. Que por su parte sigue acosando a mi maestro con ojos chispeantes y una sonrisa beatífica.

—Oh, cómo me gustaría conocerla. ¿La vio usted en *Lola Montes*?

—Leí el guión. Me bastó ampliamente con eso.

—Qué lástima que esté enojada con usted.

—Mais non! —*estalla Danceny, cada vez mas antipático*—; *no está enojada conmigo; yo soy el que está feliz de ya no verla.*
—*Ah, ¿fue usted quien se enojó?*
—*Pero ¿de dónde saca eso? No estamos enojados, ya se lo dije; ya no nos encontramos, eso es todo.*

Danceny se vuelve hacia mí y me pregunta por mi vieja traducción, abandonada hace años, de los Epigramas de Virgilio, excluyendo deliberadamente a Sophie, que se ha quedado en las nubes, sin duda soñando todavía con el clamoroso boom *que sería para su autoestima poder informar de viva voz a Martine Carol de lo absolutamente genial que es. La situación se ha vuelto odiosa. Danceny ha decidido no mirar a Sophie a la cara ni siquiera para pasarle la sal o para contestarle a propósito del boeuf strogonoff «No está mal, sí» (*Pas mal, ouais*). Por fin parece que Sophie ha percibido que no debe seguir por ahí. Tal vez imagina que el recuerdo de la actriz le resulta doloroso a Danceny, a lo mejor está enamorado de ella y ella no le corresponde. En todo caso, durante el resto de la cena ya sólo intercala breves comentarios mecánicos en nuestra conversación.*

En el taxi de regreso me pregunta por qué creo que Danceny se pone tan nervioso cuando le hablan de Martine Carol. Le contesto que no se pone nervioso, lo que pasa es que nunca se sintió a gusto en el mundo del cine.

—*Pero entonces* —*me replica un poco mohína*—, *¿por qué se puso antipático conmigo?*

Yo no quiero ser demasiado brusco, pero sin duda se me nota un poco el mal humor cuando le digo que es natural que se mostrara un poco sentido, porque ella estaba siendo un poco impertinente.

—*¿Impertinente yo?* —*salta en seguida*—. *Pero si no hice más que preguntarle de muy buena manera* (très poliment*).*

—Sí, pero no querías entender.

—¿Qué es lo que tenía que entender?

—Bueno, tal vez no podías entender. Él estaba tratando de decirnos que la gente de cine no tiene ningún respeto por la cultura, por el conocimiento y por la verdad.

—¿Ah, sí? ¿Cuándo dijo eso?

—No lo dijo así, pero cuando contó lo de la jarretera...

—¿Qué de la jarretera?

—¿No te diste cuenta? Martine Carol no quería entender que en el siglo XVII las mujeres llevaban la jarretera en la pantorrilla. Pero ella quería enseñar el muslo a cualquier precio. ¿No lo comprendiste?

—Pues no, no lo comprendí. Pero, claro, es que yo no comprendo nunca nada. Soy una idiota, seguro.

Mientras tanto hemos llegado a su departamento. Se baja del taxi francamente enojada y tengo que apresurarme a pagar y recibir el cambio para que no me cierre la puerta en las narices. La sigo por la escalera tratando de decirle palabras conciliadoras. Ya en su salita se planta en medio de la habitación y me hace frente entre llorosa y desafiante:

—Dilo de una vez; di que soy una idiota y que te avergüenzas de mí delante de tus amigos tan inteligentes. Y de tus amigas tan sabias y tan cultas, las muy zorras (les belles garces).

—Vamos, Sophie, no te pongas así. ¿Qué tienen que ver mis amigas con todo esto?

—Pero es verdad que te avergüenzas; es verdad que soy tonta (que je suis bête) y que nunca comprendo nada.

—Pero claro que no, nadie piensa eso de ti.

—Tú sí, tú sí. Déjame, vete con tu Danceny, con tu pro-fe-sor tan importante. Yo no valgo nada, ya lo sé. Vete a burlar de mí con tu gran profesor.

—Mi profesor… mi profesor… mi profesor es un cretino.

Y de pronto lo estoy diciendo en serio. Me entra una oleada de rencor contra Danceny. Sophie se ha ido encogiendo y encorvando, mira al suelo de lado sorbiéndose las lágrimas. Siento una gran piedad no exenta de culpa, una piedad calurosa que poco a poco se va transformando en calurosa ternura y luego en caluroso deseo. Le levanto la barbilla con un dedo y empiezo a besarle los ojos mojados, adivinando ya que vamos a hacer el amor mejor que nunca, más ciegamente que nunca, más conmovidos que nunca, viviendo ya por anticipado la escena de después, mi ternura casi paternal, la deliciosa tibieza con que Sophie se ovillará entre mis brazos, mimosa y satisfecha, y volverá a desarmarme con su irresistible sonrisa de contentamiento infantil.

22

Elvira mía:

Agradezco tus elogios a mi pequeño ejercicio literario, y a la vez acepto de buen talante que sigas sin entender «del todo» que «un hombre como yo...» etc. Yo en cambio entiendo perfectamente que una mujer como tú sea incapaz de enamorarse de algún bobo encantador, equivalente, *mutatis mutandi*, de mi boba encantadora. Pero conviene detenerse un poco en lo que significa un hombre como yo y una mujer como tú, y en lo que ha de ser cambiado (*mutandi*) para hacer viable la comparación. Confío en que tu modestia no te impedirá aceptar que no todas las mujeres son como tú. Estoy seguro de que hay mujeres (muchas menos, sin duda, que los hombres de la misma clase) capaces de embelesarse con las gracias de algún insigne idiota. Pero sé que las mujeres como tú necesitan algo más. Sólo que todo es relativo, como afirman sin ningún relativismo los ignorantes. Que Sophie era tonta quiere decir que era menos inteligente que yo. Si yo hubiera sido un poquito menos inteligente, el tonto en esa pareja hubiera sido yo. Dejemos de lado la inevitable arbitrariedad de decidir cuán inteligente y cuán tonta es una persona. Aun suponiendo que en un caso determinado lo sepamos con certeza, todo depende de la calificación del otro *partenaire*. En tu caso, por ejemplo, yo no puedo opinar, pues no sé prácticamente nada de tus *partenaires*, ni siquiera sé en general cuántos y quiénes fueron o son, e incluso a Fernando tu marido o ex marido tú sabes que lo traté muy poco. Pero ¿estás segura de que ese marido tuyo era o es indudablemente más inteligente que tú? Y el tal Federico que, como ves, sigue apareciendo inevitablemente en nuestra correspondencia, ¿era portador innegable de un brillo intelectual capaz de oscurecer a todas luces el tuyo?

Es indudable que estoy discutiendo de mala fe. O más bien que lo estaría si no estuviera jugueteando. Estoy perfectamente dispuesto a aceptar, si tú lo afirmaras, que todos tus hombres han sido o son mucho más esclarecidos que mi dulce Sophie. Ya te dije en una carta anterior que en mi opinión las mujeres suelen caer mucho menos fácilmente en la fascinación de una cualidad separada, la juventud o la belleza o el encanto. Pero hay otros rasgos que no sé si son cualidades, o más bien si son virtudes, pero que me temo que resultan fascinantes para no pocas mujeres: la fuerza, el dinero, el poder. Me extrañaría mucho que tú por ejemplo, seducida por una de esas cualidades, o incluso por varias, te engolosinaras tanto con eso como para pasar por alto el resto de la personalidad del «amado», hasta el punto de llegar a aceptar una indisimulable estupidez. Pero cuando esa estupidez es mínimamente disimulable, te aseguro que he conocido muchas mujeres, y tú misma habrás conocido bastantes, que se apegaban al atractivo irresistible del poder, o del dinero, o de la fama de un hombre, y se las arreglaban para no posar demasiado la mirada en su tontería. Me dirás que lo que eso muestra es que esas mujeres, justamente, no eran de una gran inteligencia. Yo estaría de acuerdo contigo, pero en eso se ve claro que tú y yo tenemos una idea de la inteligencia que está lejos de ser compartida por todo el mundo. Pero de momento no estoy pensando en la fascinación del poder, de la que hablaremos en alguna otra ocasión, sino en los casos en que una mujer acepta ella también tragarse la tontería del adorado ser.

Yo no me atrevería a dudar por ejemplo de que mi sobrina Adelina era bastante inteligente. No sé si llegaste a conocerla, pero era una mujer que nadie hubiera llamado tonta, y además de trato agradable, comprensiva, abierta, tranquila. Bueno, pues se enamoró de un hombre que todo el mundo menos ella veía claramente que era un mequetrefe. Todo el mundo del entorno de ella, por supuesto. Él tenía su propio entorno, donde estaba lejos de privar la misma opinión unánime. Pero en *nuestro* ambiente, al que ella obviamente pertenecía, resultaba increíble que una mujer como Adelina se dejara llevar y traer por semejante tipejo. La pobre se daba cuenta perfectamente de lo que pensábamos todos de su hombre, y lo pasaba muy mal tratando incansablemente de disimular sus estupideces y de justificar indirectamente sus desmanes. Cuando por fin no tuvo más remedio que divorciarse, supimos que seguía acostándose con él cada vez que se le antojaba visitarla. A mí me llenaba de piedad verla mentir, avergonzada y sufriendo, para tratar de ocultar esa evidencia.

Pero una vez más, no pretendo comparar. Sé que lo *mutandi* tendría que quedar radicalmente *mutatum* para que algo de esa situación pudiera reflejarse en la nada trágica historia de la buena Sophie y este seguro servidor. Es innegable que no es lo mismo la tontería del tirano que la de la mansa doncella. Aunque yo, espero que me lo concedas, no tiranizaba en absoluto a Sophie como López (así se llamaba) a Adelina, de todos modos es cierto que parte del ascendiente que yo tenía sobre mi dama boba se apoyaba en los mismos atávicos prejuicios sociales que permitían a un mentecato como López imponerse sobre una mujer mucho más inteligente y apreciada. Me refiero al reacio machismo de todas las sociedades conocidas. El cual contribuye sin duda a hacer profundamente diferentes la atracción por la tontería femenina y la atracción por un hombre tonto. No es fácil pues comparar la tontería de Sophie con la de López. Para empezar, la de este último era altamente peligrosa, mientras que la de Sophie era más bien tranquilizadora y llevadera.

Lo que tal vez muestra todo esto es que un hombre a menudo les disputa el poder a los otros hombres y trata de apropiárselo, pero no es el poder lo que le atrae en una mujer, mientras que no son raras las mujeres para quienes el mayor atractivo masculino es justamente el poder. No quiero sugerir con esto que López mismo fuera especialmente poderoso, pero es sabido que el machismo de la sociedad es una especie de monopolio más o menos exclusivo del poder por uno de los sexos, y como acabo de decirte, López encontraba en ese monopolio algún apoyo para lograr supeditar a Adelina.

Pero bueno, querida mía, me estoy extendiendo tanto, que parecería que me has tocado algún punto sensible. No es eso, ya te dije que me parece normal que te sientas un poco desilusionada de verme enredado con una mujer que sospechas que «no es digna de mí», como suele decirse. Es evidente que no estoy de acuerdo, pero no es por eso por lo que le doy tantas vueltas, sino porque ésa es la riqueza fascinante que vislumbré desde el principio en esta inesperada correspondencia nuestra: la de tropezar constantemente con cuestiones que han estado invernando toda la vida en mi perezoso magín y que nunca —o casi nunca— tuve oportunidad de mirar detenidamente. No tengo pues más que agradecimiento para ti, y la impaciencia de leer tu próxima carta, por todo lo cual te envío

un beso entusiasta,
JUAN

23

Queridísima tú también:

Otra vez tengo que contestar por partes a tu andanada. Empecemos por tus disculpas. No sólo no me sentí herido por tus palabras, sino que tampoco sentí que fueran hirientes para la inocente Sophie. Hasta puede decirse que debí sentirme halagado de que pudieras pensar que una mujer tiene que elevarse a algún nivel para ser digna de mí. Pero tuve que añadir que no estoy de acuerdo, no porque esté ofendido, puesto que acabo de declararme más bien halagado, sino porque no me siento representado por esa descripción. Sé que no has acabado de desterrar del todo de tu imaginación esos rumores que me presentaban como un incorregible e indiscriminado perseguidor de mujeres. Una cosa por lo menos había de cierto en esa grotesca imagen de mi persona: que nunca he podido juzgar a mujer alguna indigna de mí. ¿Basta ese rasgo de carácter para hacer de un hombre un Don Juan? Por lo menos alguien que debe saber algo del asunto juzga que ésa es la gloria del mítico sevillano. Me refiero a Georges Brassens. Te mando por separado una *cassette* de canciones suyas que incluye la de Don Juan. No estoy seguro de que ésa en particular fuera una de las que solíamos escuchar juntos en *nuestros tiempos*, pero sí estoy seguro de que no han de faltar en esta cinta, y espero que te dé tanto placer nostálgico como a mí volverlas a escuchar. En todo caso, ahora me refiero a la letra de esa donjuanesca canción, de la que te copio aquí lo más sustancial, para ahorrarte el esfuerzo que supone siempre entender unas palabras cantadas, y más en una lengua extranjera:

> *...et gloire à Don Juan, d'avoir un jour souri*
> *à celle à qui les autres n'attachaient aucun prix...*
>
> *...et gloire à Don Juan pour ses galants discours*
> *à celle à qui les autres faisaient jamais la cour...*
>
> *...et gloire à Don Juan qui couvrit de baisers*
> *la fille que les autres refusaient d'embrasser...*
>
> *...et gloire à Don Juan qui rendit femme celle*
> *qui, sans lui, quelle horreur, serait morte pucelle...*

Me parece estupendo que Brassens destaque ese rasgo de Don Juan. Creo que con ese personaje sucede algo muy peculiar: a la mayoría de la gente le resulta fascinante, pero casi todos tienen una idea muy confusa de qué es lo que les fascina en él. Brassens deja claro que una de esas cosas que nos fascinan es seguramente el entusiasmo con que acepta su destino de hacer la felicidad de las mujeres. Me dirás tal vez que la canción no habla de la felicidad de *las* mujeres, sino sólo de esas tristes mujeres que no tienen otro recurso, las pobrecillas; que Don Juan es una especie de Juntacadáveres (el de Onetti, se entiende). Pero no, porque Brassens está hablando del verdadero Don Juan, un personaje del que nadie diría que va recogiendo las hierbas que otro arrojó. Más bien muchos autores presentan a los otros recogiendo las hierbas que él arroja. Pero no se trata de eso, sino de que si Don Juan no considera a ninguna mujer indigna de él, ¿implica eso que sólo hace dignas de él a las que el agrio moralista consideraría precisamente indignas? Nada de eso, porque cuando yo te digo que no he considerado a ninguna mujer indigna de mí, bien sabes que he amado a mujeres perfectamente dignas desde todo punto de vista (digamos por ejemplo tú). Lo que yo me atrevo a concluir es que Don Juan hace la felicidad de las mujeres más solicitadas porque hace la de las mujeres que nadie solicita, y si no hiciera esto último tampoco podría hacer lo primero. Concedo que no a todas las mujeres les atrae Don Juan, pero a las que sí atrae es porque ven en él un hombre capaz de hacer felices a *todas* las mujeres, quiero decir a *cualquier* mujer.

Algo parecido encontrarás en *El Nuevo Mundo amoroso* de Fourier, sólo que aquí se trata de una misión, mientras que para Don Juan es un destino. Fourier propone que en su delirante Nuevo Mundo las santas serán las mujeres que, por amor a la humanidad, se acostarán con los viejos, los enfermos y los hombres más repulsivos, haciendo así felices a los que otras mujeres menos santas rechazan. Como ves, en Fourier se trata de un deber; en Don Juan, de un deseo. En Fourier es una beatería; en Don Juan, un goce.

¿Imaginaríais vos, señora mía, que yo hice digna de mí a mi villana Tisbea por sentido del deber? Erraríais, mi digna doña Elvira, fue por urgente deseo. Mas ¿sería yo Don Juan, alta y preclara señora, si hubiera desdeñado a la tosca Tisbea por indigna de mi persona? ¿Y vos, Elvira mía, os hubierais dignado concederme vuestros favores si no hubierais imaginado que teníais en mí al servidor de *todas* las mujeres, al esforzado caballero andante desfacedor de todos los entuertos fechos al mísero pueblo de las mujeres desdeñadas y recluidas, al mismísimo vengador, acaso, de los innúmeros pequeños agravios fechos a las más queridas y respetadas damas por sus fieles esposos o sus devotos amantes?

Ahora en serio, ¿no ves, Elvira, que cuando Leporello entona el famoso catálogo:

> *V'han fra queste contadine,*
> *cameriere, cittadine,*
> *v'han contesse, baronesse,*
> *marchesine, principesse,*
> *e v'han donne d'ogni grado,*
> *d'ogni forma, d'ogni età.*
> *[...]*
> *sua passion predominante*
> *è la giovin principiante;*
> *non si picca se sia ricca,*
> *se sia brutta, se sia bella;*
> *purche porti la gonnella,*
> *voi sapete quel que fa,*

todas las mujeres que lo escuchan están fascinadas? Doy por sabido que no todas lo escuchan, pero nadie me quitará de la cabeza que si se taponan los oídos es por actitudes y juicios previos, y que una mujer desprevenida se siente siempre fascinada, o digamos muerta de curiosidad, por la figura del hombre irresistible que han amado incontables mujeres. Me parece incluso que una mujer «seria» (como tú, por ejemplo) puede sin degradarse mucho caer en esa curiosidad, aunque sin duda más le vale no abandonarse a ella, sin que eso signifique que una mujer que cede a ella deje necesariamente de ser «seria», *como a ti y a mí nos consta.*

Pero bueno, querida, antes de despedirme quiero confesar que en esta carta he llevado quizá el juego un poco lejos, pero confío en que comprendas que no había en ello ninguna intención ofensiva o agresiva, sino quizá alguna impertinencia que espero que me perdones.

Besos contenidos del contrito

Don Juan

24

Querida E.:

No recordaba si habías conocido o no a Adelina. Ahora que me lo dices, han vuelto a mi memoria aquellas visitas que nos hizo cuando tú y yo estábamos «escondidos» en esta casa, en aquella última tentativa de salvar «lo nuestro», como habías empezado a llamarlo desde hacía poco. No me extraña que en mi recuerdo se haya borrado la presencia de Adelina en medio de todo lo que pasó aquellos días. Tampoco me extraña que tú sí te acuerdes: Adelina suele despertar muchas simpatías, sobre todo entre las mujeres. Te hablaré de ella con mucho gusto, puesto que te interesas por su paradero.

Ahora vuelvo a acordarme bastante bien de aquellas visitas. En aquella época Adelina estaba muy inquieta de la opinión que sus familiares y amigos tuvieran de ella. No es que la rehuyeran francamente, pero en sus encuentros había siempre una tensión, debida a que, lo mismo ella que los demás, todo el mundo estaba evitando un mismo tema. Es sabido que ésa es la mejor manera de hacer obsesivo ese tema. Yo era seguramente el pariente preferido de Adelina. Era demasiado claro que yo no hubiera podido juzgar a nadie sin ser acusado enseguida de intolerable cinismo. Pero había también una auténtica simpatía entre ella y yo. Supongo que notarías en aquellos días que esa simpatía ella la hacía extensiva hasta ti. Adelina es así, abierta, siempre dispuesta a encontrar delicioso a todo el mundo. Necesitada también, muy visiblemente, de la simpatía de los demás. Cuando se siente rechazada o juzgada, se encuentra desarmada y sin rumbo, y lo único que se le ocurre es llorar y caer en profundas depresiones. Lo cual es más bien sorprendente, porque no es nada ñoña ni por supuesto tonta, no sé si lo notarías las pocas veces que la viste. Es abogada y muy apreciada en su profesión, y ha sido capaz de sacar adelante a sus tres hijos sin gran apoyo de su ex marido. Pero tiene un lado pueril, un lado de niña mimada de papá, que es el que se manifiesta cuando la gente no le responde y se le caen las alas del corazón, como a alguien a quien nunca se le pasó por la cabeza que pudiera faltarle el mimo. Pero esa misma puerilidad le permite también olvidar pronto su drama y volver a su usual estilo sonriente de amable gozadora de la vida.

Por todo esto que te cuento de ella, comprenderás que a todos los que la rodeábamos su relación con López nos resultaba incomprensible. Él era un «hombre de negocios» (*whatever that means*) autoritario, vulgar y pretencioso. Se creía ingenioso, además, y apenas tomaba un poco de confianza, se relacionaba con uno picándole la barriga, dándole palmadas en la espalda y soltándole sin interrupción los juegos de palabras anónimos en boga por la ciudad. Conmigo en particular tomaba un tono de complicidad y de mundo aparte, como dando a entender que éramos afines, casi colegas, por la cultura, la inteligencia y la experiencia del mundo. En la familia y entre los amigos todos le rehuíamos como a la peste y alzábamos los ojos al cielo cuando teníamos que prepararnos a recibirlo, salvo tal vez Luisito mi primo, que sospecho que no veía demasiada diferencia entre Adelina y su cónyuge.

En cambio su madre, mi tía Brígida, solía decir: «¿Pero qué le habrá dado?» Y como ella, todos nos preguntábamos intrigadísimos qué habría visto Adelina en él. Pero es inútil tratar de contestar a esa pregunta. Ni siquiera la persona afectada podría formularlo con claridad. Muchas veces creemos que podríamos, si nos pusiéramos a ello, señalar cuáles son los encantos que en una persona han despertado nuestro deseo. Generalmente es una ilusión, es que nadie nos ha desafiado a mostrar convincentemente que existan o deban existir esos encantos. Incluso si se pone uno en soledad a tratar de decirse a sí mismo qué es lo que le atrae en la persona deseada, pronto empieza a llenarse de dudas y perplejidades, si es que no quiere caer en las ideas preestablecidas, las vaguedades y los autoengaños. Es como querer contarle a qué sabe una fruta exótica a alguien que nunca la haya probado. Bien sabido es que el deseo es misterioso. O tal vez sería más exacto decir que hay un misterio en el deseo. Porque si yo veo una mujer hermosa, sana, limpia y no demasiado oligofrénica, tal vez no tiene nada de misterioso que despierte mi deseo. Pero no es ésa la única forma de desear. Entre los centenares de mujeres que despiertan en uno esa clase de deseo, de pronto hay una a la que se vuelve uno adicto más o menos instantáneamente. Es un poco como la adicción al tabaco. No es lo mismo las ganas de comer que las ganas de fumar. Ni el gusto de la comida que la delicia de apurar un cigarrillo. Pero el síndrome de abstinencia, que no es propiamente hambre, es una forma muy peculiar de obsesión, una especie de obsesión sin cuerpo, sin asidero. La obsesión del fumador necesitado no consiste en no poder pensar en otra cosa, sino en que detrás de todo lo que piensa está a la vez pensando en el tabaco, imaginando o soñando el gesto de fumar, pero no mirándolo directamente, sino con el rabillo del ojo y sin darse mucha cuenta. Esto se parece más a un tic fijo que a una idea fija.

Pienso que la adicción a una persona deseada es de este orden. Lo que satisface el hambriento al comer es bastante comprensible para él y para los demás; el fumador en cambio sigue preguntándose hasta el final en qué consiste su necesidad de fumar. Pienso por eso que no sólo nosotros, tampoco Adelina se explicaba ella misma su adicción a López. Lo más que yo podía hacer era tratar de imaginar cómo se verían ciertos rasgos de él desde los ojos de ella. Por ejemplo su seguridad imperturbable, lo mismo para meter en la conversación sus inoportunos chistes histriónicamente contados y ruidosamente autocelebrados, que para tratar a Adelina como una pertenencia adquirida para siempre. Ante los chistes y otras tonterías llenas de aplomo de López, todos nos sentíamos incómodos, pero Adelina también, aunque sin duda no por los mismos motivos: a ella lo que la desazonaba era nuestra incomodidad, que no sólo percibía, sino que incluso, diría yo, comprendía. De modo que el misterio no se hacía sino más escurridizo. ¿En qué consistía la adicción de Adelina, que le hacía tragarse, no sin esfuerzo, esos rasgos lamentables de López que sin embargo no dejaba de ver?

Y no era sólo eso lo que le toleraba, porque además López era un verdadero tenorio (ya hemos hablado de eso), estaba constantemente en líos de faldas de un estilo como de sainete del XIX, y relegaba imperdonablemente a Adelina en sus salidas con unos amigos tan vulgares y ostentosos como él. Había incluso entre nosotros quien decía que la maltrataba físicamente. Todo esto llegó tan lejos que Adelina acabó por pedir el divorcio, claramente presionada por la familia y hasta un poco a regañadientes. Pero lo que verdaderamente escandalizaba a sus allegados es que una vez divorciados, él la visitaba de vez en cuando tomando unos incomprensibles aires de galán, y pronto empezamos a sospechar que esas visitas terminaban en la cama. Si alguna vez Adelina se hizo la ilusión de que aquello apuntaba a una reconciliación, es claro que pronto abandonó esa idea. Lo que a mí me parecía patético eran sus esfuerzos para ocultarnos esa situación. Alguna vez sucedía que alguno de nosotros estaba con ella cuando él se presentaba de visita. Adelina hacía una verdadera comedia, como si se tratara de las entrevistas normales entre unos divorciados civilizados con hijos en común, pero era mucho más obvia la actitud de él, que se portaba como dueño de casa, seguía diciendo «mi mujer» cuando hablaba de Adelina y tomaba unos aires de triunfador que nos revolvían las tripas.

Cuando él murió, hace ya años, en un accidente de coche muy lejos de Sevilla, hacía mucho que no se veían, porque se había ido a hacer negocios en Marruecos. Supongo que Adelina se esforzaba por considerar aquella ausencia como definitiva, de modo que la muerte debió ser una faceta más de esa ausencia. No dramatizó, pero a mí me parece que se quedó como pasmada. Ha tenido admiradores, pero tengo la impresión de que ninguno la ha calado, o puede que hasta ninguno haya hecho el amor con ella. Lleva ahora una vida bastante ordenada con unos hijos que empiezan a independizarse, y llena parte del vacío que me imagino que hay en su vida participando en ONGs y grupos feministas.

Bueno, querida, si tienes más preguntas sobre Adelina (o sobre cualquier otra cosa, por supuesto), ya sabes que estoy siempre dispuesto a tratar de contestarte.

Besos,

Juan

P.S.– ¿Sabes?, mis comparaciones con el tabaquismo me han recordado uno de mis «relatos» o lo que sean. No tiene mucho que ver con lo que te cuento aquí (aunque…), pero no resisto a la tentación de mandártelo, por la ilusión que me hace, y que tienes que entender, que alguno de mis engendros salga no del armario, sino del cajón, y se encuentre por fin, como con su destino mismo, con los ojos de un lector.

[ANEXO]

Fumador

—Ustedes ya no pueden imaginar lo que eran aquellos tiempos en que fumábamos sin mala conciencia. Había incluso una especie de jactancia, una escalada desafiante de fumar cada vez más, que no era sin embargo agresiva, sino que más bien tenía algo de celebración revoltosa, de festejo desbocado. Tener una historia de amor con una chica que fumaba era entonces algo que coloreaba nuestra vida de una aureola de libertad, de una libertad adulta y moderna, que le daba incluso a uno más orgullo que satisfacciones. Yo por ejemplo estuve durante algún tiempo dando bandazos entre dos mujeres. Araceli era casada y mayor que yo, pero no creo que ninguna de esas dos circunstancias fuera un verdadero óbice para la relación. Es indudable que el hecho de estar casada complicaba la situación, pero esa complicación era también una red en la que yo me enredaba con más o menos complacencia, a la vez que su mayor edad se me presentaba sobre todo como un superioridad y un prestigio que formaban parte importante de la seducción que tenía para mí. Rita en cambio era casi exactamente de mi edad. Fumaba mucho, incluso más que yo, mientras que Araceli nunca había fumado. No pretendo en absoluto que eso fuera lo más importante, pero cuando evoco ahora aquellos tiempos, me parece que si fue mi relación con Rita la que se impuso finalmente en mi vida, fue en parte porque con Araceli siempre faltó ese ritual común en el que Rita y yo nos hundíamos en una participación de iniciados. De una manera o de otra, yo sabía que esa parte de mí era enteramente opaca para Araceli, porque *sólo un fumador puede entender el placer y la sombría fidelidad de otro fumador.* Yo por supuesto pensaba en mí mismo como muchas cosas antes que como fumador, y nunca se me hubiera ocurrido que ese hábito mío fuera un aspecto fundamental de la definición de mi persona. Pero a la vez también es cierto que me era imposible imaginarme como no fumador, y la certeza de que Rita comprendía perfectamente la hondura de aquella dependencia era una de las dulzuras que emanaban para mí de su presencia. Había en efecto algo enormemente tierno, una especie de piedad enternecida, en la mutua aceptación que teníamos ambos de ese vicio del otro, y que era uno de los signos de la aceptación de nuestros límites y flaquezas, de nuestra condición humana y mortal, en cierto modo de la aceptación en cada uno de nosotros de la muerte del otro. Esa actitud que acababa por ser paradójicamente como apiadarse de un placer daba a nuestra ternura un sabor agridulce que no tenía equivalente en mi relación con Araceli. Paradójicamente, la esclavitud de un mismo vicio hacía más libre, gracias a esa mutua aceptación, nuestro encuentro de seres libres.

Era también peculiar el sencillo regocijo de otro de nuestros rituales, que consistía en llegar a nuestras citas cada uno con una pequeña sorpresa para el otro: dos cajetillas iguales que intercambiábamos siempre con las mismas risas pueriles. Cuando después de hacer el amor yo encendía dos cigarrillos a la vez y le pasaba uno a Rita, esa primera bocanada que la veía aspirar con fruición era para mí un gesto de una singular camaradería, esa camaradería superior que nunca tendremos con un camarada real de nuestro propio sexo, y que sólo alcanzamos justamente con una mujer que es ahora nuestro igual en ese nivel más alto. En aquella época tenía todavía algo de llamativo el hecho de que una mujer fumara, y fumar en la cama *con nuestra compañera sexual era un pequeño ritual en que se saboreaba esa otra camaradería a la vez natural y difícil. Ese signo de nuestra igualdad era sin duda una manera de aludir a todas nuestras igualdades, que se extendían en un vasto territorio común, superpuesto al otro vasto territorio de nuestras diferencias. En mi relación con Araceli había también, por supuesto, esos territorios, pero no dejaba de ser un poco frustrante, un poco triste y gris, el hecho de que no pudiéramos evocarlos con algo tan simple y pueril como encender dos cigarrillos con una misma llama.*

25

Querida mía:

No quiero dejar pasar demasiado tiempo sin comentar, como te prometí, otros pasajes de tu carta anterior, por temor de que mi respuesta, como me ha sucedido otras veces, se atrase tanto, que acabe renunciando a ella por extemporánea. Pero antes siento que debo decirte algo de Cecilia, de la que hace tiempo que no me he ocupado en mis cartas. Sé que ella te escribe y que por lo tanto no estarás ayuna de noticias. Por eso tiendo a omitirla en mis informes, vagamente temeroso de parecer que me inmiscuyo entre ella y tú o que me porto como tu espía ante ella. Supongo que en sus propias misivas te habrá contado que tiene ya dos o tres amigas de su edad que la acompañan mucho mejor que yo. Al principio, cuando hablando con ella salían a colación algunos de los atractivos de Sevilla, yo la guiaba a veces a conocerlos de cerca y la instruía discretamente. Tengo la impresión de que ponía bastante atención e incluso de que esas bellezas y su historia despertaban realmente su curiosidad. Pero me parece que ahora con sus nuevas amigas está descubriendo Sevilla de otra manera que sin duda la entusiasma más. Sus amigas son estudiantes como ella y no del todo incultas, de modo que no creo que su educación formal esté perdiendo mucho con el cambio de *cicerone*. Conmigo, por otra parte, se deja llevar ahora a una curiosidad distinta. Veo que últimamente le intriga un poco nuestra amistad, quiero decir tuya y mía. Si esto te produce algún sobresalto, tranquilízate: ya no tengo edad para perder el control ante un ingenuo interrogatorio. Lo más que me ha sonsacado son muchas sonrisas y algunas anécdotas históricas (o hasta geográficas).

Y ahora vuelvo a lo nuestro. Tienes razón, mi alusión a tus *partenaires* era obviamente una sonda. Pero la curiosidad, incluso por un tema como ése, ¿es de veras necesariamente insana? Sé que no me estás acusando en serio de obsesivo o de morboso (tu comentario, tienes que admitirlo, no carecía incluso de coquetería). Pero aun jugando, no dejas de sugerir que esa curiosidad es indiscreta o hasta tiene algo de atropello. Yo confieso que corre efectivamente ese peligro por lo menos en lo que se refiere al tal Federico.

Para empezar, repito que yo no soy celoso. Si para este personaje en particular cuento con un nombre de pila y un chisme seguramente malintencionado, no por eso lo distingo del conjunto de esos *partenaires* tuyos para mí absolutamente fantasmales. Si no tuve celos cuando te compartí con tu marido (y perdón por lo brutal de la expresión), menos voy a tenerlos de esa brumosa comparsa sin rostro y sin historia. Concédeme, aunque sólo sea por el beneficio de la duda, la posibilidad por lo menos de que mi curiosidad sea auténtico interés. ¿No crees que puede existir en las relaciones humanas un verdadero deseo de conocer la vida de otra persona, no para juzgarla o castigarla, menos aún para usar contra ella ese conocimiento, sino para compartir más cosas, para estar más cerca, para tener más en qué pensar cuando pensamos en ella? Un poco angélico todo esto, lo reconozco, pero espero que sepas que eres lo bastante importante para mí como para que me interesen todos los aspectos y todos los episodios de tu vida. Nunca te reprocharé, por supuesto, que no me cuentes lo que no quieras contarme, pero siempre te agradeceré lo que sí quieras contarme. Ya ves que por mi lado estoy dispuesto a no negarte ninguna confidencia, con lo cual no sólo no me erijo en ejemplo, sino que he de confesarte que abrigo siempre el temor de que me juzgues intemperante, indiscreto y hasta impúdico.

Esta desigualdad tengo la impresión de que no sólo obedece a la diferencia de nuestro carácter, sino también a la de nuestro sexo. Adivino que si no me hablas nunca de tus amores pasados, no es exactamente porque quieras ocultármelos o ni siquiera porque te dé pudor, sino porque tú misma no piensas nunca en ellos. Eso lo he visto en muchas mujeres, y me parece una actitud muy suya —quiero decir muy de las mujeres, muy vuestra (o, para decirlo a tu manera, muy de ustedes). Sin duda no es una ley absoluta, y admito de antemano que debe de haber muchísimas excepciones, pero créeme que he conocido miles de parejas donde la mujer, una vez *entregada*, como dicen, a una nueva relación (que bien podía durar toda la vida), borraba con energía, a veces incluso con un poco de saña, todas las viejas marcas de su corazón, mientras que el hombre, aunque a menudo se abstenía también de mencionar sus antiguas ilusiones, era más bien por temor, o sentido de culpa, o incluso cortesía, y no con la fe de ella, una fe un poco de conversa, o sea de renegada de una fe anterior, y ya se sabe que los renegados suelen ser implacables con sus antiguos correligionarios.

Yo mismo, por supuesto, he formado parte de algunas de esas parejas de que te hablo. Pero no he querido empezar por mi propio ejemplo, porque temo que lo descalificarías atribuyendo la situación a mis tendencias seductoras. Por supuesto, para un hombre que no tuviera alguna mujer en su pasado, como para una mujer que no tuviera algún hombre, no se plantearía la cuestión, pero vuelvo a decirte una vez más que si alguien tiene muchos amores en su pasado, eso significa lo mismo que ha seducido mucho o que ha sido muy seducido. No se trata pues de eso: el hombre menos aventurero y más comedido puede perfectamente no renegar de una mujer pasada —o de más de una. Más bien puede uno suponer que la intensidad y la pervivencia de ese culto están en proporción directa de la intensidad con que ese hombre estuvo seducido.

Y ahora me entra un sobresalto que necesito calmar urgentemente. Todo esto que te digo es un comentario, tal vez una explicación, de ningún modo una provocación. No quiero en absoluto forzarte a unas confidencias que no nazcan de ti espontáneamente, ni reprocharte en lo más mínimo que te las reserves.

Me despido pues un poco trémulo con un beso conciliatorio,

JUAN

26

Querida fisgona:

Muy cierto que esas historias de renegados o no renegados no te las había contado, pero es que son muchas las historias mías que no te he contado. ¿Crees incluso que acabaré por contártelas todas? Una vez más no te la escatimaré, y una vez más no te echaré en cara la falta de reciprocidad. Ya te he dicho que yo mismo me inquieto a veces de la impudicia con que he estado descubriéndote grandes trozos de mi vida. Me inquieto por la reacción que eso pueda provocar en ti, que tal vez encuentres, aunque eres tú la que está constantemente preguntándome, que me excedo en mis respuestas y te cuento lo que acaso no te interesaba saber. Pero me inquieto también por mí, por lo que esa tendencia, si es que es una tendencia, podría significar para mí. Un hombre que hace demasiadas confidencias amorosas suscita enseguida la sospecha de que no está contando, se está jactando. Quizá es ése uno de los rasgos más claros que distinguen a un tenorio de un Don Juan.

Pero también podría decirme (y decirte), para calmar mis inquietudes (o las tuyas), que en esas confidencias hechas a *cierta* persona hay también algo de generosidad. Esa generosidad no sería tal si me sirviera para hacerte reproches chantajistas por la falta de respuesta recíproca. Repito por enésima vez que nunca pondré en duda tu derecho al silencio, un silencio del que yo mismo en mi carta anterior te daba una explicación. Pero a la vez espero que no me encuentres demasiado alambicado si te digo que el valor de mi renuncia a sonsacarte confidencias consiste en que es mucha la curiosidad a la que así renuncio. ¿Qué sacrificio haría si renunciara a preguntarte lo que me importa un bledo saber? Digamos en conclusión, querida Elvira, que por respeto a ti mi curiosidad renuncia a su presa, pero también por respeto a ti yo no renuncio a mi curiosidad.

Y ahora respondo a la tuya. Por respeto a ti, naturalmente. Quedaba claro en mi carta que yo estaba pensando en varias de mis historias, pero te contaré una, la de Lourdes, que es seguramente la más dramática y la que más nítidamente manifiesta lo que te decía. Lourdes es una de las mujeres con las que intenté algun vez hacer vida en común. Esto sucedía en mi etapa de México, antes de conocerte a ti. Las condiciones parecían ser inmejorables: yo tenía un departamento encantador en la Colonia Condesa; ella era profesora en Querétaro, y después de un año de unas relaciones más o menos movidas, decidió trasladarse a México y ponerse a vivir conmigo. En aquellos primeros meses de nuestra vida en común nuestra relación era de una gran dulzura y especialmente comunicativa. Pasábamos muchas horas hablando, contándonos nuestras vidas, haciendo proyectos, comparando experiencias y opiniones. Seduciéndonos con las palabras, por supuesto. En esas conversaciones sembradas de sonrisas embelesadas, estrechamientos de manos, ligeros besos y tiernos abrazos, ella me preguntaba a veces por alguna mujer de mi pasado, y lo hacía siempre con coqueterías pudorosas, como disculpándose de esas pequeñas impertinencias que sólo el amor hacía legítimas. Yo le contestaba con prudencia, pero sin ocultación. Intentaba tantear un poco el terreno para evitar los episodios, los detalles o incluso el tono que pudieran herirla.

Tanteaba también el terreno de las confidencias recíprocas. Yo sabía que ella había tenido antes de conocerme una relación amarga pero al parecer importante. Ese antiguo amante me era incluso superficialmente conocido. Al calor de nuestros intercambios biográficos, me permití alguna vez alguna tímida alusión a aquella historia que por lo demás muchos de nuestros amigos conocían. Siempre me topé con su silencio, un silencio que no consistía en ese cerril hermetismo que puede parecer la ocultación de una culpa y que es a menudo el comienzo de una guerra declarada, sino en respuestas escuetas y desabridas que mostraban claramente su disgusto de hablar del tema, e incluso de pensar en el tema. A la vez, con la expresión de su rostro quería darme a entender que no es que el asunto la perturbara, sino que la aburría. Pronto aprendí la lección y dejé de insistir.

Pero ella por su lado no se privaba de soltarme preguntas en los momentos más inesperados. Al principio solía acompañar esos interrogatorios con sonrisas más o menos zumbonas, pero poco a poco el gesto que adoptaba en esos momentos se iba haciendo cada vez más severo e inquisitorial. Yo por supuesto rehuía cobardemente entrar en detalles, por poco que fuese, y evitaba cuidadosamente hacer el elogio de ninguno de mis antiguos amores. Todo en vano. Ella manifestaba ahora sin circunloquios su condena no sólo de todo mi pasado, sino del hecho mismo de que conservara alguna memoria de él. Me exigía que repudiara a todas las mujeres que había amado con la misma acritud con que se exige a ciertos ambiguos simpatizantes que condenen ciertos actos de terrorismo. Yo naturalmente me defendía de esa cruel injusticia, y eso la irritaba mucho. Me decía con verdadera exaltación, subiendo la voz, que ella no conservaba el menor interés, ni la menor nostalgia, ni el menor respeto por ningún hombre de su pasado, y que la incapacidad de volver la espalda al pasado no era más que doblez y falta de amor, una deslealtad indigna y una traición imperdonable. La cosa llegó a su extremo cuado por fin un día le hice frente y le dije que a mí lo que me parecía traición era rebajar al grado de persona prescindible e indigna a alguien que hemos amado alguna vez, y que yo por mi parte no me consideraba mejor que ninguna de las mujeres que había tenido ni menos culpable de que esas relaciones hubieran terminado en fracaso. Tuvo que tragarse esas palabras mías, aunque con visible esfuerzo, y durante algún tiempo estuvo huraña y poco comunicativa, hasta que un día me dijo que no podía «dejar de pensar en tus mujeres»; que mi actitud, que además era incompatible con la suya, le parecía indefendible, y que teníamos que hablar. No tuve más remedio que recurrir, avergonzándome de ello, a los trillados argumentos usuales en estos casos: que es absurdo tener celos del pasado; que si yo había dejado a esas mujeres y estaba con ella, era evidente que la prefería sobre todas; que si tenía algún temor de que yo intentase volver con alguna de ellas, estaba muy equivocada, porque yo a su lado me sentía feliz y perfectamente satisfecho; etc., etc. La cosa parecía ir bien, ella se suavizó bastante y por una vez dio muestras de sopesar mis razones. Estaba a punto de admitir que tal vez yo merecía un poco de crédito y que podría valer la pena darme otra oportunidad, cuando aludió a una de mis antiguas novias llamándola «esa tal Graciela, esa pendeja increíble». Bastó con que yo dijera «¿Ya empezamos?» para que rompiera las negociaciones, soltara su mano de entre las mías, se levantara del diván donde habíamos estado hablando y saliera de la sala dando un portazo.

Durante un par de días no me dirigió la palabra más que para las cuestiones prácticas más imprescindibles, y por fin rompió ese silencio para decirme que definitivamente pensaba que era imposible entendernos y que había decidido irse; ya había hablado con una amiga para instalarse en su casa llevándose sus cosas. Yo volví a caer en la obviedad: le pedí que no cerrase del todo esa puerta; que reflexionara con calma; que tal vez era bueno que dejáramos de vernos un tiempo para que los dos (yo en realidad pensaba para que ella, por supuesto) repasáramos serenamente la situación. Aceptó con gesto cansado, y en eso quedamos, pero yo sabía bien que no volvería.

Bueno, querida, ya tienes más materiales para juzgarme mal. Espero que no demasiado y que aceptes todavía sin reticencia el beso que te mando,

JUAN

27

Cierto, querida Elvira: la visión de nuestra historia que doy en mis últimas cartas es indudablemente parcial. Pero es que lo es también en el otro sentido de la palabra; quiero decir que es sólo *una parte* de todo lo que puedo pensar de esa historia. También pienso cosas muy parecidas a las que tú sugieres en tu carta. Creo en efecto que yo no fui en tu vida un simple capricho. Pero antes de ahondar más en lo que fui o no fui para ti, déjame decirte que aunque así fuera, aunque haya habido (o hubiera habido) caprichos de esa clase en tu vida, eso no desluciría en absoluto la imagen de ti que me hago. Esa imagen, por supuesto, no sería exactamente igual si por ejemplo asoma o no asoma en ella un tal Federico, o en caso de que sí asome, si asoma como frívolo capricho o como muy serio propósito. Pero esas pequeñas diferencias serían para mí las variantes de la imagen de una persona que creo conocer bien, y se necesitarían circunstancias bastante más extremas para hacerme dudar de esa persona. No me parece que tenga mucho sentido decir que un hombre que comete constantemente crímenes sea sin embargo un santo varón, pero creo que esta clase de cosas son siempre según y cómo. Yo nunca llamaré idiota a un chico que se haya equivocado más de una vez en la solución de sus problemas de álgebra. Se dan casos en que ese atolondrado es al mismo tiempo Einstein.

Lo que quiero decir con todo esto es que no me parece necesariamente incompatible que una mujer como tú viva muy seriamente sus relaciones, y a la vez esa mujer como tú se entregue abiertamente a algún capricho. ¿No crees que es posible incluso entregarse *seriamente* a los caprichos? Pero yo llevo la cosa aún más lejos. No me es imposible imaginar que nuestra historia fuese por tu parte un alegre capricho, y a la vez una apuesta muy seria. Pienso que los episodios de nuestra vida, por lo menos los que no están demasiado mecanizados, los vivimos así. Los vemos a la vez, mientras estamos sumergidos en ellos, según el ángulo de la mirada, como frívolos o inocuos o desprovistos de sentido, y como cargados de sentido, tremendos y decisivos. Es sólo después, retrospectivamente, cuando logramos a veces hacer balance y atenernos a una imagen unificada de esos episodios. Pero yo no te recomendaría hacer un balance demasiado definitivo. Pienso que es más saludable para el espíritu conservar un poco de la ambigüedad que nuestras historias tuvieron mientras estuvimos viviéndolas, incuso un poco de ironía y sentido del humor, porque nuestro pasado tiende siempre a hacerse mucho más solemne de lo que fue en presente.

Volviendo a lo concreto: bien sé que siempre has sido una mujer lúcida y tranquila, y que mientras estuvimos juntos sabías muy bien lo que hacías. Y sin embargo sé también que tenías sentimientos de culpa, que en algún momento cruzaban por tu ánimo remordimientos. Pero tú, por supuesto, nunca hubieras caído en la histeria, en el desgarramiento de vestiduras, en el tenebroso autocastigo. Estoy seguro de que antes de llegar a esos extremos irredimibles hubieras preferido renunciar a mí. Es claro que yo no valía tanto.

No, perdón, no quise decir eso. Lo que quise decir es que ninguna historia vale tanto. Por muy de verdad que esté uno ligado a una persona, por muy en serio que estuvieras interesada en mí, cuando alguien está en tanto conflicto consigo mismo, la propia relación no puede ser sino destructiva para los dos, destructiva para el amor, casi diría destructiva para el ser humano en su conmovedora fe en la vida. Tú eras, según yo, una mujer madura, sin duda mucho más madura que yo por mucho que yo te aventajara en edad, y la esencia de la madurez es precisamente aceptarse a uno mismo sin máscaras ni velos, a la vez sin estúpidas autocomplacencias y sin aparatosas autoacusaciones. Tú misma has confesado que lo primero que te acercó a mí fue la curiosidad. Pero si he vuelto a poner el dedo en esa llaga, no es para reprochártelo como una frivolidad. Sé que no necesitas mis lecciones para poner esa curiosidad en el sitio que le corresponde. La curiosidad no dura mucho y si tu interés no se hubiera alimentado de algo más que de curiosidad, nuestra historia no hubiera durado tanto. Podría sospecharse también que si duró tanto, fue porque te encaprichaste en que durase. Yo podría concederlo sin dejar por eso de pensar que nuestra historia fue algo más que un capricho y que yo represento en tu pasado algo más que un episodio banal. Porque si yo no tuviera algún peso en tu pasado, difícilmente podríamos tener ahora en el presente este lazo de afecto y respeto que estoy seguro de que te parece tan poco banal como a mí mismo.

Espero haberte convencido de que ni ahora ni nunca, aunque a veces parezca que hablo con demasiado desenfado de ti y de nuestro historia, ni ahora ni nunca, insisto, pierdo en lo más mínimo el respeto. Pero tú sabes igual que yo que el respeto no es lo mismo que la solemnidad y la cara de palo.

Te mando por eso el más serio de mis besos frívolos,

JUAN

28

Querida Elvira:

Nuestras cartas se cruzaron y ahora me siento un poco ridículo de haberme puesto a defender mi curiosidad cuando tú me confesabas la tuya. Pero antes de todo quiero decirte que acepto plenamente tus reglas y tus límites. Tienes perfectamente derecho a declarar que no puedo obligarte a responder a mi curiosidad sobre el tal Federico. Es absolutamente cierto que una mujer (bueno, y un hombre) no tiene por qué contar de su vida íntima más que lo que quiera buenamente contar, y que es tramposo acusar a esa mujer (bueno, o a ese hombre) de engaño, insinceridad o falsía si se niega no sólo a contar alguna intimidad, sino incluso a que se plantee si se está negando a revelarla o está negando que haya existido, que evidentemente son dos cosas distintas, pero ambas legítimamente reservadas. Acepto pues de una vez por todas que ni me lo cuentes ni me digas si hubo algo que contar. Mientras así lo quieras, claro. Pero en cambio me concederás el derecho a seguir sintiendo curiosidad, siempre que no te la imponga abusivamente, y espero que a tu vez no me impondrás una censura inquisitorial que me prohíba mencionar ese nombre o ese episodio.

Y ahora vamos a *tu* curiosidad. Me ha dado mucho gusto que esta vez te declares de acuerdo conmigo en principio, con una generosidad que aprecio debidamente. Nunca dudé de que tú sentías esa curiosidad, pero se necesita algún valor para confesarla, y en especial para confesármela a mí. Sé también que era una curiosidad general y no despertada específicamente por mi persona. Es más: pienso que en la facilidad con que decidiste creer, tú tan inteligente, en una leyenda tan burda como la de mis conquistas, había un deseo de que yo fuera efectivamente ese ser fabuloso que excitaba tu curiosidad, y que tal vez codiciabas en secreto. La seducción de la que te hablaba en otras cartas me temo que no soñaba en realidad con seducirme a mí, sino a ese personaje bastante imaginario que te intrigaba y que en el fondo anhelabas que existiera. No coqueteabas conmigo, coqueteabas con Don Juan, y pienso que el fin de nuestra relación fue consecuencia, por lo menos en parte, de tu descubrimiento paulatino de que no habías estado durmiendo en brazos de Don Juan, sino en los de un modesto Juan que difícilmente llegaba a ser don Juan con minúscula.

Por lo menos eso espero, porque la otra posible manera de describir tu desilusión sería desastrosa para mí. Esa otra manera sería la frecuente historia de mujeres como tú, lúcidas y valientes, que se atreven con una especie de heroísmo del deseo a jugarse la vida en la cama de Don Juan, para descubrir un buen día que el bello réprobo con quien transgredían las reglas no era Don Juan, sino un vulgar tenorio. Si de veras las cosas eran así, no culpo a la mujer que cayó en tal engaño, porque sé lo misterioso que es el deseo, pero la verdad es que confundir a Don Juan con un tenorio no es cosa digna de una mujer inteligente. Pero también es posible que el pobre amante caído no sea de veras ese lamentable individuo, sino que la amante desilusionada necesite verlo así para entender su propio enfriamiento.

¿Cuál de esos modelos se aplica a nuestro caso? No irás a repetirme las explicaciones «oficiales» de nuestra ruptura, que me sé de memoria. Tus complicaciones matrimoniales y mis supuestas infidelidades, o más bien mi *naturaleza* infiel, considerada por ti invariable incluso si yo no cometía infidelidades efectivas, eran motivo más que suficiente para tu retirada. Pero a estas alturas, mi queridísima y reencontrada Elvira, ¿no crees que podríamos revisar un poco esa versión consagrada? Permíteme proponer esta hipótesis, que puedes tomar como puramente teórica, o más bien como un juego fácilmente olvidable. No es Don Juan el que huye del lecho de sus seducidas, son ellas las que lo dejan, si es que no lo ponen de patitas en la calle. Tal vez la primera vez, o las primeras veces, el joven seductor, demasiado impaciente todavía de caer en las redes de la siguiente mujer que lo tiene seducido, se deslice de la cama recién conquistada dejando allí a la hembra abandonada y llorosa. Por lo menos eso es lo que le pasa a uno de los donjuanes conocidos, el de Byron, que se muestra claramente mucho más seducido que seductor, y que a ratos parece el prototipo no tanto del conquistador, sino del chico atolondrado. Pero una vez que el personaje madura y acaba de consolidarse, no me cabe duda de que las mujeres que seduce se dejan seducir porque él es Don Juan, y son ellas las que quieren que Don Juan sea Don Juan. ¿Me atreveré, *a estas alturas*, a decírtelo en plata? Eras tú la que no buscaba en mí un marido, sino un amante. Marido ya tenías uno, y cuando quisiste tener otro lo tuviste también.

    Me permito decirte estas cosas, querida Elvira, porque después de tu carta siento que estamos llegando en efecto a esa concordia que entreví emocionado desde que reapareciste en mi vida y que no sé cómo llamar: ¿amistad, sintonía, hermandad, comunión, compenetración, o por qué no amor? Amor en todas esas formas, pero si nos ponemos un poco semánticos, podemos quitar su tremendismo a esa palabra, que encontramos igual en el amor a los hijos, a los padres, a los hermanos, al oficio, a la verdad —a qué sé yo. Llamémoslo como lo llamemos, en toda caso es una gloria, la gloria de hablar con alguien sin tener que estar a la defensiva en ningún nivel y en ningún terreno. Sin duda somos dos persona solas, pero no solitarias. No siempre lo fuimos, sino que nos hemos ido quedando solos, en gran medida nos *han dejado* solos. No podemos desperdiciar este inmerecido milagro.

Tu amoroso
JUAN

29

Très-chère:

Gracias una vez más por tu comprensión. Veo que no cuento sólo con la gloria de poder hablar, como te decía en mi carta anterior, sino también con la de poder jugar sin que nadie me regañe. Pero ahora quiero contestar a una de tus varias preguntas, explícitas o implícitas. Cuando distingo a Don Juan del tenorio, estoy pensando en el sentido que esos nombres tienen en el uso cotidiano. Claro que en nuestra literatura Don Juan se ha llamado siempre Don Juan Tenorio, pero el uso ha disociado los dos nombres, de modo que se habla comúnmente de un tenorio, pero cuando se piensa en el personaje mítico nadie dice «Tenorio es inmortal», sino sistemáticamente «Don Juan es inmortal». Cierto que se dice también *un* Don Juan, pero si contrapongo los dos nombres es para entenderlos en lo que tienen de opuesto, no en cuanto son sinónimos. Así usados (o por lo menos tal como los uso yo), Don Juan es un mito; un tenorio es un tipo caracterológico (nada admirable, por cierto).

Lo que no me habéis declarado nunca, adorada Doña Elvira, es si lo que visteis derrumbado a vuestros pies cuando os aparecí despojado del halo prodigioso en que vuestra imaginación me había envuelto y rodeado era un zafio y tosco tenorio, o las cenizas de mí mismo reducido ahora a súbdito llano y sin lustre. Podéis declarármelo sin recato alguno, señora mía, os juro que lo miraré como el capítulo de una serena crónica, la constancia de algo que pensasteis en un momento de vuestra vida y que no es fuerza que sea lo que pensáis ahora. Doy por seguro que no querréis concederlo, pero yo tengo para mí que fuisteis vos la primera en desamoraros. Verdad es que yo no tardé mucho en inaugurar otro lance amoroso, mientras que vos, por cuanto se me alcanza, no volvisteis a pecar hasta vuestro divorcio, con que dabais buen basamento al índice que me señalaba a mí como el infiel. No digo que lo hicierais y urdierais sólo por eso, pero es claro que esa circunstancia tranquilizaba abastanza vuestra conciencia. Porque además verdad es que yo no resistí mucho a vuestro anhelo de abandonarme o de ser abandonada de mí. Siempre he tenido una grande inclinación a desinteresarme de una mujer que no me ama. ¿Es eso una circunstancia de mi naturaleza infiel? Cierto es que yo concibo el deseo como esa resonancia que hace vibrar al unísono las cuerdas de una *viola d'amore*. Si vibra una sola cuerda, esa viola no es de amor. Perdonad si os lo digo con una crudeza ciertamente desplazada, pero nada desarma mejor una erección que una mujer distraída.

¿Conocéis una jota que declara:

> *Dicen que larga ausencia*
> *causa el olvido;*
> *en tu pecho villano,*
> *que no en el mío*?

El pecho *amado* es un pecho villano. Mucho temo que mis paisanos creen a pies juntillas que tal es el paradigma y espejo del amor. Si por ventura a mí me tratase de villano una mujer con tanta altanería y desdén, difícil le sería después convencerme de que me soy la prenda de su amor. No ignoro, Dios me valga, que el amor tiene todas las formas imaginables y muchas inimaginables, y admito que pueda acaso amarse así, pero en cuanto a mí, no bien me convenzo de que una dama me tiene en tan mala opinión y poco aprecio, no puedo ya creer en su amor y me veo por ende en la imposibilidad de responderle.

Y ahí, noble señora, es donde se cifra mi extraño destino. Las mujeres que seduzco, digo que me seducen, caen en mis brazos en pos de no sé qué imposible ilusión, esperando acaso que yo las guiaré a la región de los supremos vahídos celestiales o de las soberbias llamas infernales. Cuando descubren que no están en brazos de Don Juan, divinidad inmortal, sino de un simple hijo de Natura, alegremente mortal pero tristemente imperfecto, suelen tener la torpeza de llamarse a engaño, y, defraudadas, tienden de modo natural a escabullirse y desentenderse, en veces otrosí a arrepentirse. ¿Estaríais vos arrepentida, nunca olvidada señora mía Doña Elvira?

Queda a vuestros pies y a la espera impaciente de vuestra respuesta a tan impertinente pregunta

vuestro esclavo,
Don Juan

30

Querida Elvira:

Lo que más me importa es que hayas declarado abiertamente que no estás arrepentida. Después de eso, es natural que afirmes que no tuviste nunca mala opinión de mí, o más exactamente que no ves por qué digo eso. Es que no lo digo en el mismo sentido en que tú lo niegas (o lo rehúyes). Por eso puede ser verdad al mismo tiempo que pensaste mal de mí y que nunca tuviste mala opinión de mí, dicho de otra manera que no veas por qué lo digo. Supongo en efecto que nunca me consideraste un granuja o una mala persona. Tampoco, probablemente, un coleccionador de señoras fríamente calculador, aunque aquí habría que empezar tal vez a matizar. Ya hemos discutido sobre ese personaje obviamente imaginario, y recordarás que yo alegaba que sólo gente muy ingenua y muy ignorante del asunto puede creer que existan realmente hombres que planean a conciencia, atiborrados de estrategias, diagramas y calendarios, esos fabulosos safaris de hembras, plantándose al acecho de la manada en marcha para sustraer enredadas en sus cerebrales redes, una a una, sus palpitantes presas. No dudo que hay inexpertos adolescentes o encogidos adultos que fantasean tales expediciones y se sueñan Bonapartes o James Bonds del sexo, pero es claro que si intentan poner mínimamente en acto esa fantasía se llevan infaliblemente los más estruendosos batacazos. No creo pues que me hayas imaginado nunca en esa tosca figura. Pero no estoy tan seguro de que no hayas pensado a veces que tengo un lado frívolo (como es evidente que lo tengo), y que mi frivolidad consistía sobre todo en que se me iban los ojos tras todas las mujeres, y en que era incapaz de reprimir seriamente todo rastro de coquetería cuando hablaba con un espécimen del otro sexo.

Ahora: no sólo se puede tener esa idea de un hombre sin perderle del todo el respeto, sino que una mujer puede encontrar incluso encantador a un hombre que se presenta con esos rasgos. Pero eso no quita que el comienzo del desamor de esa mujer es muchas veces el pequeño *clic* con que el encanto que el hombre despliega ante las demás mujeres pasa de ser una peculiaridad simpática a ser una flaqueza lamentable. Sería exagerado, por supuesto, decir que con esto Don Juan se ha metamorfoseado en tenorio, pero si al pie de esas dos pequeñas figuras —el simpático encantador de señoras y el grotesco conquistador de medio pelo—, ponemos una fuerte luz que proyecte agigantadas sus sombras, esas sombras bien pueden poner en escena ese dramático contraste.

¿No crees que eso es lo que hace Kierkegaard con su seductor? Su fabuloso Johannes es la sombra prodigiosamente agigantada de un pequeño tenorio. La increíble inteligencia de ese personaje sólo se entiende por la increíble inteligencia de Kierkegaard, su inventor. Pero esa inteligencia, esa *clase* de inteligencia, es la de Don Juan; jamás un triste tenorio podría volar tan alto. Sólo que el terrible moralismo de Kierkegaard nos exige verlo como un tenorio, pero dotado de una sublime inteligencia, lo cual es un contrasentido. Pues Kierkegaard es el rey insuperable de la ambigüedad. ¿Cómo logra convencernos de que la maravillosa comprensión de la mujer —y de las mujeres— que muestra Johannes, su dedicación absolutamente abnegada a hacer que Cordelia se descubra a sí misma, madure y sea libre —que todo eso sea una perversión demoniaca que tiende a la destrucción de la mujer, o peor aún, el triste coleccionismo de un maniático crepuscular? ¿Pero lo logra? Lograr ese *tour de force* es precisamente una perversión. No una perversión angélica, opuesta a la demoniaca, sino una perversión teológica. Es claro que ser entendida así, atendida, apoyada, arropada así, es lo más maravilloso que puede pasarle a una mujer, y que todas las traiciones del mundo no bastarán nunca para borrar esa plenitud alcanzada un día y para siempre radiante, salvo que la saña de un Dios vengativo reprima y cercene la vida emponzoñando las aguas del goce.

¿Cómo pudiste creer alguna vez, aunque fuera un momento, Elvira mía, Cordelia mía, que si yo deseaba tanto hacerte florecer y crecer, si me esforzaba por ayudarte a descubrirte a ti misma y explorar todas las zonas de tu goce, tu alegría y tu plenitud, era con el fin de apoderarme de ti para hacerte sufrir más? Tendría que haber sido yo un inverosímil verdugo salvador, un moralista maquiavélico, un inquisidor sobrehumano, convencido de que haciéndote sufrir tan monstruosamente aseguraba la salvación de tu alma. Puesto que no soy ese vertiginoso salvador, sólo la perversidad de nuestro juez, de nuestro Kierkegaard, puede dictaminar que tal fue el sentido de nuestro amor. Te propongo, dulce Cordelia, que nos rebelemos contra el desenlace que nuestro hacedor escribió de nuestra historia y restauremos el verdadero sentido de aquella compenetración casi sobrenatural que hubo un día entre nosotros y que ni tú ni yo podremos olvidar nunca, ni negar nunca, ni traicionar nunca en el secreto de nuestra alma.

Besos condenados de tu
JOHANNES

31

Querida Elvira:

Quiero empezar, del modo más convencional, por desearte mucha felicidad en Navidad y Año Nuevo. Espero que este convencionalismo no me haga perder demasiados puntos a tus ojos. Sé que nuestros amigos más cultos y refinados suelen ostentar su desprecio por estas vulgares festividades. Yo también me siento asqueado del bombardeo de repulsiva publicidad y de los perifollos con que adornan con ese pretexto nuestras sufridas ciudades. Pero a la vez, ver los escaparates llenos de juguetes, casi todos adefesios pero algunos con el noble encanto de nuestra infancia, me pone en ánimo jovial, y además me parece que en esas fechas todo el mundo se siente obligado a estar pensando en sus prójimos, para quienes tiene que escoger regalos y felicitaciones, y eso tiene que dejar huella en el ambiente general. Pero esta vez tenía que celebrar también este año que ha sido el de nuestro reencuentro y para mí el comienzo de un nuevo periodo. Y encima, la partida de Cecilia para pasar contigo estas vacaciones te hacía aún más presente en mi imaginación

Todo esto explica de sobra que me haya sentido inclinado a los repasos y recuentos y que haya estado releyendo algunas de tus cartas. En una de ellas, a propósito de mis proclamaciones de fidelidad a todas las mujeres que he amado, tú me hablabas en cambio de algunos hombres con los que tuviste alguna clase de *flirt* y cuyos nombres has olvidado por completo. Por supuesto que a mí me ha sucedido también, y más de una vez. Uno de esos episodios me sugirió un relato que me permito enviarte con esta carta. No sé si no es un poco impertinente mandarte otra vez un escrito mío que no me has solicitado, pero tranquilizo mi espíritu recordando que hace ya tiempo me prometiste leer de buena gana todo lo que se me ocurriera enviarte. Podríamos considerarlo como un regalo de Reyes, si no fuera porque la maldición del escritor (incluso vergonzante) es que nunca puede estar seguro de que el don que hace tan orondo de su obra al lector no resulte para éste un gravoso aburrimiento. En todo caso, en este texto pongo un poco las cosas del revés: no recuerdo efectivamente el nombre de la mujer real en la que se basa mi historia, pero la sitúo en el momento en que aquello sucedía, cuando yo (y mi personaje) sabíamos bien su nombre, y tengo por lo tanto que inventar que mi personaje (y yo) adivina que un día futuro, o sea *ahora*, lo habrá olvidado.

Te dejo por el momento para que leas tranquila, con un beso algo temeroso,

JUAN

[ANEXO]

El nombre olvidado

No era la primera vez que le invadía irresistiblemente el recuerdo de aquel paseo por la playa, hacía tantos años, en una noche de verano, y sin embargo no lograba recordar, por más esfuerzos que hiciera, el nombre de aquella mujer, tan cercana en aquellos días, con la que compartió ese breve episodio de rara perfección. Era desesperante no lograr evocar ese nombre, que todo el tiempo le parecía a punto de revelársele, porque en cambio la figura de ella se le presentaba claramente, y con abundantes detalles, como el tono de su voz, la blandura de su brazo, su modo de andar un poco torpe. También conservaba muy viva la memoria del lugar, del ambiente, de los sentimientos que le habitaban durante el paseo. Le parecía una gran suerte que la playa nocturna estuviera efectivamente desierta, como si todo hubiera sido preparado intencionalmente y casi con exaltación para aquella escena singular. Un gran silencio vigoroso parecía hinchar la gran bóveda celeste de un profundo negro mate. Caminaban lado a lado, tratando de encontrar la naturalidad de aquel paso entorpecido por la arena, y ella no paraba de hablar. Las luces de la ciudad se detenían en la orilla de aquel espacio de oscuridad por donde ellos avanzaban, como absteniéndose respetuosamente de violar una soledad sagrada. También el lejano leve zumbido de las calles parecía absorberse en sí mismo y darles la espalda. Sintiendo la noche abierta y suave sobre ellos, el ahogado jadeo de las olas y la tibia cercanía de ella, era plenamente consciente de la solemnidad del momento, pero esa solemnidad no era nada ampulosa ni hierática, era más bien como un regocijo de saber que estaba en el centro de alguna extraña perfección, de un logro de su vida involuntario, inmerecido, y sin embargo otorgado y recibido con toda naturalidad. Ella seguía hablando con esa vehemencia un poco arrastrada que le era peculiar, y él pensaba que aunque era evidentemente parlanchina, eso no impedía que la encontrara madura y en general bastante sabia. La sentía apoyarse en su brazo, seguramente un poco desamparada en la oscuridad por su extrema miopía, y le llenaba un vago orgullo reconfortante por ese papel, convencional por supuesto, de protector y sostén, que ella le confería así en una especie de amable escenificación. Sabía perfectamente que ese aspecto de la situación era un juego bastante superficial, pero sabía también que a la vez estaba en juego otra cosa, estaban compartiendo algo que iba muy en serio. Tratando de atenerse a eso, se ponía a pensar si no sería ésa la mujer destinada a ser su pareja, y buscaba a tientas, desorientado hasta la frustración, qué preguntas concretas debería hacerse para poder aclarar esa duda. Ella tomaba ahora un tono un poco confesional, el tono de quien ha encontrado un verdadero amigo con el que desahogarse y quejarse un poco de la vida sin temor de humillantes lecciones, y él se distraía a ratos en su escucha buscando nombres con que sacar a luz lo que esa mujer era realmente para él. Pensaba en su presencia física, reconviniéndose un poco a sí mismo, para empezar, por no poder olvidar del todo que era mayor que él. A pesar de que ella caminaba a su lado y sentía contra el suyo parte del cuerpo de ella, o tal vez por eso mismo, le costaba algún esfuerzo visualizar su imagen, esa figura pequeña, de cara más bien grande, torso algo escuálido y caderas y piernas demasiado carnosas y poco consistentes. Comprobaba con más o menos seguridad que la deseaba lo bastante como para no defraudarla si decidieran *compartir sus vidas, pero no estaba seguro de no desear bastante más a otras mujeres, tal vez muchas si pensaba en las que la vida le depararía todavía. Pero ella, detrás de su cháchara más bien apacible pero ininterrumpida, ¿estaría pensando en él en la misma tonalidad que él en ella? Se inclinaba a pensar que sí, pero curiosamente esa idea le llevaba a decirse que en el fondo eso qué importaba, y volvía a estar claramente en presencia de una mujer con la que compartía misteriosamente una especie de parentesco inventado, una amiga o hermana en la que confiaba para pedir consejos y sentirse comprendido, aceptado sin maldad y sin agrias exigencias. Y entonces se distanciaba rápidamente de la preocupación que le había atenazado un rato para volver a mirar ese momento único que estaba viviendo como desde un punto de vista celestial. Sentía claramente que ese momento, precisamente por ser único en su peculiar perfección, por el milagroso cumplimiento de algo que no era más que el momento mismo, se iría quedando atrás en la estela de su vida, sin sucesión, sin consecuencias, finalmente sin huellas. Pero no sólo estaba seguro de que así sería en su vida, sino también en la vida de ella. También ella un día habría olvidado tal vez hasta el nombre de él, y sin embargo no se borraría de su memoria el recuerdo un poco irreal, un poco confundible con un recuerdo soñado, de un paseo por la playa en la noche, alejándose del rumor y de las luces de la ciudad, bajo la vigilancia de una tiniebla tibia y atenta, junto a un hombre que fue su pareja única, exaltante y desencarnada durante una breve hora, como de una vez por todas.*

32

Mi querida Elvira:

Me conmueve de veras que Cecilia y tú habléis de mí (o hablen de mí, como dirías tú), y me halaga, naturalmente, que ella tenga, por lo menos cuando habla contigo, buena opinión de su discreto anfitrión. Adivino también que tu generosidad embellece seguramente para ella mi imagen. Dudo que haya podido ver en mí alguna cualidad destacable, pero supongo que mi elogio consistirá tan sólo en que no le doy mucho la lata y trato de hacerme lo menos visible que puedo, cosa que siempre es de agradecer. Imagino que ya tendrás por ella alguna idea de nuestro *modus vivendi*. La cocina es casi enteramente su feudo y en gran parte el comedor, puesto que yo como siempre en la fonda y desayuno mucho antes que ella. A sus amigas las recibe casi siempre en su cuarto, pero a veces, cuando yo tengo que salir, le sugiero que se reúnan en la sala. No hace falta decir que tener dos cuartos de baño es en estos casos una bendición. Le he dicho también que puede leer mis libros y le he pedido muy amablemente que me avise cuando tome uno y lo ponga en su lugar cuando ya no lo use. Esa regla parece que se le resiste un poco, y a veces tengo que preguntarle por algún volumen que tiene olvidado, pero se apresura a corregir su descuido con tan buena voluntad y tan dulces sonrisas, que no he podido hasta ahora torcer mínimamente el gesto. Nuestros ratos de conversación son breves y siempre amables. Ya te dije que al principio hubo más trato, cuando yo le enseñaba algunos de los atractivos de Sevilla. Ahora a mí me sigue preguntando cosas de vez en cuando, pero esas excursiones las hace con sus amigas.

En cuanto a mi relato, esta vez tu curiosidad no estaba en la buena pista. Con esa mujer no tuve más intimidad que ese rato de divagación sobre la imaginaria posibilidad (improbable) de un nebuloso amor. Ya te dije que no recuerdo su nombre, y no he vuelto a saber nada de ella. Tengo que señalar además, aunque estoy seguro de que ya lo sabes, que si bien te he dicho que los relatos que te he sometido (y te someteré) son a veces vagamente autobiográficos, de todos modos son indudablemente ficciones. Pienso que uno de los rasgos más inusuales de esta inusual relación que hemos construido entre tú y yo es que yo esté dispuesto a responder ante ti de mis ficciones, *hasta donde es posible*, como si fueran mi vida misma. Pero es claro que no siempre es posible, porque (y perdón por insistir tanto), aunque es cierto que a mí al escribir me cuesta algún trabajo distanciarme de mi entorno inmediato, de todos modos ésa es mi intención, y a veces logro efectivamente narrar historias que nada tienen que ver con la mía. En todo caso no creo que haya muchos ejemplos en toda la historia de la humanidad de una situación así: construir una ficción a partir de hechos reales, que es entre otras cosas (o tal vez antes que nada) hacer que esos hechos dejen de sernos imputables, y aceptar después que alguien nos los impute. No cualquiera, por supuesto: sigue siendo verdad que, fuera de nuestro caso, es una gran tontería tomar como autobiográfica toda ficción, y yo sólo contigo hago una excepción. Hasta donde es posible.

Porque sé que no es tu intención imputarme nada. Por ejemplo que, a tu manera, tú tampoco eres celosa. Puedes parecerlo a primera vista, puedes incluso *serlo* a primer vista. Mirado con más cuidado creo que no es eso. Que sientas curiosidad por mis historias amorosas, no sólo por las que sucedieron en nuestros tiempos o épocas cercanas, sino por las de todas mis épocas, es algo que entiendo perfectamente: yo también la siento por las tuyas. Pero a ti misma, estoy seguro, te parecería absurdo sentirte agraviada, a estas alturas, por alguno de mis percances, incluso en la hipótesis de que los hubiera habido también a tus espaldas cuando estábamos juntos. Porque tengo la impresión de que hay muchas clases de celos, o de que los celos tienen muchos aspectos, y habría que empezar por distinguir dos grandes clases o dos aspectos fundamentales: una cosa es el dolor de no sentirse amado, y otra cosa es la herida de sentirse traicionado. Un chico enamorado de una chica con la que a lo mejor ni siquiera ha hablado nunca, es seguro que sufrirá si la ve besando embelesada a otro. Sería absurdo decir que esa chica le traiciona, pero a esa tortura la llamamos también celos y no solemos insistir en la diferencia con lo que siente un marido cornudo. Los clásicos lo veían claro: es una cuestión de pundonor mucho más que de amor. Se habla entonces de traición y de engaño, pero es evidente que tiene que presuponerse el agravio, es decir, la ruptura de una obligación, para que pueda hablarse de esa clase de engaño y traición. Nadie puede decirse engañado por los amores de alguien al que no considere *obligado* con su persona. El engaño en ese sentido no se confunde con la mentira. Un padre a veces se siente agraviado porque su hija le mintió acerca de sus amores. No por eso se siente engañado en el sentido que un cornudo daría a esas palabras. Y si se siente agraviado es porque cree que su hija tenía obligaciones ante él con respecto a sus amores; los padres que no creen en esa obligación no sienten ese agravio, sin que eso signifique, obviamente, que no aman a sus hijas. Una vez más el agravio no es cuestión de amor, sino de obligación y compromiso. Pocas cosas son más falsas que la supuesta rectitud de esos amantes que afirman que no es la infidelidad, sino la mentira, lo que los (o las) subleva. De hecho, nada hiere más cáusticamente a esos paladines de la sinceridad que la confesión verídica y *sincera* del infiel, por fin rendido imprudentemente a la teoría de que el mal no es ser infiel, sino ocultarlo.

En realidad, como te decía, una cosa son los celos del amor y otra los de la posesividad. Es cierto, como dicen los psicoanalistas, que ambas cosas amenazan al *ego* –que más bien debería yo llamar *das Ich*. Pero qué diferentes una y otra. Para el deseo no correspondido, el desamor no es una verdadera amenaza, sino un peligro. Un gran peligro sin duda, pero desprovisto de agresión. Si una mujer que amo (o que deseo) no me ama (o me desea), me está negando sin duda el suelo en que me sostengo, pero no me está amenazando. Y ni siquiera me está negando activamente nada: soy yo el que pide y sólo por eso lo que no se me da se convierte en lo que se me niega. Es posible incluso que a esa mujer yo "la ame en silencio", como decían antes los poetas cursis, o sea que no haya hecho efectivamente ningún llamado, lo cual no quita que sufra de no recibir una respuesta que necesito mortalmente incluso si no la he pedido. El otro tipo de celoso, el que se cree traicionado, sí tiene derecho a decir que está amenazado: creía tener un derecho y de pronto le quitan ese derecho.

La traición, por su parte, supone un juramento real o simbólico. Es cierto que muchos incautos hacen efectivamente ese juramento. Pero ¿quién no sabe que no es ni puede ser literal? Si una mujer me jura que me será fiel toda su vida, tengo que tomar esa promesa como lo que es: una expresión de amor, no una regla de conducta. Sin duda podría haber engaño y traición, pero sería en el momento de jurar, si estuviera jurando en falso a sabiendas —caso que difícilmente se da fuera de la literatura barata o de reivindicaciones vengativas. Pero si en ese momento juró de buena fe, por puro amor, ¿qué sentido tiene decir que me traicionó si tiempo después tiene un desliz, como dicen, con algún eventual Federico u otro espécimen masculino? Sobre todo si algún observador objetivo (porque yo mismo podría estar ofuscado) comprueba que no por eso mi bella traviesa ha dejado de amarme. Porque no fue entonces ni por eso si dejó de amarme, y se me ocurre que tú debes saber algo de eso.

Parecería que el amor es cuestión de compromisos, obligaciones, pactos, reglas, mucho más que de goces, emociones, entusiasmos; que tiene que ver más con el querer que con el desear. Lo cual no vendrá de nuevas a ningún hispanohablante, acostumbrado a confundir sistemáticamente querer con amar. Nada más posesivo y voluntarista que amar a una mujer, o incluso desearla, y decirle «Te quiero», como quien quiere algo, algo que comer o que poseer o que conseguir o lo que sea. Claro que eso también tiene su jugo. En francés o en inglés, *je te veux, I want you* son expresiones fuertemente eróticas y apasionadas —pero también mucho más agresivas y posesivas que *je t'aime, I love you*. (En italiano ese querer no es en absoluto querer una cosa: *Ti voglio bene*: maravilloso país el de Petrarca.)

Pero voy a seguir contribuyendo a tu más ociosa e inútil cultura. También es verdad que algún erudito filólogo que fuese a la vez paladín de los valores patrios (caso nada improbable) podría aducir que etimológicamente «Te quiero» significa «Te busco» (de *quaerere*, buscar o preguntar, y la norma benedictina de *quarere Deum* no significa querer a Dios a la española, sino buscarlo). Y a su vez otro malévolo erudito podrá juzgar que no es muy halagador para los futuros españoles comprobar que los latinohablantes de la Península Ibérica confundían buscar con querer, lo cual indica sin duda que no eran capaces de buscar nada desinteresadamente.

Dejemos esas imaginaciones y volvamos a ti. Siempre he estado convencido de que tú no eras de las personas que piensan que el amor es una especie de pagaré que guardan (celosamente) en sus arcas para restregárselo en la cara a su amante apenas se sientan agraviadas. Ya te he expuesto mi idea de por qué dejaste de amarme, que no tiene que ver con la traición. Creo que nunca imaginaste que yo fuese tu propiedad, como yo nunca imaginé que fueses la mía. Yo nos veía como dos personas gozosamente entusiasmadas con seducirse la una a la otra mientras durara esa feliz afinación concordante. Eso no quita que pudiéramos inquietarnos un poco, a veces, de otros posibles acordes colaterales. Pero los verdaderos celos no son eso; digan lo que digan, no es la infracción de la fidelidad, la constancia (como decían los clásicos) y la transparencia lo que de veras encela al celoso, es la infracción de la propiedad privada. Lo que es intolerable es que algo que es mío sea libre. Que para el celoso es equivalente a que sea de otro.

Bueno, Elvira, ya tenemos más de qué discutir. Si te parece que estos párrafos míos son un poco provocadores, no tengas la menor duda: es voluntario.

Pero el beso que te mando es de paz, por supuesto,

JUAN

33

Matadora mía (como decía Lope de Vega):

Bien sabía yo que tendrías algo que objetar a mis divagaciones. En efecto, habrá que matizar, como dices tú. Lo primero que tengo que señalar es que no es verdad que yo me mofe de la fidelidad. Lo que digo es que el verdadero dolor del celoso no es por ver rota la fidelidad, sino incumplida una obligación que se parece mucho más a un vasallaje que a una lealtad. Creo que la idea de fidelidad está casi siempre deformada porque se la suele mirar a partir de los celos. La gente concibe la fidelidad como un comportamiento que no despierta celos, en lugar de concebir los celos como un comportamiento que desconfía de la fidelidad y quiere por eso convertirla en compromiso. Si se tratara de veras de sufrir por la posibilidad de que el otro traicione la fidelidad, los celos no serían posibles cuando nadie debe fidelidad, cuando nadie la ha prometido. Y sin embargo abundan los hombres que tienen accesos de celos, y de los más violentos, hacia mujeres que no sólo no les han prometido nada, sino que incluso los rechazan decididamente. (Digo hombres porque es probable que esas rabietas sean más frecuentes en los varones, pero por supuesto que también les sucede a muchas féminas.)

No hace mucho te conté la historia de mi tía Brígida. Es claro que no debía ninguna fidelidad a su burlador Pedro, ni tampoco le había prometido nada, entre otras cosas porque él hubiera huido aterrado sin darle la oportunidad de hacer ninguna promesa. Pero eso no le impedía ser terriblemente celoso. Yo diría que cuando se lanzó a buscarla en Madrid fue únicamente por celos, nunca por amor. ¿No crees que se pueden tener celos sin tener amor? Es más: no me parece absurdo afirmar que en mucha gente los celos hacen las veces del amor. Lo cual tiene su lógica: lo que muchos llaman amor no es más que cierto sentimiento de propiedad. Piensan que aman porque sienten por cierta persona el mismo apego que sentirían por un objeto preferido que les dolería perder. Claro que puede aducirse que cualquier clase de apego es una forma de amor —que también el apego de un ejecutivo por su Mercedes Benz es una forma de amor. Pero no me negarás que tiene más sentido llamar amor a otro tipo de sentimiento: el de alguien que, si tuviera que escoger respecto de cierta persona o que exista o que sea suya, escogería siempre renunciar con tal de no ver amenazada su existencia. En cambio, la sentencia que hay detrás de los celos, por supuesto mítica y generalmente inconsciente, es «o mía, o muerta»; o en todo caso «o mía, o de nadie», que viene a ser lo mismo. Su paradigma es esa canción (españolísima, *hélas!*) que dice: «La maté porque era mía».

El tío Pedro no pensaba de otra manera. Los rumores sobre amoríos de Brígida que le hicieron reclamar bruscamente su paternidad no despertaron evidentemente su amor, sino su zozobra de ir a perder algo que era suyo. Es cierto que cuando llegó ante Brígida prefirió esquivar la cuestión de si ella tenía o no un amante. Pero yo diría que fue precisamente para no tener que plantearse si preferiría verla muerta antes que de otro. Porque seguía implícita su convicción de que si ella no fuera suya, tal vez no la mataría, pero *tendría derecho* a matarla. Esa actitud, ya lo he dicho, muchas veces no es consciente y se manifiesta por símbolos y alusiones, pero a mucha gente le basta para no preguntarse siquiera si de veras eso es amor o todo lo contrario. Pedro, como muchos hombres de su nivel cultural, no solía mencionar su amor, pero sí sus celos, aunque a menudo bajo el modo impersonal de insistir en los deberes de honestidad de la mujer. ¿No hay mil signos, y no sólo en la opinión vulgar, sino también en algunas excelsas obras literarias, de que para nuestra cultura la esencia del amor no es el amor, sino los celos? A mí por lo menos me parece claro que los hombres como Pedro no necesitan amar para sentir celos. Pero está tan difundida la idea de que no hay amor sin celos, que a muchos les es fácil hacer la pirueta lógica de concluir que entonces si hay celos, es que hay amor. Como ves, se trata de lo que en el bachillerato me enseñaron que se llama un paralogismo.

Y eso incluso si fuera cierto el presupuesto, que no lo es: yo, en efecto, niego la mayor y afirmo que hay sin duda amor sin celos. Con los hijos, por ejemplo, según imagino. Ya sé que puede alegarse que no se trata de ese amor, sino del amor sexual. Pues sigo afirmando que también allí, aunque por supuesto no es nada frecuente, puede amarse sin celos. ¿No te parece curioso que tanto las mujeres como los hombres que aman a personas casadas casi nunca sientan celos de esos cónyuges? Esta vez no lo digo por mí, no te caería de nuevas. Los trovadores provenzales, que se supone que fueron los inventores de nuestra idea del amor, pensaban que el marido de su dama podía ser tan patán como para sentir celos, y lo convertían entonces en el estereotipo del *gilós* (celoso, sinónimo de marido en su vocabulario). Pero el trovador mismo (el amante mismo) no sentía nunca celos. Algunos estudiosos creen que los amores de los trovadores con sus damas no se *consumaban*, como dicen los curas. Yo estoy dispuesto a admitir que puede haber amor (amor-deseo) sin sexo, incluso algo así como «sexo sin sexo», pero no puedo creerme que así sea *siempre*, ni entre los trovadores ni entre nadie. Pero si así fuera, sería más sorprendente aún que el amante no sienta celos del hombre con quien su amada hace el amor, mientras que ése sí los tiene del hombre con quien su mujer *no* hace el amor.

La explicación está evidentemente en eso: es la mujer del uno y la amada del otro, o sea que no se encela quien ama, sino quien *tiene* (una mujer). Fíjate lo que dice Mir Bernart (trovador de Carcasona, siglo XIII; se trata de una *tenzó*, una discusión, nada menos que sobre qué es mejor, si desear el rostro de la amada, o su *con*, que ya te imaginas lo que es; Bernart, por supuesto, sostiene que vale incomparablemente más esto último.)

> *Greu comensaretz gran ardit,*
> *car per paor, si gilos gron,*
> *avetz fel laysat e gurpit,*
> *per que.l bon drut son esbaït*
> *e cascus n'a.l cor jauzion.*

Lo cual significa aproximadamente lo siguiente: Mal comenzaréis una gran hazaña, cuando por miedo, si el celoso gruñe, habéis dejado triste esa cosa por la que el buen amante queda deslumbrado y cada uno con el corazón regocijado. Bernart puede burlarse de su contrincante (que se llamaba Sifre) sugiriendo que tiene miedo del marido, pero nunca se le ocurriría que tenga ¡celos de un marido! Ni en cuanto adoradores ambos del rostro de la dama, ni en cuanto que ambos apuntan un poco más abajo.

Bueno, querida Elvira, mi dama o *ma dame* o *midons* (en lengua de oc), no pretendo haber agotado la discusión. Sé que no he contestado a todos tus alegatos, pero habrá tiempo para todo. Por ahora te mando un casto beso, mucho más trovadoresco que conyugal, *ça va de soi*.

JOAN

34

Midons Elvira:

Desde luego, yo pensaba de todos modos comentar también esa otra parte de tu carta, pero después de tus alusiones *personalizadas*, como dicen en los anuncios publicitarios, no me queda la menor escapatoria. De acuerdo en que la cuestión de los celos abre esa otra cuestión, que no es la misma aunque se conecta con ella: la de la inestabilidad, la volubilidad, la falta de compromiso. No voy a negar, porque es evidente, que nunca he tomado (o nunca he cumplido) un compromiso para toda la vida. Eso no significa que no respete y admire a los hombres capaces de comprometerse así. Pero después de dejar bien asentados y reconocidos estos dos paradigmas humanos, conviene matizar todo lo posible.

Es frecuente suponer que la mujer, típicamente, aspira a formar una pareja duradera y segura, mientras que el hombre, típicamente, tiende a escapar de los compromisos agobiantes. El cine norteamericano de mediados de siglo imbuyó en nuestros magines un prototipo de relaciones entre ambos sexos en que ella no tenía más meta en la vida que *atrapar* a un varón (preferiblemente millonario), es decir lograr que se casara con ella, y eso con una falta de escrúpulos que el público celebraba obedientemente como deliciosos encantos femeninos. El varón por su parte no pensaba sino en *hacer suya*, como decían nuestras abuelas, a la encantadora hembra, pero sin pagar el precio (la pena) del matrimonio, empeño que el público sabía desde la primera secuencia que estaba condenado al fracaso.

Detrás de esta visión hay un enfoque vagamente biologista: la hembra necesita perentoriamente cierta seguridad y protección para gestar, amamantar y criar, mientras que el macho, darwinianamente, se beneficia repartiendo inconsideradamente su semilla. Podría aducirse que el macho también se beneficia (darwinianamente) protegiendo a la hembra depositaria de sus genes del peligro de no llevar a buen término su descendencia. Pero si a eso vamos, el macho más favorecido sería el que preña y protege a todas las hembras posibles, una especie de Don Juan preñador animal o un Pedro Páramo silvestre. El semental, en suma. Como siempre, la naturaleza haría bien en imitar al arte, y la selección natural a la artificial, o sea a la astucia de los ganaderos.

No insistamos, estas argumentaciones cientificistas valen lo que valen. Que yo le he temido siempre a la paternidad es evidente. Pero ¿qué hombre no le teme? Quiero decir: qué hombre lúcido y sin preconceptos. No afirmo que un hombre lúcido rechace siempre la paternidad, sino que, si es lúcido, la acepta o la busca con temor. Pero es cierto que yo, con temor o sin temor, no la he buscado ni la he cumplido. Por lo menos hasta ahora, pero es obvio que no hay probabilidades de que eso vaya a cambiar ya. Podría argumentar que en China me premiarían, pero reconozco que sería bastante tramposo. Los chinos tienen toda la razón del mundo en preocuparse de la sobrepoblación de nuestro pobre planeta, pero es claro que a una mujer que quiere tener un hijo con uno, sería estrafalario contestarle con estadísticas de demografía. Más a tono estarían las razones de López Velarde, el gran poeta de tu tierra. Ya sabes que escandalizó bastante a los moralistas de su tiempo negándose, él tan católico, a traer nuevas víctimas a este horrendo valle de lágrimas. Esa postura no es ninguna rareza; era la doctrina oficial de los cátaros.

Pero tampoco me voy a equiparar a López Velarde. Primero, porque yo no estoy tan seguro de que cualquier ser humano normal saldría ganando con no haber nacido. Pero además porque es claro que yo resultaría un poco grotesco si proclamara su mismo entusiasmo por la fidelidad hasta la muerte, y aun hasta bastante después de la muerte. Ahora: se trata de la fidelidad generalmente aceptada, y ya te he hablado alguna vez de otra clase de fidelidad. López Velarde compagina su voluntad de no dejar descendencia con su fe en un amor único y definitivo. Es cierto que tuvo sus pecadillos, venales o no venales, y algunos no del todo intrascendentes; pero yo estoy dispuesto a tomarle la palabra. Porque me parece en efecto que la huida de la paternidad no es del todo lo mismo que la incapacidad para comprometerse. Puedo entonces permitirme argüir que, si no está demostrado que López Velarde, a pesar de sus pecadillos y de su rechazo de la paternidad, no hubiera podido ser fiel a su inaccesible Fuensanta, tampoco está demostrado que yo no hubiera podido comprometerme para siempre, e incluso traer a este valle de lágrimas (con ayuda femenina, se entiende) alguna conmovedora criatura.

Releo lo que llevo escrito y compruebo que en todos esos párrafos de lo que menos se habla es de amor. Y sin embargo parecería que algo tiene que ver en el asunto. Creo que no hay nada más sobrecogedor para un hombre que el momento en que adivina en la mirada de una mujer que desea un hijo de él. Esa mirada un poco ebria, velada de una ternura extrahumana, no exactamente animal, sino como desde un más allá animal de lo humano y un más allá humano de lo animal, es tal vez la figura suprema del amor. Don Juan, por supuesto, resiste a la tentación de cumplirle a la mujer ese deseo. Aunque tal vez nunca ha buscado otra cosa sino despertarlo. Ese es su único verdadero castigo: está condenado a ser eternamente hijo y no llegar nunca a ser padre. La figura paterna se presenta como el otro polo de Don Juan, y forzando apenas las cosas, como su enemigo y su juez: es la estatua del Comendador. No encuentro otra explicación de la fortuna que tuvo en la tradición literaria esa combinación híbrida de dos leyendas independientes que obviamente no tenían relación entre sí: la del seductor y la del convidado de piedra, que pergeñó chapuceramente Tirso de Molina y que han repetido después tantos autores.

Pero puesto que tú empezaste con las personalizaciones, acabaré yo también en primera persona del singular. No creo revelarte nada nuevo si te digo que nunca vi en tus ojos esa mirada estremecedora. Me parece claro que la posibilidad de que tú y yo tuviéramos un hijo te hubiera aterrado a ti más aún que a mí. Pero fíjate a qué grado de sabiduría he llegado: comprendo perfectamente que desearas un hijo con otros hombres. Y eso no me produce ni rencor ni amargura, sólo una especie de tristeza. La conciencia de que Don Juan y yo estamos excluidos de la mitad paterna de la vida, condenados a ser hijos para siempre. Como Jesucristo, dicho sea de paso, divino Hijo eterno de su eterno divino Padre. Pero a mí, tranquilízate, no me va a crucificar ningún hipócrita Pilatos ni a fulminar ningún convidado de piedra.

Tengo más cosas que decirte y más cosas que contarte, pero hoy se ha hecho tardísimo. Tal vez te escriba de nuevo sin esperar tu respuesta.

Filialmente,

JUAN

35

Mi querida señora:

Siempre me ha sorprendido esa propensión que tiene la vida a entretejer sus hilos dispersos y hasta sus cabos sueltos formando figuras inesperadamente coherentes que se graban fácilmente en la conciencia. Ahora el regreso de Cecilia se integra con naturalidad en el bordado que se ha estado dibujando estos días ante mis ojos. Aviva sus colores trayéndome noticias tuyas impregnadas de tu tono y tu estilo, y remueve mis preocupaciones recientes obligándome a comparar tu lado maternal con el mío paternal. Me doy cuenta de que cierta incomodidad que hay en mi trato con ella proviene de mi torpeza para convertirme en un personaje paternal, por vicario que sea. Pienso que si la hubiera conocido en otras circunstancias, yo habría intentado sin ningún titubeo asentar un terreno común del que estaría excluida toda jerarquía generacional. Para decirlo en los términos de mi última carta, un terreno mucho más fraternal que paternal, en el que los dos actuaríamos como hijos, de diferente edad y diferente origen sin duda, pero ambos del mismo lado parental. Todavía no hace mucho, he logrado a veces con chicas treinta años menores que yo que sean ellas las que se pongan maternales conmigo. Pero la circunstancia, nueva para mí, de que Cecilia me haya sido en cierto modo encomendada me obliga a intentar renunciar, con muy poca habilidad, a esa tendencia natural mía, cuando claramente no estoy preparado para desarrollar otro tipo de relación. Me cohíbe la idea de hacer el ridículo queriéndome comportar con ella como un compañero, cuando es claro que mi papel es más bien el de tutor, ayo y *pater familias*. Si no me hubiera sido asigado ese papel, creo que no me retendría ningún miedo al ridículo. Otras veces he fungido de camarada de chicas jóvenes, y es posible que haya hecho el ridículo, pero los piadosos dioses me han cegado y no me han dejado darme cuenta.

Todo esto me ha llevado a preguntarme cómo me comportaría yo si tuviera, no diré la misma edad que ella, pero una edad más compatible con la suya. Y puesto en ese camino, me dio por evocar las relaciones con mujeres de mi juventud. En esos tiempos la cuestión de la paternidad era bien diferente. Por lo menos entre jóvenes. Tal vez la costumbre nos ha hecho olvidar un poco el cambio radical que significó la generalización de los anticonceptivos. Creo que tú misma alcanzaste a vivir las últimas sacudidas de aquellas costumbres antediluvianas, ¿te acuerdas? Los chicos y las chicas de aquellos tiempo vivíamos obsesionados por el embarazo y el fantasma aterrador del aborto. Hubiera sido de esperarse que, a falta de anticonceptivos químicos, nos hubiéramos abalanzado masivamente sobre los condones. Pero la divulgación del condón no provino del miedo al embarazo, sino del miedo al sida.

Si intento adivinar cómo será el modo de actuar de Cecilia con algún chico de su generación, el contraste con las prácticas de mi juventud me parece abismal. El aborto era entonces delito en todos los países, algo inmencionable salvo en la clandestinidad. En cambio, no conocíamos esa maldición de aspecto bíblico que cayó sobre la humanidad con el sida. El miedo a la sífilis había quedado ya un poco atrás y sólo era todavía vivaz entre los aficionados a los burdeles. Lo que podía tomar la figura simbólica del castigo divino que toma ahora el sida en algunos inconscientes, no podía ser sino el embarazo. Todas las parejas solteras y algunas casadas estaban condenadas sin escapatoria a unos días de angustia cada cuatro semanas.

No diré que mi huida de la paternidad proviene de esas angustias, pero sin duda se inició y luego se reforzó con ellas. Cierto que muchos compañeros míos que pasaron las mismas angustias que yo no por eso dejaron de ser padres más tarde, muchas veces, no lo dudo, con entusiasmo. Creo sin embargo que si el impaciente Jehová revisara periódicamente sus dictámenes, como es aconsejable para todo legislador, no insistiría tanto en nuestros tiempos en que crezcamos y nos multipliquemos. Seguramente en estos días se asesoraría un poco más con Freud que con Su Santidad, y no seguiría mandando sin atenuantes directamente al infierno a quien vea en el sexo algún lado que no sea pura función reproductiva. O sea que la condena por motivos morales (o biológicos, no lo olvides) de la búsqueda del goce sexual sin procreación me parece de un arcaísmo tenebroso. Tal vez has notado que en todas las versiones de Don Juan (por lo menos que yo recuerde) se habla de sus amores, de su seducción, de sus engaños, a veces de su juventud impetuosa, de su soberbia, pero nunca se le acusa, como sería de esperarse por lo menos de vez en cuando, de no tener hijos. Es claro que no los tiene: ningún autor perdería la oportunidad de estrujarnos el corazón con la imagen de la pobre madre mancillada y abandonada con su infernal bastardo en los brazos. Habrás notado que los únicos grandes seductores de la literatura que dejan a la amada con un mocoso entre los brazos son los menos donjuanescos del mundo: Fausto y Juanito Santacruz en *Fortunata y Jacinta*. Entre todas las mujeres que aspiran a casarse con Don Juan (o simplemente a atraparlo), muchas le piden juramentos de amor eterno, pero ninguna compromisos de paternidad. Es claro que en la imaginación (o el inconsciente) de los autores, esa cuestión no viene a cuento.

Pero vuelvo a ese ambiente de mi juventud que estuve evocando con bastante embeleso. Recuerdo que ya en nuestra adolescencia algunos chicos planeaban muy seriamente su vida, incluyendo a veces proyectos bastante pedantes y retóricos de paternidad. A mí me sonaban a puro lenguaje de cacatúa. Me parecían discursos aprendidos en casa, o en el catecismo, o con rancios maestros, y repetidos de memoria sin entender lo que decían. Yo tenía clara conciencia de que mi deseo de hacer el amor con una chica no tenía nada que ver con el deseo de ser padre. En mi dichosa infancia, ese *vert paradis des amours enfantines*, como dice Baudelaire, mi deseo no tenía todavía una idea clara de su objeto, simplemente por falta de referencia en la experiencia, pero era ya indudablemente deseo, mientras que la paternidad me era por completo inimaginable. Pero de esto mejor te hablo ficticiamente, pues tengo en efecto un relato imaginado a partir de esta situación, que una vez más te mando aquí como anexo.

Y me apresuro, con evidente retraso, a despedirme con el beso más paternal que puedo inventar.

Juan

[ANEXO]

Pili

Algunas veces mi padre llegaba a comer un poco tarde, y eso me lanzaba a un derrotismo que me hacía irascible y malhumorado. Mi tía y mi abuela me preguntaban qué me pasaba, con ese tono que yo conocía bien y que no era en absoluto de curiosidad, sino de reproche. Yo encogía un hombro sin salir de mi muina, rumiando el reconcomio de mi frustración anticipada, que me parecía una terrible injusticia del destino. Mi hermana en cambio creo que adivinaba vagamente el motivo de mi impaciencia, y se limitaba a lanzarme miradas burlonas desde su superioridad de hermana mayor.

Pero incluso cuando mi padre llegaba a tiempo a comer, yo estaba siempre en la mesa intranquilo y agitado por el temor de que la comida se prolongara demasiado. Mi temor además era doble, porque a la amenaza de que se hiciese tarde se sumaba la inquietud de que todos descubrieran esa angustia que era consciente de no saber disimular.

Porque estaba invenciblemente arraigada en mí la certeza de que mantener rigurosamente oculto mi secreto era cuestión de vida o muerte. Nunca se me ocurrió ni de lejos la idea de que algún día, ni siquiera en ese futuro enteramente mítico en que yo sería a mi vez padre y cabeza de familia, situación que a veces lograba imaginar bastante artificialmente pero sin creer de veras en ella; ni siquiera en esa vida fabulosa pudiera yo relatar a mi tía o a mi abuela mi ritual cotidiano de aquellos días. Incluso mi hermana era entonces para mí alguien con una parte en la luz y otra en la sombra: la mayor parte de su persona se me perdía en el mundo de los adultos, un mundo de tinieblas donde yo no lograba mirar con claridad porque era para mí un mundo netamente justificado pero casi enteramente injustificable. Tampoco a ella podía yo imaginarme contándole —¿con qué palabras?— mi punzante secreto.

En la mesa mi padre no sólo hablaba poco, sino que no ponía mucha atención. Mi abuela y mi tía comentaban casi sin interrupción los pequeños acontecimientos domésticos, que a mi padre seguramente le aburrían, y se evadía en cavilaciones de las que nunca hablaba, por lo menos delante de los niños. Yo entendía a mi manera su actitud: también yo me encerraba en mi pequeño mundo, y pensaba infinitamente más en mi secreto que en lo que compartía con la familia. Sin embargo había enormes diferencias: yo no tenía que desentenderme y evadirme de las preocupaciones del hogar; simplemente quedaba fuera. Yo era una de esas preocupaciones, pero precisamente por eso las preocupaciones no eran mías. Considerando todo lo que ahora sé o creo saber sobre las personas de mi familia, pienso que seguramente yo absorbía entonces sin ser consciente de ello mucho más de lo que puedo recordar. Pero en mi conciencia despierta asistía a aquellas conversaciones atendiendo exclusivamente a los signos que se relacionaran con mis oportunidades de libertad en medio de mis obligaciones impuestas, bajo las que me sentía aplastado. Mi única obsesión en presencia de la familia era que me dejaran irme, salir, reunirme con los amigos —o estar solo para hacer lo que quisiera, entregarme a mil pequeñas fantasías que delante de los mayores tenía que disimular, sabiendo que las juzgaban, aunque fuese a veces con tolerancia, humillantemente infantiles.

Pero mi secreto era algo aparte. Era la primera vez que, en un modesto episodio privado, yo había sido dueño de mi vida.

Ahora me inclino a pensar que si los mayores lo hubieran descubierto, como yo tanto temía, sin duda habrían sonreído con condescendencia, como también sonreirá quien se entere hoy de cuál era el motivo concreto de tanta angustia y dramatismo. Porque narrado, ese motivo resulta tan irremediablemente trivial, que yo mismo no me reconozco en él, y tengo que evadirme a una evocación oscura y confusa, balbuciente, inarticulada, para recobrar el peso emocionante de su importancia. Se trataba simplemente de espiar a Pili, una niña de mi edad, caminando por la calle.

A Pili se la consideraba mi «novia» en nuestra pequeña sociedad infantil radicada en el parque donde nos reuníamos para pasar todavía gran parte del tiempo jugando, pero también ya largos ratos relatándonos mutuamente algunas experiencias y muchas ilusiones. Eso del noviazgo era en nuestro mundo infantil algo más bien simbólico, que no implicaba ningún cambio en la relación corporal entre los «novios». No pretendo con eso restarle importancia: sé bien que los simbolismos de esa clase cambian profundamente la significación de los gestos más simples e inocentes. Ser novios en nuestro mundo infantil significaba aparecer juntos en los juegos y otras empresas colectivas, declarar que la persona elegida era superior en belleza y «simpatía» (a veces, no siempre, en inteligencia) a todas las demás de su sexo, responder uno por otro ante las amenazas o las denigraciones. Y sobre todo ser considerados novios por los demás, lo cual implicaba ser tema de bromas ingenuas. Todo esto era público y notorio en nuestra bulliciosa sociedad de chicos de barrio, aunque prácticamente invisible para los adultos, y mi propia hermana estaba por supuesto al corriente de mi «noviazgo» con Pili, de lo cual yo daba por seguro que nunca hablaría en casa.

Pero nadie estaba al corriente de mi secreto. Yo había descubierto que para ir a su clase de solfeo, Pili pasaba todos los días después de comer por la calle que corría detrás de mi edificio y que era visible desde la ventana del cuarto de baño. Y todos los días esperaba sobre ascuas que me dejaran levantarme de la mesa a tiempo para encerrarme allí y espiar sin ser visto su paso por la acera solitaria.

Cuando evoco ahora todo lo que aquel breve ritual cotidiano significaba para mí, sé que me lo narro a mí mismo, como acabo de decir, en un lenguaje que no era el suyo. Pero ese lenguaje traduce, aunque sea trivialmente, lo que sé que viví entonces en una confusa experiencia que me puso de pronto en el umbral de una oscura sabiduría inarticulada. De ese modo neblinoso y como lejano, yo sabía sin embargo bien, aunque no habría podido darle un nombre, que aquello era el deseo en el sentido pleno, adulto, que ahora doy a la palabra. Con una intensidad detallista que se grababa profundamente en mi memoria, yo observaba el paso elástico de Pili y el onduleo minuciosamente conocido de su falda acampanada de paño verde (mi preferida en las jerarquías hieráticas con que afirmaba mi infantil personalidad). Veía nítidamente el suave pliegue que a cada paso formaba el paño en su ingle, y que en su alternancia esbozaba el relieve de su pubis, y sabía que adorar con delirio su ingle y su pubis y el espacio oscuro y mareante que envolvía su falda acampanada era algo de otro orden que ser novios en el parque. La veía alejarse por la calle silenciosa, y el paso cadencioso de sus piernas frescas y carnosas, más juveniles que infantiles, exaltaba en mí una sensualidad de la que no hubiera sabido cómo hablar, pero que atesoraba deliberadamente para evocarla después.

Desde mi puesto de vigilancia no podía ver el detalle de su rostro, pero lo conocía lo bastante bien para evocar en toda su rea-

lidad la sonrisa a la vez tenue y jugosa que fue lo primero que decidí adorar en ella, los ojos verdes de cuyo color estaba muy orgullosa pero que a mí me atraían sobre todo por su chispa sonriente, los pómulos que no era yo el único que alababa a menudo. Pero aunque también en el parque ese rostro tiraba constantemente de mi mirada como si fuera su imán, ese atractivo tenía un sabor muy diferente desde mi atalaya de mirón indiscreto y oculto, un sabor de ojos entornados, de labios entreabiertos, de pómulos encendidos, de cabezas abandonadas sobre un hombro.

De todo eso sabía que no podía hablarle a ella, ni menos a ninguna otra persona mientras no pudiera hablarle a ella. Ante todo porque se habría escandalizado y no me lo hubiera permitido, pero también porque seguramente yo mismo no hubiera sabido cómo decirlo, de modo que ni siquiera llegaría a plantearse la posibilidad de que ella se escandalizara. En cuanto a los demás, también quedaba más o menos excluida la posibilidad de explicarlo. En nuestro mundo infantil hubiera tenido que traducirlo a un lenguaje en el que adivinaba que aquello resultaría o ridículo o vergonzoso. Y aunque presentía vagamente que había otro lenguaje en que expresar mi experiencia solitaria, era enteramente impotente para descubrir y manejar ese lenguaje.

Cuando después de haberla espiado así desde mi escondite, volvía a ver a Pili en el parque, creo que mi sentimiento era bastante complejo, pero ante esa complejidad la única reacción visible que encuentro en mi memoria es una pura perplejidad que no implicaba ningún juicio. No ignoraba lo que había de innoble en ocultarle mi inconfesable espionaje y en mantener hipócritamente nuestro tono de siempre cuando yo no podía olvidar la sensualidad sofocante con que la había estado mirando poco antes. Aunque desde mi ventana entreabierta yo la veía tan vestida como en el parque, era como si la hubiera visto desnuda y ahora la desnudara con la mirada, pues detrás de la noviecita de juguete con la que correteaba entre los otros chicos, yo veía ahora a una joven mujer de dulces corvas muelles, de muslos tibios, de ingles delicadas y pubis enigmáticamente expresivo. No pensaba directamente en el acto sexual, porque mi imaginación no tenía todavía las herramientas para construir esa escena, pero sabía ya con certeza lo que significa para un hombre un cuerpo de mujer, toda la dulzura y la plenitud y la paz con sus vapores de locura que esa carne promete.

Sabía también que había una especie de traición en esa pertenencia mía a un mundo otro, ese mundo de hombres cuyo umbral acababa de pisar evadiéndome de nuestro mundo infantil en el que Pili seguía hundida —o por lo menos yo no hubiera podido entonces imaginar otra cosa. Y sin embargo sabía que esa mujer portadora del goce exaltante y consolador no existía sólo en mi fantasía: estaba viva y ya completa en lo profundo de la carne de Pili. Y aunque yo no me hubiera atrevido ni siquiera a pensar que tal vez no esperaba sino que yo la despertara, o acaso, ya despierta, que yo le confesara que la había visto, de todos modos sabía que mi traición y mi hipocresía eran sólo de superficie: en un fondo del que por ahora no veía sino la oscuridad, participábamos en común de ese mundo emocionante y tremendo, éramos incluso cómplices, aunque ella se obstinara en negarlo, y algún día podríamos mirar a plena luz esa verdad, aunque fuera —pero eso yo no podía entonces pensarlo así— cada uno de los dos por separado y con otras personas.

De modo que, emparejado con Pili por el consenso del grupo en alguno de nuestros juegos, yo vivía en secreto otro emparejamiento, en el que sólo superficialmente me sentía traidor y evadido, gozando a escondidas de una plenitud de adulto con la que en ese reducto de la verdad escondida, lejos de sentirme culpable, me sentía perfectamente acorde, de antemano maduro, con una Pili en cierto modo futura, pero sobre todo, más verdaderamente, secreta. Porque hay un nivel en el que guardar un secreto no es oponerse a la persona a quien lo ocultamos, ni tampoco a la humanidad en general que lo ignora, sino que guardarlo así es guardárselo a ellos, y en nombre de ellos.

36

Elvira mía:

Gracias una vez más por tu interés y por tus certeros comentarios. En cuanto al compromiso y la infidelidad, veo que sigue la discusión. No estoy del todo de acuerdo en lo del donjuanismo juvenil. Sin duda la figura clásica de Don Juan es juvenil, y eso tiene su sentido. Pero reconocerás que las versiones modernas del personaje del seductor tienden cada vez más a pintarlo maduro. Se me ocurre una explicación de esa circunstancia. Para los clásicos el seductor es ante todo un pecador y un condenado, alguien que transgrede los mandamientos divinos escapando a la ley implacable de la procreación, la paternidad y la madurez. En suma: un joven, grupo humano que la Iglesia miró siempre con desconfianza. Pero a medida que avanza el laicismo y que el imperativo de atiborrar la tierra de especímenes humanos se hace menos evidente, el acento se pone cada vez más en el seductor como tipo humano o incluso tipo psicológico; o sea más en la observación de la realidad que en la fidelidad al dogma.

¿Tendré la impertinencia de citar mi propio ejemplo? Yo desde luego he seducido muchas más mujeres —y mucho mejor— en mi madurez que en mi juventud. Me parece además que eso es lo más frecuente en todo el mundo masculino, cosa que se ve cada vez más clara en la literatura, o también, últimamente, en el cine. Ya el vizconde de Valmont no seduce por su ímpetu juvenil (siempre más o menos guerrero), sino por su experiencia y sabiduría, en su caso claramente perversas, como en el no menos inquietante del seductor de Kierkegaard. Tampoco Casanova tiene en lo juvenil su mejor arma. Y el cine consagró casi desde el principio el arquetipo del seductor de sienes plateadas.

Piensa, querida Elvira, que la doctrina que la modernidad pone a tu disposición para juzgarme no es la de mi juvenil atropello de las leyes divinas, sino en todo caso la de una madurez inválida por arrastrar residuos de una adolescencia nunca superada. Yo no podría decir como el gran Rubén Darío

> *Potro sin freno se lanzó mi instinto,*
> *mi juventud montó potro sin freno.*
> *Iba embriagada y con puñal al cinto...*

No fue así nuestro encuentro. Me costaría imaginarte metida en una aventura con un hombre bastante más joven que tú, un mocito seguramente torpe, irreflexivo y desatento. Pienso que, al contrario, esperabas de mí enseñanzas y revelaciones, que probablemente yo no podía darte. Caso frecuente: no muchas mujeres son conscientes de que en una pareja es siempre el hombre el que tiene mucho que aprender, incluso si tiene más práctica que la mujer (suele suceder), porque aunque tenga más experiencia, tiene muchas menos facultades.

En todo caso, *mein liebe Frau*, bien sabes que también la modenidad me pone en su mira, a mí, pobre e indefenso Don Juan el Incomprendido. Pero de lo que me acusa, querida *Gut Mutter*, no es de hereje y condenado, sino de inmaduro e incompleto. Te hago observar, *ma chère Simone,* que subrepticiamente me están acusando de afeminado, puesto que su argumento es que mi *ego* o mi personalidad están algo atrofiados, como la personalidad o el *ego* femeninos, lo cual se ve en el hecho de que recurro a la seducción como la débil mujer en lugar de *conquistar* gracias a la fuerza física o a la fuerza moral (que es otra forma de la ley del más fuerte). Cuando insinúan que soy un afeminado, quieren decir que soy un humano de segunda fila —como la mujer.

Porque ya te lo dije no hace mucho: para la moral de la fuerza y la virilidad, tener que seducir es una claudicación.

Pero sé que estoy apelando a tu feminismo de una manera un poco chantajista. Sin duda tienes tus razones para juzgar que, aunque tú, la Mujer, y yo, Don Juan, estemos juntos ante la injusta acusación de ínfimos seductores, de todos modos no estamos juntos en la cuestión del compromiso. ¿Pero estás segura, *chère Emma*, de que tú me seducías con la intención de atarte a mí para toda la vida? ¿Con hijos y todo, con nietos y todo, con integración en tu clan familiar y fundación de un pacto económico? *Think it over, dear Elizabeth Barrett Browning* .

Tu fidelísimo
Don Juan

37

Mi implacable Elvira:

Confieso que en el primer momento tu carta me dejó un poco perplejo, hasta que caí en la cuenta de que la escribiste sin haber recibido todavía la mía anterior. Resultaba en efecto bastante frívolo que después de mis alegatos sobre la seducción y la paternidad, me salieras con esas curiosidades francamente personales. Pero ya te dije hace tiempo que estoy dispuesto a no rehuir ninguna de tus preguntas, y no utilizaré este desconcierto mío como coartada para no contestarte. Así que vamos a ello, aunque me siento muy raro con este brusco cambio de tono y de temática.

A «tu sucesora», como la llamas tú, no la conocías ni es probable que la hayas conocido después. Te aclaro enseguida que yo no estaba «enredado con ella» cuando nos separamos. No es que me esté dando baños de pureza: reconozco que otras veces me he encontrado en esa situación, pero el hecho es que aquella vez no hubo tal. Yo la había conocido antes de que empezara lo nuestro, pero no volví a verla mientras duró lo susodicho. Pero bueno, estoy viendo que tendré que ser un poco más explícito, porque si no, sé que me vas a acosar hasta que abra el buche.

Se llamaba Lucía (o se llama, pues supongo que sigue viva). La conocí en Nueva York, una de las veces que estuve allí trabajando de intérprete. Era hija de una funcionaria de la Embajada y estaba pasando una temporada con su madre. Me cruzaba a menudo con ella en las antesalas de la Embajada, adonde yo iba regularmente a recoger documentación, e intercambiábamos las cortesías habituales. Pero un día coincidimos a la salida del edificio y caminamos un trecho juntos. Su conversación era lo más inesperado del mundo. Me contó, contestando a mis preguntas, que su madre estaba ocupada todo el día y ella se paseaba sola por las calles horas y horas, llorando. ¿Por qué lloraba? No, por nada, es que le gustaba mucho llorar. Me dijo que tenía un novio horroroso, que parecía un vampiro, y que le encantaba. Le pregunté si no le interesaban los museos, y me dijo que sí, pero que esta vez prefería llorar por las calles. Supe que tomaría un avión a los dos días, así que le propuse que visitáramos juntos los Cloysters al día siguiente.

Ese día me estaba esperando a la salida del trabajo. Mientras tanto yo había averiguado que los Cloysters ya estarían cerrados, de modo que tendríamos que hacer otra cosa. El resultado fue que nos pasamos toda la noche caminando por Nueva York, descansando de vez en cuando en bares o cafeterías o simplemente en bancos públicos, pero reanudando siempre nuestra marcha más o menos en círculo, casi hasta el alba. Entonces me confesó que no sólo lloraba por las calles en aquella ciudad: algunos días se había dedicado a seguirme. ¿A mí? Sí, caminaba detrás de mí a la salida de la Embajada, se subía al mismo *subway* sin que yo la viera, volvía a bajarse y a seguirme. No eran fantasías: me relató con detalle mi itinerario exacto de algunos días, y se reía todo el tiempo contándomelo. En cierto momento, al tomarle el brazo para cruzar la calle, noté algo duro en su cintura. «Es un cinturón de castidad», me dijo con toda naturalidad. Lo había encontrado su hermano en una tienda de antigüedades y se lo había regalado. Hacía días que lo llevaba puesto. «Pero tengo la llave», añadió con una sonrisa encantadora. Pero de lo que más me habló durante aquella larga ronda nocturna fue de sus experiencias con las drogas. Eran su verdadera vocación y el centro de su vida. Al final de la noche, ya te lo imaginas, le propuse que fuéramos a dormir juntos. Ella tenía que amanecer en casa de su madre, pero yo estaba dispuesto a levantarme y vestirme al alba para acompañarla allá. Me dijo sabiamente, con mucha dulzura, que más valía no estropear esa noche maravillosa con un revolcón apresurado y en malas condiciones; que ya habría tiempo para hacer las cosas más serenamente cuando volviéramos a encontrarnos.

Pero a mi regreso, como tú bien sabes, yo estaba fascinado con una mujer que no se parecía nada a la loquita Lucía. Mientras me tuviste a tu sombra no pensé mucho en ella, y además quiso el azar que nunca se cruzara en mi camino. Una vez separados tú y yo, no pasaron muchos días sin que reapareciera. No sé si recuerdas que yo estaba trabajando entonces en un congreso médico. Una de las sesiones era sobre drogadicción, y en ella participaba un médico que se había ocupado de su caso. Ella asistió como amiga de ese médico, pero sabía que yo interpretaba en ese congreso, y creo incluso que se había enterado, no sé cómo, de nuestra separación. De allí salimos en su coche directamente a mi apartamento. En el camino, rebotaba en el asiento sin dejar de conducir (*manejar*), repitiendo con ritmo de coro infantil: «Te voy a coger, te voy a coger...»

Pero resultó que, contra todos los indicios y previsiones, hacía muy mal el amor. Fue uno de los casos en que más vergonzosamente me falló la intuición. Siempre me ha fascinado el desafío de adivinar instantáneamente cómo será una mujer en la cama. No pretendo ser un gran vidente en esa materia, pero puesto que pongo tanta atención, es natural que coseche algunos éxitos. A veces esa adivinación se me impone como una visión de orden casi alucinatorio: «veo» y «oigo», siento en su detalle el ritmo, la temperatura, la humedad, el jadeo, la mirada, el modo de abrazos y caricias. Insertar aquí el comentario de que fue lo que me sucedió contigo está en principio excluido, por su sospechoso aire de adulación o de convención. Pero tú adivinas que no te escribiría estas cosas si no fuera ése el caso.

La cuestión es que no era el caso con Lucía. Ella estaba sin duda convencida de ser una mujer fogosa y sensual y hubiera sido tan absurdo como cruel que yo intentara desengañarla. Un día que le pregunté si había hecho el amor con muchos hombres, me contestó con envidiable sencillez que no recordaba ningún amigo a lo largo de su vida con quien no se hubiese acostado. No era pues falta de práctica, era inspiración lo que le faltaba, como a los malos poetas. Como en ellos también, era la pereza mental de satisfacerse toscamente con lo logrado, sin preguntarse si no hay más cosas entre el cielo y la tierra, o entre la sábana y el colchón, que las que sueña su filosofía o su amodorramiento; sin intentar afinar más y sin curiosidad por lo que hacen otros poetas u otras señoras, y sobre todo sin pensar en lo que ve la mirada del otro, lector o amante. Lucía se drogaba siempre para hacer el amor, y no se preocupaba de imaginar lo que eso acarrearía para mí, que encontraba entre mis brazos una mujer entumecida y floja, encerrada en sí misma, con la que me era imposible comunicarme. Quería que yo me drogara también, pero para mí eso no mejoraba las cosas, al contrario. A mí lo que me interesaba en el sexo era la participación común, con toda la abertura posible, en un viaje al abismo donde al fin naufragaríamos en el vértigo y la ceguera, pero con los ojos bien abiertos hasta el último momento para sentirnos hundir en esa gloriosa tiniebla. Para encerrarme en mí mismo con la droga en esa especie de autoerotismo no necesitaba una mujer, de la que mi narcosis me aislaría. Me parecía que había que escoger entre hacer el amor con una mujer o hacerlo con la droga. Pero lo que acabó de arruinar aquella relación fue que además ella se avergonzaba de mí. En su mundo de jóvenes encandilados con las drogas y catequistas de ese encandilamiento, presentarse emparejada con un hombre bastante mayor que ella y que provenía de un ridículo ambiente de sanas costumbres era exponerse a cierto desprecio, y si para colmo aquel vejestorio no participaba en sus pueriles aquelarres, seguir a mi lado era provocar francamente el ostracismo.

Bueno, querida inquisidora, no dirás que no he cumplido el compromiso. ¿Era eso lo que querías, o te parece demasiado impúdico, o acaso cínico? Por favor, no me dejes con esa duda. Besos nostálgicos,

JUAN

38

Mi señora y juez:

Esta vez me parece que vas un poco lejos. En su contexto, claro que los clásicos tenían mil razones para considerar que el seductor, que ellos imaginaban como un joven atolondrado, irrespetuoso y violador de los mandamientos divinos, se condenaba irremediablemente, por más que el buen Zorrilla trate de salvarlo *in extremis* por la gracia redentora del amor. Pero cuando tú sospechas que esos severos jueces tenían razón, no te sitúas en su contexto. No es por hereje, ni porque me perturbara el juicio la fogosidad de mi sangre moza, por lo que sugieres que yo he vendido mi alma al diablo. Lo que tienes en mientes cuando dices eso es, primero, que yo soy un seductor, y segundo, que el seductor es un ser negativo, destructivo, nocivo y repulsivo: diabólico, en una palabra.

Respecto a lo primero, repetiré una vez más que no deberías hacerte ilusiones. Insisto en que debes revisar esa tendencia tuya a dar fe a unos chismes ridículos y sin fundamento. Seductores somos todos, y si alguno ha tenido más suerte que otros en el ejercicio de esa universal facultad del alma, lo que menos ayuda a comprenderlo es encasillarlo en un estereotipo nada realista y, sobre todo, juzgado de antemano. Don Juan es un mito, ya te lo he dicho, mientras que yo, bien que te consta, soy un ciudadano bastante común y corriente. Los rasgos de mi manera de ser ya ves que siempre he estado dispuesto a discutirlos y reconocerlos. Pero una cosa es confesar que nunca he sentado cabeza, como decía mi abuela, y otra es aceptar que se me clasifique sin apelación en un cartabón rígido y excluido de toda dignidad humana.

En cuanto a lo segundo, ser descrito como un hombre dotado de poderes diabólicos no deja de ser halagador. Es una idea totalmente falsa, por supuesto, pero no me siento ofendido por ella. En todo caso sería tal vez la susceptibilidad de Satanás la que podría sentirse vulnerada. De modo que no te voy a contestar yo, querida Cordelia, te va a contestar el diablo en persona, cuya carta te envío aquí como anexo.

Besos desde el averno,

Don Juan

[ANEXO]

DE BELCEBÚ A DOÑA ELVIRA

Mi señora doña Elvira:

Sabed que por más que sea yo, como soy, el Demonio en persona, no por eso soy tan ruin villano como para inmiscuirme donde no me llaman. Bien podéis decir que quienquiera me encuentra es porque me ha buscado, y yo sólo aparezco y existo cuando alguno me llama. Pero es el caso que vos me habéis llamado en efecto, y muy fuera de propósito, si me permitís la impertinencia, pues no venía a cuento invocar mi nombre para acusarme de ser el Tentador, o el instigador, como se dice en este lenguaje más moderno y culterano, del bueno de don Juan. Aquesa imprudente imputación no deja de sorprender en vuestros labios, pues ¿no sois vos, señora mía, ese espejo de mujeres que ha sido capaz de tanta generosidad y magnanimidad, de tanto perdón y conciliación para con aquel que otros espíritus menos libres y menos nobles considerarían vuestro burlador? Vos que a este don Juan de vuestros pecados habéis preferido entenderlo que juzgarlo, olvidarlo que castigarlo, escucharlo que condenarlo, perdonarle que vengaros, ¿vos misma seríades capaz de hacerle ahora el agravio de suponer que no fue sino un mísero juguete entre mis diabólicas manos?

¿Es que no habéis comprendido todavía, querida alma limpia y amiga de la verdad? ¿Es que no veis con evidencia que no pudo ser a don Juan a quien yo tentara, sino a fray Gabriel Téllez, burlador de las responsabilidades de su persona y de los votos de su vocación bajo el nombre de burla de Tirso de Molina? ¿Tan zafio o tan bobo me juzgáis? ¿Qué guisa de negocio hiciera yo

comprando una de esas almas arraigadas que no son separables de su cuerpo, quiero decir de su carne? ¿Me imagináis viajando a mis infiernos arrastrando un farragoso hato de almas con su carne a cuestas, dejando por la tierra el rastro de esa carga pesadamente material, una ancha estela sanguinolenta como la que deja en la plaza el arrastre del toro? ¿Y qué ganaría el dueño de un alma tal con vendérmela? ¿Podría yo librar de su alma a ese cuerpo antes de su muerte, dejándolo huero y ligerísimo para que se entretenga con más agilidad en sus deportes carnales? ¿O podría yo en vida suya liberar de su cuerpo a esa alma, abriéndole las puertas de la infernal eternidad?

No, doña Elvira mía, yo no soy un mercader de carne, sino de almas. No os pediría, a buen seguro, que os hayáis hecho teóloga, pero estoy cierto de que me entenderéis si os digo que no es la carne la que se condena: es el espíritu. Es precisamente ante un teólogo, ante un fray Gabriel, ante quien se me hace agua la boca. Un hombre que tiene su alma cuidadosamente aislada y custodiada, solícitamente atendida, protegida de su carne propia; un hombre que es el celoso vigilante de esa carne suya y me exime a mí de tan vulgar tarea, de eso que en la jerga de esos tiempos vuestros llamaríais sin duda represión. ¿Seríades vos, un alma tan instruida, capaz de creer en ciertas adocenadas sandeces y daros a entender que la represión es angélica y que con ella es a mí a quien se reprime? ¿Acaso os guiaríades más por el catecismo que por el Evangelio? Por Dios (si se me permite esa expresión convencional), amiga mía, ni siquiera ese Freud vuestro pudo creer del todo que en la represión fuera yo el perdedor. Cierto es que aquel Segismundo moderno (Sigmund en lengua tedesca) se proponía curar la represión, con lo que da señas de estar casi adivinando que la represión soy yo. Pero a la vez se sentía tentado (si lo sabré yo) a creer que lo que debía curar es lo que la represión reprime, a saber: el Ello, como lo llaman sus discípulos españoles o argentinos, cuando sería más acorde con su muy teológico estilo llamarlo el Id. Un caso delicioso, ese Segismundo vienés. Cuánta lucidez necesitó para estar tan confuso. No os revelaré, señora mía, si en la eterna ruleta gané o perdí esa alma: esas indiscreciones están de todo punto prohibidas en la teología infernal. Pero supongo que vos misma habréis notado que los rasgos con que sus discípulos, incluso los más lenguaraces que positivistas, tienden a imaginar la cara del Ello, son muy a mi imagen y semejanza. Wo Es war... Donde Ello estaba he de estar yo, dicen muy seriamente. Y yo medrando, porque, no hace falta decirlo, ni yo soy ello, ni ello es yo: yo soy yo, y el yo es siempre yo.

Pero volvamos a lo nuestro. Vos, una mujer tan admirable y tan admirada en efecto por este don Juan al que quisiérades confundir con Don Juan, vos que habéis vislumbrado que a ese inmortal Don Juan débesele descifrar y entender a partir de vuestro muy mortal don Juan y no al revés, ¿habéis visto en verdad más atributos diabólicos en nuestro buen Juanito Santaella que en don Tirso de Molina? ¿Tendré que recordaros que los superiores religiosos de fray Gabriel tuvieron que prohibirle seguir escribiendo sospechosas obras para el teatro? Pero no es eso lo peor, no me creáis tan bobo. Lo peor es que cuando recibió en sus sensitivos nudillos aquel instructivo zurriago, estaba de lleno en el favor cortesano, convertido en el consentido y halagado de los poderosos y el mimado y regalado de la corte, en el amigo y el igual de los príncipes de este mundo. Y con ello sin duda habéis adivinado ya, mi querida Elvira, de quién se hacía el amigo y el igual. Y tanto, que después de la inquisitorial advertencia volvió a ser admitido en el redil de los amos, ahora ya sin cálamo, que es como decir sin refugio donde pudiera recogerse o rendija por donde pudiera escapar aquel amigo e igual de mi persona, definitivamente irrescatable.

Pero una vez más, tampoco es eso todo. Si no temiera aburriros, podría relataros prolijamente los episodios de la apasionante cacería teológica que consagré a fray Gabriel. Algo tendré no obstante que referirme a ella si he de contribuir a vuestro esclarecimiento en la cuestión de mis relaciones con el universal Don Juan por un lado, y nuestro muy particular Juanito Santaella por otro. Sin duda sabéis (pues vos, sin ofensa, pertenecéis a una generación en que la educación servía todavía para educar) que Tirso de Molina participó muy señaladamente en aquel «movimiento», como decís ahora, de los más preclaros ingenios españoles en la defensa e ilustración del libre albedrío y de sus implicaciones y consecuencias. Por más que no seáis teóloga, no me extrañaría que en este momento os agite la tentación de preguntarme de qué lado me coloco yo en ese eterno debate sobre la libertad o la necesidad de los actos humanos. Lamentaría defraudaros, pero he de decir, si no lo habéis por enojo, que es uno de los pocos puntos en que no hay verdadera discrepancia entre la autoridad de allá arriba y vuestro humilde servidor. Ello no empece, fácil es suponerlo, para que unos y otros hagamos muy diverso uso de ese intrincado concepto.

Fray Gabriel mismo hizo uno asaz particular del suyo (entiéndase de su libre albedrío, no de su concepto). El favor de los poderosos le sirvió de escudo y disculpa para darse a la disipación y cultivar el trato y comercio de las más bajas, desalmadas y corrompidas criaturas de la sociedad de su tiempo. Ese apego se le trasluce a su pesar en el gusto con que, en su comedia más dogmática, salva al fogoso malhechor mientras condena con gesto avinagrado al escrupuloso desconfiado. No creo sorprenderos dándoos así a entender la sutileza de mis astucias. Mientras se dedicaba con ahínco a hilar delgado en defensa de la doctrina que sus autoridades le insinuaban, era yo quien empujaba al buen Tirso a enfrascarse en su tarea, distrayéndolo así de percatarse de la defensa que al mismo tiempo emprendía de la violencia, el crimen y la fuerza. Tampoco os sorprenderá saber que las astucias sutiles medran otro tanto en el bando angélico: pues sin duda la ternura de fray Gabriel por esas tristes criaturas es el diezmo que yo perdía al llevarme mi tajada.

Aquí tengo que implorar galantemente vuestra indulgencia por imponeros este lenguaje de agrios tufos teológicos que sin duda está bien lejos de vuestras preferencias. Pero habréis de reconocer que es también culpa vuestra, pues al atribuirme esa confusa alianza con Juan Santaella, es claro que os estábades metiendo en teologías. Pretender que es esa alianza la que convierte a un Juan o un Pedro de poca monta en todo un excelso Don Juan es hacerme mucho honor, pero debo por mi honor señalaros que es una doctrina equivocada. Puesto que ya os he dado a catar una cucharada de las astucias con que estiro y aflojo los hilos de las almas más embriagadas de teología, no habréis de asombraros de ver a un buen fraile condenarse por confiado, a saber por cometer aquel bárbaro pecado de condenar la seducción. Y eso (y acaso en ello está el peor pecado y la peor barbarie), empujado y aclamado por todos los bien establecidos de este bajo mundo. ¿Pensáis que sin las astucias con que yo distraía su atención y añublaba su vista, un ingenio tan instruido en las sutilezas de la escolástica hubiera podido confundir a un seductor con un burlador?

Pero ya supondréis, querida Elvira mía, que conozco mi negocio. Escoger un buen heraldo es sustancial en mi ministerio. El supremo talento de fray Gabriel me ahorró mucho trabajo en mi cometido de confundir al género humano. Tras él, seducidos, es el caso de señalarlo, por el brillo de su ingenio patizambo, han sido legiones los sabihondos de todas las regiones y todas las lenguas que dejaron de percibir la diferencia entre seducir y engañar. Así que vos, con un poco de penetración y de desapego, podríais preguntaros: ¿dónde está el verdadero engaño? ¿Quiénes quedan engañados y por quién? ¿Quién en Sevilla es un burlador? ¿Quiénes por esos mundos de Dios se han dejado burlar lastimosamente?

Pensadlo un poco, esclarecida doña Elvira: ¿quién es quien notoriamente me vende a mí su alma? No es Don Juan, señora mía, es Fausto. Un doctor, todo lo contrario de un seductor. Entre las innumerables historias que han pergeñado los hombres de ingenio de todas partes del mundo para tratar de entender cada uno mejor que el otro quién es pues ese arrebatador Don Juan, ¿habéis visto alguna, noble señora mía, en la que Don Juan invoque al Diablo para proponerle algún miserable toma y daca entre su pobre almita y no sé qué poderes de este mundo? Que es, no necesito recordároslo, lo que hace el docto Fausto, por frenesí de conocimiento y de dominio y no de placer. Cierto es que muchos de esos ingenios han dado vueltas en sus magines a la peligrosa idea de que Don Juan desafía a los cielos y se jacta de no arredrarse ante la perspectiva del eterno tormento. Pero precisamente, mi prudente doña Elvira, si los cielos, con su bien conocida iracundia, se encargan de castigar a ese soberbio enviándolo de cabeza a mis zahúrdas, ¿para qué iba yo a tomarme el trabajo de prometerle ninguna de las apetitosas ofertas de mis catálogos? Yo, fácil os será comprenderlo, no tengo más quehacer que frotarme las manos cuando un alma ofuscada se mete en tales enredos con el dogma, la Santa Madre Iglesia y las fuerzas celestiales, que entre todos, contando a esa *alma misma, consiguen expedirme limpiamente y de balde ese regalo. Mas esos enredos, espero que lo hayáis adivinado, son mucho más propios de teólogos y doctores, de esos fray Gabrieles y Faustos de los ámbitos más cultivados y esclarecidos, que de hombres sensuales que viven irredimiblemente seducidos por el glorioso reino de la seducción, en el cual reino, mucho más que las especulaciones y los cábalas sobre la salvación, el pecado, el poder y la penitencia, priva un clima de placeres y lágrimas, de ternura, de incendios, de llagas cordiales y batallas de la emoción. Bien haréis en creer, venerada amiga, que si esos paladines de la seducción ofenden a los cielos, no es porque estén más soliviantados que otros hombres cualesquiera contra los mandamientos divinos, o porque su descomunal soberbia los lleve a una sacrílega rivalidad con el Hacedor, con que seguirían, como bien sabéis, mi insigne y eterno ejemplo, sino antes bien porque el embelesamiento con los hechizos de este mundo los inclinan bien poco a embebecerse, a modo de teólogos o de réprobos (que son otra suerte de teólogos), en el negocio del otro mundo, o de los otros dos mundos: el de Dios Padre y el mío. Y si queréis más señas, preguntadle a don Francisco de Quevedo y Villegas con aquello de «El mundo me ha hechizado...»*

Confesad, señora mía, que nada puede ser más burdo que esa pazguata interpretación de lo que ocurre en el lecho de una noble dama seducida. ¿En qué cabeza cabe que un hombre que puede seducir a una mujer vaya a preferir engañarla en lugar de seducirla? Sólo a algún repulsivo adefesio o a algún lamentable engendro huérfano de todo encanto y gracia, capaz de matar de aburrimiento a una cohorte de ansiosas dueñas, se le puede ocurrir acogerse al engaño a falta de cualquier otro humilde recurso. No niego que al hacerlo así estará a buen seguro añorando mi auxilio. Los burladores, embusteros y ma-

rrulleros son con toda certeza parte de mi corte. Mas no digáis que me venden su alma, ni aun ellos. Esas almas son ya mías, son mi rédito natural y me basta con mandar a algunos de mis más bajos amanuenses a recogerlas. Podéis decir, respetable doña Elvira, si tanto os va en ello, que algo tengo que ver con los burladores; pero es precisamente porque no son seductores ni podrían ejercer el noble arte de los tales para merecer a una mujer, la cual sólo pueden conseguir con la innoble violencia del embuste y la mentira.

Ahora bien, ¿cómo es posible que tan torpe confusión prospere entre las gentes más civilizadas y gane la anuencia de personas por lo demás esclarecidas? Podéis colegir, mi buena amiga, que a tan hábil político como yo no han de faltarle muy vastas y universales estrategias. Desde el comienzo de los comienzos, o sea desde mi tan célebre Caída, no he perdido un minuto, quiero decir un milenio, para propagar entre los pueblos y las naciones, y aun antes entre las tribus y las hordas, las actitudes y maneras de ver que favorecieran mi reinado. No hay civilización, ni comunidad, ni secta, ni partido, donde no haya hecho yo prevalecer la convicción de que el guerrero es superior al frágil cantor de serenatas, el inaprensivo gobernante al inseguro súbdito, el forzudo campeón al sensitivo estudioso, el colérico al manso, el agresivo al obsequioso, y si entre estos infinitos adoctrinados míos goza de gran favor la opinión de que más vale maña que fuerza, es porque la maña y la fuerza están del mismo lado, y sea cual sea la que de entrambas valga más, de cualquier manera todos saben que más vale fuerza que inteligencia y más vale maña que rectitud. Ocioso es decir que en la cúspide, o en el basamento, de estos opuestos jerárquicos, está la sacrosanta jerarquía del supremo varón hecho y derecho y la ínfima fémina medio hecha y torcida.

¿Nunca habéis observado, cándida amiga mía, que los que proclaman que Don Juan es hechura diabólica son los mismos que juran por todos sus santos que la mujer ha venido a la Tierra con la misión manifiesta de hacer condenarse al hombre? Que es como decir de hacerle perder su dominio. Pues no es preciso gran ingenio para ver que en todo esto de lo que se trata es de dominio. Mucho antes de llevar entre los hombres, con el inapreciable concurso de fray Gabriel Téllez alias Tirso de Molina, la confusión del seductor con el burlador, ya los había inducido (que no seducido) a juzgar ridículo, pusilánime y poco viril que quien puede dominar se avenga a seducir. Eso está bien, si algo tan poco altivo puede estar bien, para las quejumbrosas mujeres, para los vulnerables niños, para los despreciables afeminados (¿no será que Don Juan es un afeminado?), seres imperfectos, incompletos e inmaduros, que el orgulloso Hacedor dejó a medias, visiblemente desprovistos del atributo más central, el cetro mismo del domino y la hidalguía; o acaso lo que hizo no fuese negarles esa ansiada clave del poder y la gloria, sino arrancársela cuando ya era suya; acaso lo que osó hacer, con su usada saña, fue castrarlos. ¿Creíais, mi cultivada amiga, que sólo a vuestro nuevo Segismundo podría ocurrírsele esa idea?

Os exhorto pues, mi buena señora, a abjurar de la convicción aparentemente ortodoxa de que los seductores son de mi partida y de mi séquito. Ojalá, señora mía: nada mejor podría yo pedir sino contar entre mis temibles armas con la atracción de los seres humanos los unos por los otros o por las otras, eso que vuestros tan mentados griegos llamaban eros. *Por desgracia, amiga mía, no es ésa mi arma, sino la ambición, el deseo de dominio, la codicia de la fuerza y el prurito de ejercerla, imponerla y exhibirla. Tales son las armas con que recluto en mis huestes a todos aquellos en quienes inculco el terror pánico a fracasar en su deseo de seducir, mientras susurro en sus secos oídos la tentación de imponer por la fuerza desnuda o por la fuerza de la ley (de una lex ad hoc, ocioso es decirlo) lo que no podrían conseguir por su encanto y su gracia.*

Dios os valga y yo no os gane. Besa vuestras manos y pónese a vuestros pies

Vuestro Seguro Tentador

BELCEBÚ

39

Querida mía:

Celebro que te haya divertido la epístola de Belcebú. Yo también me divertí bastante escribiéndola. No es la primera vez que mencionas mi gusto por la parodia, de lo cual me felicito, pues nada es más frustrante que poner en algo una intención paródica que los demás no reconocen como tal. ¿Te imaginas la frustración de Marcel Marceau si alguien le ofreciera unas pastillas para la garganta? Creo que en toda narración hay siempre por lo menos una gota de parodia, incluso en la narración ingenua y conversacional. Cuando alguien cuenta algo de viva voz, es inevitable que parodie lo que en esa historia dicen los demás, y casi siempre de manera caricaturesca, de modo que oímos a menudo historias donde todo el mundo es grotesco menos el narrador. Algo tan burdo sería seguramente inaceptable en una narración literaria, pero ¿no crees que hay muchas novelas y cuentos donde sutilmente pasa algo de eso? También en la novela es inevitable que el narrador parodie a sus personajes, en la medida precisamente en que no quiere interponerse entre ellos y el lector, sino que intenta dar de ellos una imagen directa, y es inevitable en consecuencia que el narrador se sienta en principio más lúcido que sus personajes. Pero es recomendable cuidar que eso no vaya tan lejos como para hacer odioso al narrador y lamentables a los personajes. Para mí, aunque sé que muchos autores y lectores no comparten esa opinión, ese es el peligro de un exceso de naturalismo, especialmente en los diálogos, que es el aspecto más netamente paródico de un relato. Esos diálogos en lenguaje vulgar y callejero, crudo y zurrapastroso, a menudo soez, me hacen pensar, más que en la exactitud del retrato lingüístico, en la petulancia del transcriptor que se siente, como el entomólogo, inmune a esos bichos que pincha en el tablero. Dicho de otra manera: nada es más soberbio que la «suprema modestia» del que se cree capaz de entregarnos la verdad pura, en sí, sin huella alguna de quien la transmite, limpia de lo que un físico llamaría la velocidad del observador.

Sé que es un poco ocioso decirte estas cosas a ti, que sin duda las ves tan bien o mejor que yo. El retrato lingüístico exacto en los diálogos de una novela es para mí tan poco interesante como la exactitud fotográfica en el retrato de un pintor. Ese pintor no adivina lo que le pasará al espectador: que la ausencia absoluta del autor no le parecerá creíble. El cuadro no puede haberse pintado solo, como el relato no puede relatarse solo, y para que uno pueda creer una historia, o simplemente para que pueda encontrarle sentido, necesita uno tener alguna noción de quién la está contando. Este peligro, por lo menos, es evidente que entre tú y yo queda descartado: es obvio que a tus ojos se me ve siempre el plumero cuando juego —o jugamos— con algún vago disfraz.

Pero estoy seguro también de que tú sabes que esos juegos no son del todo gratuitos. No es que pidan perdón por ser juegos y se justifiquen con la seriedad de un mensaje velado, más bien reivindican lo juguetón del mensaje. Si permito que un Belcebú caricaturesco te diga en su pintoresco lenguaje algunas cosas que, por supuesto, he pensado yo, no es que deje de pensarlas efectivamente yo. Pero al mezclarlas con otras que tal vez no asumo personalmente, sino que han llegado arrastradas por la marea de las frases, lo que queda claro es que todo eso puede mirarse con distancia, casi con ironía. O sea: que ni tú ni yo afirmamos que nuestra verdad de ahora excluya necesariamente toda otra verdad. Supongo que no todos los juegos son irónicos.

A mí siempre me ha sorprendido hasta qué punto mucha gente toma en serio un juego. Nada es más grotesco que un jugador solemne. Por ejemplo un deportista moderno. Eso que todavía en mi juventud (o por lo menos en mi adolescencia) llamábamos el espíritu deportivo ha desaparecido por completo de la moderna civilización (¿civilización?). Los deportistas de antes eran caballerosos y bien educados, es decir que no se tomaban demasiado en serio. No es que no se tomaran en serio, por supuesto, sino que tomar las cosas demasiado en serio es justamente dejar de tomarlas en serio. La vulgaridad y la agresividad de los deportistas de hoy son rasgos típicos de esa crispación de las personas que viven aterradas por la sospecha de que no son nadie. Un «ídolo» del deporte (como todavía los llaman algunos periodistas), que gana muchos millones y es conocido en el planeta entero o casi, pero que no logra convencerse de que es alguien, porque para eso tendría que tener alguna idea de en qué consiste ser alguien, es claro que no sabrá bien cómo tomarse en serio, y sólo se le ocurrirá intentarlo dándose palmadas en el pecho y haciendo feos gestos con el antebrazo.

No intento, por supuesto, inculcarte una filosofía del deporte, sino más bien proponer una sabrosa discusión sobre la parodia y la ironía. También en la cama, diría yo, ponerse demasiado solemne es no tomar la cosa en serio. Ninguna mujer pensará que no la toma en serio un hombre que juguetee con ella entre las sábanas llamándola cosas como «mi niña» u otras ridiculeces, ni ningún hombre se sentirá menospreciado porque su amante se denude con cierta pícara coquetería o le pida que deposite sus besitos en lugares milimétricamente exactos. En cambio, a nadie convenceremos de que tomamos se serio el sexo poniendo cara de circunstancias u obedeciendo fanáticamente a la más descarnada fisiología.

Otro punto en que hay que corregir las ideas vulgares sobre el seductor. Porque en la imagen convencional de esa figura no ocupan mucho lugar la ironía, el sentido del humor y el jugueteo. El primer Don Juan, el de Tirso de Molina, es un joven impetuoso, obtuso y fatuo, y creo que Belcebú tiene toda la razón cuando te aconseja tener presente que ese Don Juan no es un seductor, sino un burlador, cosa diametralmente opuesta o por lo menos diametralmente distinta. Desde entonces ha llovido mucho, y no creo que en nuestros tiempos, cuando pensamos en un seductor, lo imaginemos con esos rasgos tan prepotentes y faltos de tacto, sino más bien con los de un hombre afable y refinado, e invariablemente dotado de sentido del humor. Después de Tirso van apareciendo poco a poco en el personaje más y más rasgos seductores. El Don Giovanni de Mozart se divierte bastante con Zerlina y ya traté de mostrarte hace algún tiempo que su Donna Elvira está más seducida que burlada. Casanova es visiblemente un gran conversador ilustrado, en eso consiste en gran parte su seducción, y no hay gran conversador sin sentido del humor. El Don Juan de Byron se pasa incluso de la raya: todo en él es paródico, pero la ironía, muchas veces impertinente, es tan claramente cosa personal del autor, que a menudo nos distrae del tema y oscurece la ironía del propio personaje de Don Juan, que también la tiene.

Pero todavía Kierkegaard se las arregla para dar marcha atrás. Su personaje se presenta directamente como un seductor, pero sólo para revelarnos al final que no es ni siquiera un donjuán, sino más bien un triste tenorio. Ni siquiera su extrema sensibilidad y su admirable imaginación para el mundo femenino le preparan, como sería de esperarse, para ironizar un poco sobre su incomprensible maldad. Si nos empeñamos en imaginar un Don Juan danés, sin duda no sería este sádico Don Johannes, sino más bien Hamlet, en el que se ve claramente que un gran seductor como es a todas luces el desdichado príncipe no tiene sin embargo una gota de burlador.

Es bastante incomprensible que siga encontrándose entre los modernos esa incapacidad para separar las significaciones, tan claramente distintas, del mito de Don Juan: digamos por ejemplo su significación como seductor de su significación como conquistador. Lo cual indica seguramente que no hay sólo esa modernidad laica y abierta en la que sin duda pensamos tú y yo cuando usamos esa palabra, sino también, quizá sobre todo, una modernidad puritana y machista que sigue oprimiendo al pensamiento mucho más de lo que sospechamos. Porque el éxito imperecedero del mito se debe evidentemente a que todos los hombres se identifican con él, de manera consciente o inconsciente, con lo cual quiero decir simplemente (porque yo no soy psicoanalista sino sensato) que esa figura les ayuda a reconocer una fantasía similar que duerme en el fondo de su imaginación: la fantasía de ser amados por mil mujeres, o sea, simbólicamente, por *todas* las mujeres. Lo cual, *grosso modo*, es lo mismo que «poseer» simplemente a todas las mujeres, pero sólo *grosso modo*, porque apenas miramos con un poco más de cuidado, es claro que nadie «posee» *simplemente* a una mujer. Aparte de que eso se parece más a ser poseído que a ser poseedor, hay que fijarse también en que tal meta se consigue de diferentes maneras que dan un sabor muy distinto a la meta misma. No es lo mismo hacer el amor con una mujer violándola, o contrariándola, o engañándola, o comprándola, o chantajeándola, o incluso convenciéndola, o seduciéndola. Yo diría que lo que se consigue por uno u otro de esos caminos son cosas enteramente diferentes. Porque hasta el placer mismo no sabemos lo que puede ser en un perro o en un hipopótamo, pero en un hombre está claro que no es una cosa puramente automática independiente de su fantasía, su estado de ánimo, incluso su cultura y hasta su lenguaje. A mí me parece evidente que, aunque esa fantasía varonil (y por lo tanto probablemente algo chata) se deje obcecar por la imagen del puro acto carnal (como decían los inquisidores), de todos modos nuestro hombre preferiría implícitamente que esas mujeres lo adoren, lo busquen a él tanto o más que él a ellas, lo sueñen como él a ellas —o sea que sean mujeres seducidas mejor que violadas.

Pero me temo, *darling*, que una vez más acabo abrumándote en lugar de agradeciéndote. Recibe las trémulas disculpas de tu

JUAN

40

Querida Elvira:

Me dispongo, como es mi deber, a hacerte el *compte-rendu* de la visita de tus amigos uruguayos. Te daré mis impresiones sin tapujos ni circunloquios, no descarnadamente, que no es mi estilo, sino más bien *candidly*, como dicen los ingleses. Lo primero que me llamó la atención es que Cecilia no parecía rebosar de alegría con la visita de sus padres. Ahora me doy cuenta de que, aunque no suelo tener con ella conversaciones muy prolongadas, de todos modos es notable que casi nunca me haya hablado de ellos, y cuando lo ha hecho, ha sido en un tono puramente fáctico y desapasionado. Ahora que los conozco, eso me parece enteramente natural y me costaría trabajo imaginar que pudiera ser de otra manera. Tengo la impresión de que ha debido sentirse desde niña falta de cariño y de atención.

Pero si estas líneas te han causado alguna inquietud, me apresuro a tranquilizarte: mis relaciones con ellos han sido excelentes. Tú sabes que siempre he sido más bien civilizado, y puedes suponer que con la edad lo he ido siendo cada vez más, aparte de que nunca hubiera echado en saco roto tu recomendación. Por lo demás, no me costó ningún trabajo: son muy precisamente gente de mundo, viajada, instruida, incluso algo leída. No es difícil encontrar intereses comunes con gentes así, aunque encarnen bastante claramente la imagen, tan vituperada en las lecturas de mi juventud, del matrimonio burgués. Te aseguro que, a pesar de que toda mi vida he sido renuente a formar cualquier clase de matrimonio, pero sobre todo de ese tipo, de todas formas estoy lejos de alimentar una animadversión como la de Cernuda por lo que él llama "el aguachirle conyugal". Claro que él era homosexual, lo cual condicionaba no poco su filosofía sobre este particular. Me pregunto qué diría hoy de la lucha por el matrimonio *gay*, como lo llaman ahora con un curiosísimo eufemismo, lucha que aspira abiertamente al *matrimonio burgués gay*, como quien dice el aguachirle conyugal *homo*. Yo, en todo caso, estoy seguro de que no todos los matrimonios son aguachirle, aunque no lo haya verificado personalmente, ni todas las parejas homosexuales son alegres (*gay*).

Pero ya estoy yéndome por los cerros de Úbeda. Lo que estaba contándote es que no lo he pasado mal con Norma y Jorge Enrique. Hemos hecho turismo disciplinadamente, hemos ido al museo de pintura y al hospital de la Caridad, hemos comparado a Murillo con Valdés Leal, nos hemos impresionado con los leprosos de Juan de Mañara, hemos examinado con toda seriedad los escalones de la catedral donde se sentaron Rinconete y Cortadillo, hemos divagado, frente al Archivo de Indias, sobre el Imperio y el inquietante destino de Hispanoamérica, hemos tomado fino y gambas en la plaza de Doña Elvira, y hemos cumplido todos los demás rituales que también tú conoces. Evitando, por supuesto, hablar de política, de toros y de mujeres.

Cecilia, que tiene sus horarios de clase, no nos acompañaba siempre, pero debo decirte que cuando venía con nosotros hacía sistemáticamente *bande à part* conmigo, hasta el punto de que yo tenía que imponerme de vez en cuando para lograr que no ninguneara tan descaradamente a sus padres. Tú sabes que Cecilia es por varios lados bastante niña. No creo que esa visible distancia con sus padres fuera una agresión deliberada y consciente. Me parecía más bien un comportamiento infantilmente caprichoso: la situación era nueva para ella y la tomaba un poco como un juego, al que jugaba más conmigo que con sus padres, puesto que yo llevaba la mano en ese juego, y puesto que, aunque supongo que se daba cuenta de que soy mayor que sus padres, debe sentir (ya te he hablado de eso) que no caigo en la clase de los padres, la clase de la autoridad inabordable, sino en una clase tan desautorizada como abordable y hasta vulnerable. Esos días parloteaba conmigo como no lo había hecho nunca en todo el tiempo que vivimos en la misma casa, tratando evidentemente de hacerse la adulta, pero adulta a mi manera, no a la manera de sus padres. Un psicólogo diría quizá que deseaba inconscientemente competir con sus padres, vencerlos y suplantarlos, y para eso necesitaba un *partenaire*, que resultaba ser yo a falta de alguien mejor.

Pero me he fijado también en el otro polo de esa frágil relación. Me pareció que Norma y Jorge Enrique no sabían en absoluto manejar la situación. Sin duda perciben oscuramente el rechazo instintivo de su hija, pero como no sale nunca a la plena luz, dejan todo eso en la penumbra y su única reacción es cierto malestar, que a veces se vuelve mal humor, y un claro deseo de huir y alejarse. Todo eso puede formar un sentimiento de culpa, pero evidentemente rechazado de la conciencia y que ellos, me parece, nunca se confesarán. Todo queda envuelto en reglas abstractas y gestos convencionales: los padres deben hacer esto y lo otro, los hijos aquello y lo de más allá, y con eso nadie mira nunca en los ojos a nadie. Yo no acabo de entender esa necesidad compulsiva de viajar, no porque no entienda el gusto y la curiosidad de ver cosas nuevas, sentimiento que conozco bien, sino por la manera en que lo hacen, como si huyeran de alguna amenaza apocalíptica. Y además, me parece, no con un espíritu aventurero, sino como de coleccionistas. Cuando proyectan viajar a un país no es porque les atraiga o les intrigue de veras, sino porque les falta en su colección. No puedo imaginar qué gusto le encuentran a viajar así, como si los obligaran. Eso es hacer de un crucero un viacrucis.

Y mientras, dejan a su hija, por lo que veo, en manos de cualquiera, lo mismo en las tuyas que en las mías, y menos mal que han tenido la suerte de poder contar contigo para ese encargo, una suerte increíble de la que me temo que no se dan bien cuenta. Yo desde luego soy el menos indicado para opinar sobre algo así, pero no puedo evitar decirme que si yo alguna vez hubiera tenido una hija, no perdería oportunidad de llevarla en mis viajes. Comprendo que tendría que estudiar y eso limitaría bastante la posibilidad de viajar, pero estoy seguro de que encontraría la manera de compaginar las dos cosas mejor que estos pelotudos, como dirían ellos.

Lo que sí vas a tener que explicarme mejor es cómo es que Cecilia vino a dar a mi casa. No me extraña que a sus padres, siendo como son, les pareciera convincente el argumento de que su niña no sabía italiano y además quería conocer Sevilla, pero sí me extraña que tú no los convencieras de que era mejor que perdiera algún tiempo, supongo que no mucho, aprendiendo la lengua, y se quedara en Florencia, lo cual hubiera tenido dos enormes ventajas: que en Italia, por lo que yo sé, enseñan la filología española bastante mejor que en España, y sobre todo que estaría bajo tu custodia y tu influencia, mucho más confiable y enriquecedora que la mía.

En fin, *carina*, podría seguir hablando de esto todavía un buen rato, pero supongo que eso no mejoraría mucho mi informe y tal vez aumentaría tu aburrimiento. Recibe un buen beso sedentario de tu

JUAN

41

Carissima Elvira:

De acuerdo, seguiremos hablando de tus amigos, aunque yo estaba impaciente de proseguir nuestra sabrosa discusión sobre temas mucho más interesantes. Pero primero responderé al pequeño dardo que me envías, certero como todos los tuyos, pero estoy dispuesto a aceptar que sin maldad. Si yo hubiera tenido una hija (o un hijo, que para el caso da igual), es probable que me hubiera estorbado bastante, como dices, en mis «devaneos amorosos». Pero tú pareces insinuar que por eso no los tuve, y eso tengo que discutírtelo. Porque parece que lo que estás pensando —¡una vez más!— es que yo planeo esos «devaneos» como una especie de profesión, como los méritos que se hacen en una carrera, o muchísimo peor, como una especie de deporte; que si he evitado el estorbo de los hijos es porque estaba tramando en abstracto seducir no sé cuántas centenas de mujeres anónimas, por el orgullo de hacerlas caer y la compulsión de añadirlas a mi lista. Por eso dices que me equivoco y que no llevaría nunca a mi hija de viaje, no fuera a estorbarme en mis cacerías femeniles. Tengo que repetirte que te dejas despistar por una imagen enteramente ficticia y sesgada. Ese personaje con el que me identificas no existe en la realidad. En la realidad, ese hombre al que tú llamarías, me temo, un «seductor», no sale a la busca de su presa como el cazador, más bien sale desarmado y es él la presa de un conmocionante encuentro.

Pensemos por ejemplo en Casanova, que es un personaje de la realidad aunque a la vez pertenece a la literatura tanto como Don Juan. No ha faltado quien señale inteligentemente que Casanova no hace catálogos como Don Juan. El prejuicio oscurantista contra la seducción, o diríamos mejor el terror agresivamente autodefensivo ante la seducción, se apresura a proclamar que todos los que esos rencorosos imaginan como seductores son despreciables coleccionistas. Los de la literatura en efecto suelen serlo (aunque tampoco el Don Juan de Molière despliega ningún catálogo), pero es obvio que ese rasgo proviene mucho más de las ideas de los literatos, siempre moralizantes cuando se enfrentan con la seducción, que de los modelos reales en que pudieran inspirarse. Insisto: Casanova, que no es un invento de moralistas, no es en absoluto un coleccionista. Es más bien (lo dice él mismo) víctima indefensa de incontables seductoras, o incluso —¿por qué no?— del coleccionismo de algunas de sus alegres amigas.

Haz entonces un esfuerzo de imaginación y piensa en un Casanova padre de una hija. Puedo jurar que nunca dejaría en casa a esa hija, aunque es posible, si se da el prodigioso encuentro y la hija resulta una traba, que se arrepienta de haberla traído —pero no de antemano. (Además no es tan seguro que la hija sea un estorbo: esos prodigiosos «devaneos» son pródigos en tretas y expedientes.) Lo que sí es verdad es que Casanova (ese personaje de la realidad, no el de la moralina) ama la libertad, y cuando sale, quiere salir en toda libertad. O sea ante todo libre de manos: desarmado, todo lo contrario que un cazador. Su libertad es ante todo la libertad de caer en todas las trampas y de no defenderse de ningún dardo y ningún anzuelo. El verdadero predador, querida, es el marido burgués que se paga una puta a escondidas o hace el amor clandestinamente con la secretaria sin reconocerle ningún derecho ni ningún valor. Pero a ése a nadie se le ocurriría llamarlo «seductor» para someterlo a brillantes análisis psicológicos. Tampoco es un verdadero burlador; no engaña a nadie: todos, incluso él mismo, saben que es un cerdo.

(Bueno, luego hablamos de las excepciones y los matices, pero de momento déjame simplificar.)

Pasemos a la cuestión Cecilia. Lo que me cuentas aclara un poco tu actuación, pero no disipa del todo mis dudas. A ese Salinas al que me dices que sus padres querían confiarla yo no lo conozco, por muy sevillano que sea. La primera vez que lo oí mencionar fue hace poco, cuando Norma y Jorge Enrique me dijeron que pensaban visitarlo y me ofrecieron presentármelo, cosa que eludí, por supuesto. Pero no dudo que sea ese sinvergüenza que dices, sobre todo después de que me has contado que tiene negocios en Marbella y Gibraltar. Comprendo que ante semejante peligro estuvieras dispuesta a arriesgarte a cualquier solución, por poco más tranquilizadora que fuera. Pero ese heroico silogismo presupone por lo menos otras dos premisas: primero, que era absolutamente inamovible la decisión de mandar a la chica a Sevilla; y segundo, que aparte del nefasto Salinas, no tenías a nadie más que a mí a quien recurrir en Sevilla. Reconocerás que ninguna de esas dos suposiciones es inatacable. Esos padres evidentemente autoritarios, aunque siempre legalistas, ¿no es un poco raro que cedieran sumisamente a ese deseo de Cecilia que tú misma me has dicho que a todos les parecía un capricho? Tampoco parece que tú hayas presionado mucho para ayudarles a descartar esa decisión tan poco razonable. No sé qué lazos te unen a Norma y Jorge Enrique, pero veo que tienes una idea bastante imparcial y realista de ellos, y conozco tu firmeza y buen sentido en casi todos los terrenos. Me extraña que les dejaras hacer lo que no me negarás, por muy amable que quieras ser conmigo, que tenía todos los visos de una locura.

Dándole vueltas a todo eso, se me ocurre una tontería. ¿No será que tenías un poquito de nostalgia de mí? Conste que no pretendo en absoluto que te sientas obligada a contestar a esa pregunta, pero me he puesto a imaginar cómo me habría comportado yo en una situación equivalente, y me ha parecido claro que si yo hubiera tenido un joven protegido que quisiera irse a Florencia, en lo primero que hubiera pensado hubiera sido en la providencial oportunidad de volver a saber de ti, sobre todo si hubiera tenido tus señas, como resultó que tú tenías las mías. Yo por lo menos tenía nostalgia de tu amistad desde hacía tiempo. Las pocas noticias tuyas que me llegaban me hacían pensar que era absurdo que hubiéramos perdido el contacto, y me pareció una increíble coincidencia o más que una coincidencia que reaparecieras de repente. Cada vez que alguien que te había visto me hablaba de ti, pensaba que con muy pocas personas en la vida podría entenderme mejor que contigo, y que era una desgracia que ahora, con todas las heridas, supongo, curadas, no pudiéramos desarrollar ese entendimiento, enriquecido mientras tanto por la experiencia de la edad, o de las edades, la tuya y la mía, obviamente distintas pero, *alas!*, parejamente acrecentadas. Entonces, si mientras yo estoy rumiando eso, eres tú la que me escribe inesperadamente, ¿no es natural que se me ocurra que tú también pensabas en mí?

¿Te imaginas lo divertido que sería escribir una novela en la que Don Juan no ha muerto (se hubiera necesitado bastante más estatua de piedra para acabar con tan grande héroe), sino que está retirado en un lugar discreto, viviendo quizá de la jubilación, y que a su vez doña Inés, sobreviviente de la agonía de amor y expulsada con toda razón del convento y vuelta a la vida civil, vive en otro apacible rincón, y ambos se escriben asiduamente cartas? Qué maravilloso entendimiento habría en esas cartas, como desde más allá de la muerte pero muy dentro de este mundo, ¿no te parece? Serían inmensamente sabios, ni siquiera guardarían rencor al estúpido Destino pétreo (y lapidario) que destruyó la fase amatoria de su glorioso entendimiento, y se dedicarían humildemente a obedecer al mandato de ese destino de entendimiento. Esa novela sería facilísima de escribir: bastaría fingir que nuestras cartas son una ficción y darlas a la imprenta tal cual.

Pero puedes estar segura de que el beso que te mando no es ficticio,

Don Juan

42

Ma chère Elvire:

Creo que de pronto me he caído de la higuera (o me ha caído el veinte, como dirías tú): creo haber descubierto por qué no has discutido ninguna de las ideas altamente discutibles que siguen flotando entre nosotros. Si yo te remito una carta del Diablo, es lógico que no me contestes a mí, sino al Diablo. ¿Es eso? Si es así, no te quito la razón, pero podríamos los dos discutir con el Diablo, ¿no te parece? Podría yo retomar, en mi modesto lenguaje mojigato, algunas de las cosas que dice nuestro amigo el Enemigo para discutirlas contigo. O podrías tú contarme algo de tus peloteras con el Tentador.

Mientras tanto, me alegro de que nuestros viajeros desertores del nido te hayan escrito. A mí también me han escrito, por supuesto, y a su polluelo abandonado, y esas otras dos cartas, estoy seguro de que son también, como la mía, de la mano de Norma. Le agradezco las flores que dices que me echa en tu carta, como también me las echa en la mía, aunque son menos valiosas dirigidas al interesado; y supongo que también las incluye la carta a Cecilia, aunque probablemente menos extensas. Es evidente que son metódicos y bien educados. Puedo imaginarme cómo están escritas esas cartas. Norma habrá repetido no sé cuántas veces a lo largo del día: «Jorge Enrique, tenemos que escribirle a Elvira y a Juanito.» Él habrá contestado otras tantas veces con un suave gruñido. Por la noche, en el hotel, ella habrá insistido: «Hay que escribirle a nuestros amigos», y esta vez él habrá contestado con toda una frase entera: «Escribíles vos.» Ella se habrá puesto aplicadamente a la tarea mientras él se apoltronaba en la butaca para mirar la televisión, y de vez en cuando se habrá interrumpido para decir: «Le estoy contando lo de la Fontana di Trevi»; «Le digo que le mandas muchos abrazos y que nos hemos acordado mucho de él»; «Ahora le estoy escribiendo a Elvira»; «¿Cuál es el templo que vimos después del Foro?» Él, por supuesto, habrá vuelto a los gruñidos, aunque tras la última pregunta de ella habrá emitido un gruñido más bien dubitativo.

No es difícil adivinar cómo funciona una pareja así. Se presentan ante los otros como si Jorge Enrique fuera de veras el cabeza de familia, pero incluso cuando están en público se trasluce que no hay nada de eso, y en su vida privada debe de ser más que evidente. ¿Recuerdas aquella frase de los diarios de Pavese que comentamos tantas veces? *Ogni donna è un uomo d'azione* (cito de memoria, *si capisce*). Pero cada mujer lo es de un modo diferente. Me imagino que estos dos tienen una especie de pacto implícito: ella puede mangonear todo lo que quiera, siempre que él no tenga que reconocerlo explícitamente. Le basta con el gesto, el atavío y el vocabulario de jefe de familia. Es claro que ella no es sólo la más fuerte, es también la más inteligente. Sabe bien que lo que él más teme son las confrontaciones directas, por una oscura conciencia de su propia debilidad. Su manía de viajar me parece en efecto una voluntad de huida, no sólo de las vivas llamadas de una hija, sino de las exigencias de la vida en general. No me cabe duda de que él es una persona que rehúye obstinadamente pensar en serio en cualquier cosa o enfrentar abiertamente cualquier problema, pero tampoco ella debe de ser más valerosa en esos terrenos, a pesar de su apariencia emprendedora. Si acepta poner su energía y su solidez al servicio de la debilidad de él, no creo que sea por amorosa ternura o amorosa piedad, ni siquiera envuelta en sentimientos maternales, sino más bien porque es una manera de ejercer esa fuerza sin enfrentarla a pruebas riesgosas, algo así como guardar el dinero en casa en lugar de gastarlo.

Tal vez te sorprenda si te digo que esas turbias relaciones de las parejas más tristes y opacas me intrigan lo suficiente como para empujarme a intentar retratar algunos de sus rasgos. De lo cual te mando adjunto un pequeño ejemplo. Y sigo esperando el próximo *round* de nuestro animado pugilato.

Tu paciente
Juan

[ANEXO]

Amigos

Estábamos en la playa y yo volví una vez más a darle vueltas al tema, aunque sentía que a Margarita empezaba a producirle fastidio. Era natural que el divorcio de Paco me impresionara más a mí que a ella, que lo había conocido a través de mí, amigo suyo desde mucho antes de conocerla. Pero a Consuelo, su mujer, la habíamos conocido juntos, y juntos habíamos asistido a esa boda que ahora acababa en fracaso. Empecé a tratar de explicarle que Consuelo contaba ahora la historia de sus años con Paco de un modo muy diferente de como la había contado siempre. Ahora resultaba que Paco no había cambiado de ciudad y de empleo para facilitarle a ella las cosas, sino porque estaba incómodo con su empleo anterior. Pero Margarita recordaba sin duda, le decía yo, que no hacía mucho tiempo Consuelo nos contaba con orgullo ese episodio como un gran acto de amor de Paco hacia ella.

Margarita no dijo nada. Estaba tumbada boca arriba en la arena, con los ojos cerrados detrás de sus gafas negrísimas, y me pregunté si no estaría dormida. Sin embargo seguí hablando. Argumenté que antes de que conociera a Consuelo, cuando él y yo enseñábamos en la misma institución, jamás le oí quejarse de su trabajo. Añadí que hasta entonces Consuelo misma no había mencionado nunca que Paco estuviera incómodo con ese empleo cuando se conocieron. Era claro que se lo había inventado todo para no tener nada que agradecerle. Esta vez le hice directamente la pregunta a Margarita, para asegurarme de si estaba dormida o no:

—¿Tú qué opinas?

Después de una pausa y sin cambiar para nada la inexpresividad de su rostro inmóvil bajo el sol abrasador, contestó:

—No sé, tal vez tienes razón.

Yo repliqué enseguida que por supuesto tenía razón. Le había preguntado a Paco, como quien no quiere la cosa, si su empleo actual le gustaba más que el anterior. Me había dicho con toda sencillez que evidentemente no, aunque ahora no le parecía tan horroroso como lo había imaginado cuando lo solicitó. De todas formas, si hubiera podido conservar su mismo trabajo cuando cambió de ciudad, no habría vacilado. A continuación le conté a Margarita que había tenido cuidado de evitar que Paco sospechara el motivo de mi pregunta. Yo estaba bastante escandalizado con la actitud de Consuelo, pero sabía que decirle a Paco los reproches que abrigaba contra ella hubiera sido remover demasiado sus heridas, y además estaba seguro de que me los hubiera refutado todos con vehemencia.

Pero yo por mi lado apenas podía creer el cambio de actitud de ella. Hablaba ahora de su matrimonio como si todo lo que habían vivido juntos hubiera sido una sucesión de decisiones egoístas de Paco, que a ella la habían dejado siempre al margen y frustrada, esperando en vano, calladamente, que él le pusiera alguna atención. Y sin embargo Margarita y yo habíamos comentado muchas veces las generosidades de Paco con Consuelo y la modestia con que renunciaba a las manifestaciones de gratitud por ello. Y ahora ella fingía que nada de eso había sucedido, que él nunca le había dado nada y nada tenía que agradecerle. ¿No era increíble?, le preguntaba yo a Margarita. Esta vez giró sobre sí misma y se recostó de lado en la arena antes de contestar:

—Bueno, sí, pero esas cosas pasan.

Yo repliqué que ya lo sabía, pero no por eso podía entender la ceguera voluntaria de Consuelo. ¿Cómo podía creer que los demás olvidaríamos una historia que no sólo habíamos presenciado, sino que ella misma había exhibido insistentemente ante nosotros bajo un aspecto tan distinto? Porque ¿no fue ella quien nos contó más de una vez que si él había renunciado a aquel apetitoso puesto de investigador fue porque a ella le fastidiaba la idea de otra mudanza? Bien sabíamos todos sus amigos quién había buscado casa cerca del trabajo de ella y no de él, y había dedicado después muchos fines de semana a arreglarla al gusto de ella. ¿Y quién había renunciado a los jamones y salamis que tanto le gustaban pero que ella tenía anatematizados? ¿Quién había dado los avales para el coche, para el alquiler en la playa, para la compra masiva de aparatos caseros?

De pronto Margarita se incorporó sobre un codo, mostrando un flanco cubierto de arena y quitándose las gafas con la otra mano.

—Pues a mí —dijo con aire severo— me parece horrible que él le eche en cara esas cosas.

Reconozco que fue con un tono bastante sulfurado como le contesté que él no le echaba en cara nada, que era yo el que mencionaba esas cosas, y ni siquiera se las mencionaba a Consuelo, sino a ella, a Margarita, que las conocía tan bien como yo, y no sabía yo por qué de pronto parecía haberlas olvidado. El tono se volvió en seguida mutuamente agresivo. Margarita me dio la espalda diciendo que era ella la que no entendía por qué aquello me enfurecía tanto. Repliqué que me exasperaba que también ella quisiera volver las cosas del revés.

—Sí, claro —dijo ella con desprecio y en un tono obviamente terminal—, tú siempre tienes toda la razón.

Yo me callé un rato esperando que se me bajara la ira. Pero había como un rencor en la aplicación con que me dedicaba a *calmarme. Y una premonición sombría que me hacía pensar que nunca lograría hablar de veras con Margarita del divorcio de Paco, o quizá con nadie. Por fin dije con voz un poco arrastrada y ronca que no íbamos a dejar que aquello estropease las cosas entre nosotros. Apenas movió ligeramente un hombro sin dejar de darme la espalda. Después de un momento me tumbé boca arriba y me hundí, tratando tercamente de no pensar en nada, en la contemplación del denso azul impasible del cielo, una inmensa extensión lapidaria ardientemente muda. Y me fue invadiendo una tristeza tibia y morosa mientras iba aceptando con resignada desolación que allí había empezado a morir mi amistad con Paco.*

43

Querida Elvira:

Seguramente tienes razón al decir que no hacía falta atacar al buen Tirso de Molina para defender a Don Juan. No olvidemos sin embargo que no era yo quien lo atacaba, sino Belcebú. Pero ¿estás segura de que se trataba de una defensa de Don Juan? Lo único que el Demonio afirmaba es que no era ciertamente él quien había comprado su alma. O sea que lo deja solo ante su propia responsabilidad. En cuanto a fray Gabriel Téllez (por mal nombre Tirso de Molina), si lo ataca es más bien en el sentido de que emprende su conquista o su seducción. ¿Quiere eso decir que fray Gabriel es un poseído? No creo que fuera para tanto; más bien pienso que nuestro fraile se dejaba burlar mientras vituperaba al burlador.

Pero en todo eso se ve hasta qué punto la opinión general mezcla y enreda las cosas en estos terrenos. En ese lenguaje desgalichado que suele usar para estas cosas el desprevenido público, alguien podría decir por ejemplo que, cuando por fin cediste a mis deseos, yo «te poseí». ¿Hay que entender que te convertí en una poseída? Más me gustaría la imagen, sin duda algo exagerada, de una Elvira sacudida como una posesa. Si evocamos visualmente la escena, más bien parecería que era yo el poseído, por lo menos en el sentido de capturado, atrapado, empuñado. Esa imagen puede exacerbarse hasta llegar a la de una vagina dentada, de la que hablan muy seriamente los freudianos. Menudo bocado, ciertamente, pero ¿es seguro que se posee lo que se traga? Tal vez en efecto era yo el poseído, no porque hubieras logrado de veras tragarme, sino porque te habías metido en mi alma como el Maligno en el alma del poseso. Pero es claro que no usabas ese poder para empujarme al mal y traer el caos entre los humanos. ¿Por qué entonces la tendencia a dar a todas las nociones relativas a la seducción, la entrega y la veneración tintes sombríos y resonancias diabólicas? Cuando yo intentaba seducirte, ¿crees en serio que te estaba *atacando* como el Demonio a fray Gabriel, como una enfermedad al organismo, como un general a la plaza que quiere arrasar?, ¿y que mi seducción era una burla, como es siempre la tentación demoniaca? Y cuando tú me seducías aunque fuera involuntariamente, ¿era para poseerme como el Maligno y destruir mi albedrío? ¿Acaso sin querer me estabas dando toloache?

Pero bien sé que no eres tú quien inventa ese argumento subterráneo para traducir a él todo el teatro del deseo; es una obsesión general de todo el género humano, seguramente con rasgos peculiares en cada época histórica. ¿Y qué puede empujarnos a ese tenebroso refugio sino el miedo?

Présteme usted oído, delicada Cordelia, preste oído a su perseguido Johannes. Considere que era natural que no me comprendieran ni el falso fraile Tirso de Molina ni el falso pastor Sören Kierkegaard, los cuales, a fuer de especulativos teólogos y acres inquisidores empedernidos, desde el comienzo no querían conocerme, sino condenarme, siquiera fuese al precio de torcer y disfrazar mi figura. Pero usted, idolatrada señorita Cordelia, no pudo ignorar cuál era mi miedo. Yo había puesto en manos de usted la cuestión de mi alma. Era su amor el que yo había aceptado que me diera un alma, y sin él nunca pudiera elevarme a la condición humana verdadera. Bien fundados, por cierto, eran mis temores, pues fuerza le será confesar, Cordelia de mi corazón, que no fui yo quien la dejó caer al abismo, sino antes bien el desamor o la indecisión amorosa de usted quien me negó una mano salvadora.

Mas ¿qué es lo que me reprochan mis fieros inquisidores? Que yo no ocultara mi miedo ni renegara de la circunstancia que lo suscitaba. Pues tengo para mí que toda criatura humana espera recibir su alma de sus prójimos, y en especial de la mano de un prójimo entre todos elegido y que en mi caso y muchos más, aunque no en todos, pertenece al otro sexo; y que lo más prudente y valeroso que dicha criatura puede hacer es confesar que tal es su esperanza, no inventando que tiene desde siempre un alma por ley suprema otorgada, y admitir y aceptar que está por ende en el mortal peligro de no recibir esa alma, la cual el libre albedrío de la mano elegida puede ciertamente negarle. ¿No le parece a usted, magnánima señorita Cordelia, que debiera ser digno de encomio, admirado y emulado el hombre que solicita el don de esa alma en buena lid, sin amenazas ni marrullerías, sin reproches anticipados y sin recurrir a regla alguna que asegure sin riesgo su victoria? Pero el mundo, Cordelia mía, torcido por naturaleza, condena iracundo al que no miente, disfraza y disimula. Pues ¿qué filósofo ignora o qué hombre sensato niega que nada incita a la violencia como el miedo? Contemple usted, sabia Cordelia, una pelea de perros: verá usted con certidumbre que el que más ataca es el que más miedo tiene. Si el humano vive presa de ese miedo cerval a no ganar su alma en la rueda de Fortuna del amor, ¿qué tiene de extraño que sus jefes, paladines y guardianes se propongan conjurar el peligro condenando ese hecho y aun negando su existencia, y prohibiendo que se le mencione y reconozca?

Volvamos a los hechos, Elvira mía. Si yo hubiera sido Don Juan, ¿no es cierto que me habrías salvado como Doña Inés, y no condenado como la terca Doña Elvira o la incurable señorita Cordelia? Te hago notar que estas dos últimas también estuvieron ambas tentadas un momento de salvar a Don Juan: en la ópera de Mozart, Donna Elvira se lo cuenta a sí misma en un recitativo y un aria:

> *Che contrasto d'affetti in sen ti nasce!*
> *Perché questi sospiri e queste ambascie?*
> *. . .*
> *Ma tradita, abbandonata,*
> *provo ancor per lui pietà.*
> *Quando sento il mio tormento*
> *di vendetta il cor favella;*
> *ma, se guardo il suo cimento,*
> *palpitando il cor mi va.*

Por su parte, Molière hace correr a Done Elvire tras los talones del seductor para ofrecerle su amor salvador como Doña Inés, y le hace decir «*...et si ce n'est pas assez des larmes d'une personne que vous avez aimée...*»; y Kierkegaard hace escribir a Cordelia: «*...pues tú me amaste, lo sé, aunque ignoro en el fondo lo que me da esa seguridad...*» Tanto la una como la otra saben pues que Don Juan las amó. Cosa que jamás aceptarían ni el hugonote Kierkegaard ni el católico Tirso. Está claro que no es el amor quien condena a Don Juan; es la ley. Pero ¿qué ley? ¿No te parece que las mujeres están siempre más o menos dispuestas a perdonar a Don Juan? Son los hombres los que no pueden tolerarlo. Quebranta la regla viril, que dicta que el amor de una mujer se gana noblemente por los méritos o por la obediencia moral, no innoblemente despertando su deseo. Pues la seducción no es un mérito, sino todo lo contrario: un don, un azar, una chiripa, una injusticia. No hay duda: Doña Elvira y Cordelia salvarían de buena gana a Don Juan; son Tirso y Kierkegaard quienes no se lo permiten. Y tú, mi buena Elvira, es claro que me perdonas y me otorgas un alma humana, es decir reconoces y confiesas que la tengo, que es hacerla existir. Pero tú y yo sabemos lo que diría tu ex marido, por mucho que el tribunal de divorcio te haya declarado libre, si se enterara de esta correspondencia nuestra, con la que me sacas de las fauces mismas de la tiniebla como Doña Inés a su Don Juan.

Besa tu mano salvadora tu redimido

DON JUAN

44

Querida Elvira:

Si no sabes si te divierte o te asusta mi juego, yo diría que no hace ninguna falta que lo sepas. Esa ambigüedad puede ser de lo más fascinante. A los niños les encanta que los asusten, sin duda porque se divierten muchísimo dejándose asustar. ¿Te asustan los fantasmas que se cruzan de pronto en nuestra correspondencia? Son los que se cruzan en la conversación o en las cavilaciones de cualquier persona acostumbrada a leer un poco, o simplemente a escuchar con atención. ¿O te asustan mis *tours de passe-passe*, mi juego de espejos movedizo, mis sombras chinescas caleidoscópicas? A lo mejor estás pensando si no seré un poco esquizofrénico. ¿Quién no lo es un poco? No faltará quien te explique que todos, el que más y el que menos, nos sentimos a ratos Napoleón, o Don Juan, o Einstein; creemos ser Hércules o Venus, San Francisco o la madre Teresa, Supermán o Blancanieves. Al que te diga que eso son «fantasías» no le hagas ningún caso: no se trata de que lo creamos, lo cierto es que *somos* todo eso. Creo que fue Cocteau el que dijo que Victor Hugo era un loco que se creía Victor Hugo. Lo que no sé si Cocteau estaba pensando es que no hay otra manera de ser Victor Hugo. También Cocteau era un loco que se creía Cocteau, y Elvira Ulloa es una loca que se cree Elvira Ulloa. Una piedra en cambio no se cree piedra, y no es piedra por creerlo. Lo que me intriga bastante es quién cree ser una estatua de piedra.

Aparte de eso, debo decirte que no: que lo que quise sugerir no es en absoluto que las mujeres que yo abandono me persigan. Como ves, no soy yo, eres tú la que me «identifica» no ya con Don Juan, sino con las lucubraciones de sus denunciadores. En mi verdadera vida, querida mía, he sido más bien yo quien ha implorado más de una vez reanudar lo desanudado. Es cierto que a veces me ha parecido que alguna mujer hubiera deseado volver a mi lado. Pero nunca me lo han pedido abiertamente; cuando mucho me han mandado algunas señales, lo bastante ambiguas para que no pueda estar seguro de que era eso lo que querían, o incluso para hacer que me equivocara de todo a todo. Algo de eso se ve en la historia de Carolina, «heroína» o «inspiradora» (o simple pretexto) de otra de las historias pergeñadas por mi *dilettante* pluma, que, para no perder la costumbre, te mando aquí como anexo. Aunque la «inspiradora» se llamaba efectivamente así, no hace falta decir que es una ficción, en la que muchos hechos concretos y datos de detalle están inventados o sacados de otras situaciones, porque no se trata de registrar unos acontecimientos, sino de intentar figurar una verdad. Bien sabes que no es obligatorio que lo leas, y mucho menos que pierdas el tiempo preparando para mí un sesudo informe de tu opinión.

Un beso legendario de tu

JUAN

[ANEXO]

Carolina

Yo también, como todos, andaba ese día un poco febril y exaltado comprando los últimos regalos y tratando de que no se me olvidara nadie. Era curiosa aquella mezcla de agitación y ociosidad. Ni las prisas para terminar todas las compras y preparativos dentro del plazo, ni la obsesión de cumplir sin resquicios un programa cuidadosamente elaborado lograban borrar la conciencia, allá en el fondo, de que todo aquello era una tarea más gratuita que útil, más divertida que seria, un verdadero despilfarro en última instancia. Eso daba a la excitación generalizada que se respiraba en las calles llenas de gente un paradójico sabor de distensión y casi de calma. Yo me extrañaba de sentirme tan ligero, como alguien que deambulara momentáneamente liberado de sus tareas y sin meta precisa, pero me defendía de aquel sentimiento por miedo de olvidar efectivamente todo lo que me había propuesto hacer. Tampoco quería entregarme del todo a los triviales desbordamientos más bien mecánicos de la multitud. Me reservaba un pequeño ámbito privado donde la sensación de libertad risueña que me dominaba era una experiencia completamente personal, relacionada con situaciones mías particulares, como la circunstancia de haber puesto una pausa voluntaria entre un ciclo terminado de mi programa de estudios y lecturas, y la iniciación del siguiente ciclo; y también, como por casualidad, otras circunstancias comparables: el hecho de que la biblioteca estuviera cerrada, la interrupción de las visitas a mis antiguos maestros y colegas, la necesidad de descansar un poco, saliendo a menudo a la calle, del exceso de gente y ajetreo en la casa durante aquellos días, y cosas así. Gracias a aquellas personales circunstancias yo podía mirar con distancia a la multitud y sentirme motivado de otra manera, diciéndome por ejemplo que mi verdadero placer no eran aquellas compras ostentosas que hacía como todo el mundo, sino el descanso con que luego me premiaría a mí mismo en algún café del centro, con un té bien caliente y una revista nueva que hojear. Pero había un aspecto en el que mi actitud frente a aquel gentío atareado y un poco perplejo seguía siendo curiosamente ambigua: unos ratos me parecía que todos estaban cumpliendo un deber arbitrario sin saber bien por qué y sin poner por eso nada verdaderamente propio en aquellos gestos dictados desde fuera, y me prometía por mi parte no dejar mecanizarse así mis sentimientos, conservar el gusto y el frescor de una actividad que me atraía por su novedad y su carácter de juego, sin inventarme no sé qué deberes absurdos y no sé qué culpas supersticiosas que el desafío a la convención acarrearía; pero otros ratos más bien lo que me decía para sentirme diferente de aquella masa gregaria era que si yo estaba allí aparentemente confundido con ella, era porque no había más remedio, pero que si no tuviera unas obligaciones con las que libremente había decidido cumplir, jamás me habría dejado arrastrar a su entusiasmo convencional.

    En esas vacilaciones estaba cuando vi venir a Carolina. Puedo decir que fue una grata sorpresa. Casi pensé: «Carolina, claro, ¿cómo es posible que no la haya recordado desde hace tanto?» La sonrisa con que se me acercó me convenció de que a ella también le daba gusto el encuentro. Andaba de compras como yo, pero aceptó hacer una pausa para tomarse un café conmigo. Camino de la cafetería yo la observaba de reojo y me decía que estaba tan deliciosa como antes, tal vez un punto más madura, pero incluso más delgada, o eso me parecía tras sus ropas de invierno. Cuando se quitó el abrigo y amontonó en una silla sus numerosos paquetes pude verificar que no me había equivocado. Pero su cuerpo seguía teniendo aquella cadencia juvenil y aquella elegante molicie que tanto me habían gustado cuando la conocí.

Nos dedicamos, por supuesto, a intercambiar preguntas y respuestas sobre nuestras vidas de aquellos tres años o más. Así supe que se había divorciado. Recibí la noticia con un «ah» incoloro y poniéndome a mirar para otro sitio, bien decidido a no ser preguntón. A mi vez, le hablé de las investigaciones en que trabajaba ahora, dejando caer distraídamente indicios de que seguía soltero y libre. No pude descubrir qué reacción le provocaban esas informaciones veladas; sin duda estaba demasiado preocupado de no parecer obvio al soltarlas para poder prestar suficiente atención. Antes de separarnos, afirmé con vehemencia que teníamos que volver a vernos. Me apresuré a darle mi número de teléfono y no tuvo más remedio que darme el suyo. Pareció vacilar un momento antes de decirme que la semana siguiente había una fiesta en casa de los Jiménez y que estaba segura de que les daría mucho gusto volver a verme. Prometí asistir si ella se aseguraba de que sería efectivamente bien recibido, y ella a su vez prometió asegurarse y avisarme si veía algún inconveniente.

En el camino de regreso a mi casa era inevitable que me pusiera a repasar aquella vieja historia. Carolina era archivista y trabajaba en un archivo en el que entonces yo tenía que investigar. Llegué con una carta de recomendación de mi tío, catedrático influyente, y el director del archivo encargó a Carolina de atenderme. Aquel primer día la invité a un café y se salió un rato de la oficina para acompañarme. Pronto descubrimos, lo cual no es de extrañar, que teníamos muchos amigos y conocidos en común. Nuestras salidas a tomar café se volvieron habituales. Carolina tenía sentido del humor y bastante malicia, de modo que repasar con ella los personajes de nuestro mundillo no era nada aburrido.

Un día en el ascensor se apretó contra mi cuerpo y empezó a besarme en la boca con mucha sensualidad. Yo respondí con entusiasmo y acaricié todo lo que pude de su cuerpo mientras duró el descenso de la providencial cabina. Sus besos me encantaron; sus labios eran mucho más dúctiles y sustanciosos de lo que yo hubiera esperado en un cuerpo tan menudo y frágil, y mientras nos besábamos ella restregaba fuertemente todo el tiempo su pubis contra el mío. Unos minutos después, en el café, volvió a tomar su tono de siempre para despellejar alegremente a algunos de nuestros amigos. Yo estaba bastante sorprendido; era como si lo del ascensor no hubiera sucedido nunca, todo en ella era igual que antes, salvo alguna breve mirada de deseo y picardía que me lanzaba en las pausas, y yo me dediqué aplicadamente a reprimir todo signo de asombro. Al despedirnos, le pregunté como al desgaire cuándo podía venir a mi casa. Me contestó con la misma naturalidad que el jueves a las siete. Le apunté mi dirección en una servilleta de papel y me despedí con un beso en la mejilla.

En mi diminuto departamento de soltero, aquel jueves, vi plenamente cumplido lo que sus labios prometían. Hicimos el amor con mucho placer y mucha soltura; era evidente que nos acoplábamos bien y que cada uno desciframos con bastante seguridad el lenguaje sexual del otro. Todavía hoy recuerdo vivamente cómo me emocionaba la sorpresa de hundirme tan profundamente en un cuerpo tan pequeño y delicado. Empezó entonces uno de los periodos más tranquilos y satisfactorios de mi vida. Seguimos tomando café casi con la misma frecuencia que antes, y de vez en cuando ella me preguntaba: «¿Nos vemos tal día a tal hora?» Yo aceptaba siempre, por supuesto. Llegaba puntualmente a mi puerta pero con poco tiempo por delante. Eso no nos ponía nerviosos en absoluto: hacíamos todo con calma y naturalidad, con una seguridad como de viejo matrimonio, pero luego en la cama volvíamos a encontrar intactos el frescor juvenil y la emoción de los ritmos concordantes, y después de hacer el amor charlábamos y fumábamos un rato, sin prisa, desnudos sobre la cama, sintiéndonos ágiles y tranquilos como yo por lo menos no me había sentido nunca en tales momentos.

 Un día me invitó a comer en su casa. Para entonces yo ya había aprendido a no sorprenderme nunca de su sangre fría. Fue una comida enteramente normal en una familia de clase media ilustrada. El marido era correcto y gris, evidentemente aburrido pero nada anormal. Los dos niños pequeños comieron aparte, fueron despachados pronto al colegio, y mientras tanto dieron poca guerra. Hablamos de los últimos inventos, de la sociedad de la información, del efecto invernadero y otros temas parecidos. Yo estaba tan subsumido en aquella tibia marea de normalidad y lugar común, que tenía que hacer un esfuerzo para no olvidar que la situación rondaba el cinismo.

 En nuestros siguientes encuentros no volvió a mencionarse aquella comida. Nuestra relación se había vuelto un modo de vida; yo la veía como una costumbre aceptable, una situación afortunada en la que yo obtenía la satisfacción sexual junto a una dosis de picante en mi vida sin perder nada a cambio, lo cual me dejaba libre y tranquilo para dedicarme a mis tareas, con ese otro aspecto de mi vida asegurado, en lugar de tener, como otras veces, que gastar parte de mis energías en la búsqueda o la obsesión de esa parte faltante. Con el tiempo, las salidas a tomar café se fueron espaciando, y también las visitas de Carolina a mi cama, pero esos encuentros seguían siendo igualmente gratificantes y sin roces, de modo que yo no sentía que la situación hubiera empeorado. Seguramente por esa falta de dramatismo, sucedió que cuando yo empecé a frecuentar otros archivos y empezamos a dejar de vernos, yo no me di cuenta hasta bastante después de que aquello había terminado. Iba pasando el tiempo y yo cada vez evocaba con menos frecuencia a Carolina, aunque de vez en cuando me reprochaba mi desidia para intentar reanudar el contacto.

 Y ahora ella había reaparecido caída del cielo y yo pensaba que haría mal en no tomar aquel encuentro como una señal. Era probablemente el regalo de Navidad que me traía el destino. Yo ponía mucho ahínco en evocar en detalle las miradas y las sonrisas de Carolina el rato que habíamos estado juntos, tratando de descifrar los mensajes íntimos que envolvían. Pensaba que si ella había dudado un momento antes de invitarme a la fiesta de los Jiménez, eso no era una mala señal, al contrario. Indicaba una tentación de reprimirse que ella había superado pronto, y si había querido reprimirse, es que efectivamente había en ella un deseo. Me decía que con Carolina divorciada todo sería diferente, probablemente más complicado, lo cual me asustaba un poco, pero excitaba aún más mi curiosidad. Por lo pronto eso facilitaría las cosas, ahora que yo había vuelto a casa de mis padres. Y sin darme cuenta, ya estaba planeando volver a vivir solo y ya estaba preguntándome cómo lograría aislarme un rato con Carolina durante la fiesta.

 Los Jiménez me telefonearon para invitarme directamente. Llegué con dos botellas de ron y un libro de jardinería para Tita, y fui recibido jovialmente. Había bastantes conocidos míos, pero también mucha gente que yo no conocía. Carolina iba y venía de unos a otros, muy sonriente y con las mejillas encendidas.

Pensé que estaría un poco bebida y eso me dio ánimos. Me le pegué todo lo posible, y en un momento en que quedamos un poco aislados ella y yo, le susurré al oído: «Qué ganas de echar el tiempo para atrás.» «Sí, pero nadie ha inventado todavía la máquina del tiempo», me contestó con una sonrisa maliciosa que no pude descifrar si era de coqueteo o de burla. Después me pareció que rehuía una y otra vez quedar a solas conmigo. Pero en cierto momento me convertí pasajeramente en el centro de atención: Miguel pidió mi intervención en una discusión de historia que sostenía con varios amigos. Me lancé a desarrollar el punto y todos los que estaban cerca se callaron y se pusieron a escucharme. Yo espiaba con el rabillo del ojo la reacción de Carolina. Me pareció que en ese momento estaba orgullosa de mí. Cuando acabé mi perorata y la miré de frente, me sonrió casi con ternura. Pero el resto de la noche no pude hablar una sola vez aparte con ella. Sólo al despedirme logré decirle mientras la besaba en las mejillas: «Comprenderás que te voy a telefonear.» «Allá tú», me dijo, otra vez con esa sonrisa ambigua: no pude saber si se divertía conmigo o a mi costa.

Me costó mucho esfuerzo dejar pasar una semana o algo así antes de llamarla. Me contestó en tono jovial, y yo empecé por felicitarla por el Año Nuevo, añadiendo: «¿No piensas hacer vida nueva, como ordena la costumbre?» «¿A qué le llamarías tú vida nueva?», me contestó con evidente ironía. Me avergoncé de mi torpeza y no supe cómo arreglarlo. Después bromeamos un rato sobre mi perorata en la fiesta, mis aires profesorales y mis tendencias monásticas. Finalmente le pregunté cuándo podría verla. Me dijo que tendría que ser a su regreso, porque la semana siguiente salía a un congreso en Nueva York. Ella me avisaría por teléfono cuando estuviera de vuelta. Me puse a esperar con bastante mal humor. A medida que pasaban los *días sin noticias suyas, se me fue metiendo en la cabeza que eso me pasaba por haber vuelto al redil familiar. Me fue dominando una creciente animadversión por la vida en familia. Criticaba agriamente todo lo que hacían mis hermanos, no sólo en la casa, sino también en sus actividades personales, y con mis padres apenas intercambiaba algunas palabras rutinarias.*

Al cabo de un mes me decidí a telefonearle yo a ella. Había regresado hacía «algún tiempo». Yo me había propuesto con gran firmeza no hacer reproches, pero supongo que se me notaría un poco la amargura. Carolina por supuesto no dio ninguna explicación. Logré mal que bien fingir alguna soltura y hablamos de esto y lo otro bromeando como siempre. Me pareció que su tono se iba haciendo más y más dulce y seductor. ¿Me estaba coqueteando? Acabé por animarme a preguntarle si era que no tenía ningunas ganas de verme. «Claro que sí, tonto», me dijo con verdadera ternura. «¿Cuándo?», pregunté. Contestó que habría que esperar: ahora tenía un niño enfermo y no se podía contar con ella. Le dije que la esperaría una vez más. «Yo te llamo», prometió para terminar. Esta vez no tardé en decirme que nuevamente tendría que ser yo el que le telefoneara, pero empezó a dominarme la absurda idea de que para eso tenía que tener mi propia casa donde llamarla desde mi propio teléfono. En una especie de rapto, alquilé un amueblado con teléfono, lo cual era entrar imprudentemente en la ruina. Le telefoneé la primera noche que dormí allí. Otra vez me contestó risueña, bromeó sobre mi nuevo departamento, preguntándome si creía haber llegado ya a la mayoría de edad, y se burló suavemente de una chica que había conocido, pero según ella no había retenido su nombre, y que le había dicho que me «admiraba mucho». ¿Estaría un poco celosa, aunque sólo fuera celosa de conservar su lugar en mi ánimo? En todo caso tampoco ahora podríamos vernos. Esta vez porque estaban haciendo inventario en su archivo.

Yo estaba más furioso conmigo mismo que con ella. Siempre me había creído un individuo equilibrado y sano de espíritu, y me humillaba verme ahora convertido en un obsesivo incapaz de reaccionar ante esa evidente enfermedad. En un obsesivo —y en un atolondrado: también era humillante tener que ir a comer y cenar a casa de mis padres, pues gracias a mi precipitación, no me alcanzaba el presupuesto con el gasto del alquiler. Me iba convirtiendo en un ser esquivo y gruñón, con el triste sentimiento de una vida terminada e inútil, y no por alguna injusticia contra la que pudiera rebelarme, sino por una irremediable torpeza que hacía que todo aquello, misteriosamente, me lo hubiera merecido. Era claro que tenía que hacer algo, pero lo único que se me ocurría era ir hasta el fin de mi obsesión. Entonces inventé un sólido pretexto para ir al archivo de Carolina y me presenté allí una buena mañana. Durante todo el camino fui saltando de nervios, pero una vez frente a ella me entró una inesperada naturalidad. Más que natural me sentía inerte, como si estuviera ante aquella escena relatada muchos años después. Carolina me atendió sonriente y desenvuelta, y yo mismo estuve amable y comedido. Terminado el trámite, nos despedimos con los agradecimientos de cortesía y un «Hasta la vista» suficientemente amistoso.

No he vuelto a buscar a Carolina, y cuando alguna vez nos hemos encontrado casualmente, me he sentido ante ella tan inerte como durante aquella última visita. Pero curiosamente, cuando de tarde en tarde recuerdo aquella historia como un episodio perfectamente concluido e inventariado de mi vida, todavía sigo dudando si no habré entendido bien los signos y premoniciones, y me digo que tal vez Carolina esperaba que yo le tuviera bastante paciencia, porque tal vez sí deseaba volver conmigo, y tal vez sus postergaciones eran efectivamente ajenas a su voluntad. Lo que es claro es que ya no estoy dispuesto a averiguarlo. En todo caso, fue entonces cuando inicié este hábito mío de pasar siempre la Navidad en algún lugar donde no me conozca nadie.

45

Querida escéptica:

Sí, en efecto, lo que quiero insinuar es que yo también he sido o soy víctima. O sería mejor decir que *tampoco* yo soy víctima: que no hay víctimas. Ya ves entonces que no estoy haciéndome la víctima, sino en todo caso negando que sea yo victimario. Una vez más tus insinuaciones no apuntan de veras a mí, sino a un tipo humano prefijado pero no por eso menos confuso. Parece que el buen Belcebú ha conseguido su propósito: por lo menos en este tema, el género humano se debate en una telaraña de contradicciones. A ese vago personaje del «seductor» condenado por la gente respetable se le acusa de enamoradizo, y a la vez, de no amar. ¿En qué quedamos, se enamora demasiado, o no se enamora nunca? Ya sé que la lógica del bando respetable logra salir al paso de esta objeción: enamorarse muchas veces es no enamorarse ninguna. ¿De veras? Al chico por ejemplo que se enamoró de Pili, como te conté hace poco, no podría acusársele de haberse enamorado muchas veces. Los respetables tendrán que confesar entonces que ese amor era amor. Pero es seguro que ese chico se enamorará muchas otras veces en el curso de su vida. ¿Eso que era amor dejará entonces de ser amor? Yo podría jurar que, si no todas, por lo menos muchas de las veces que volverá a enamorarse, se enamorará con la misma autenticidad de aquella primera vez.

En la última etapa de su vida, Lope de Vega había tomado las órdenes y vivía relativamente sosegado. Su protector el duque de Sesa le cuenta en una carta que corren por ahí chismes escandalizados sobre sus amores pasados o no tan pasados. Y el viejo poeta, sacerdote y todo, le contesta: «Gracias doy al cielo que otro vicio no han sabido hallar en mí sino el natural amor.» (Cito de memoria, ya te lo imaginas.) ¿Hay que entender que el natural amor se distingue de otro que no es natural? La forma de epíteto del adjetivo podría indicar que se trata de una propiedad general de todo amor, pero es de suponer que Lope es consciente de que no todos los amores son así: los naturales suyos son amores *non sancti*. Tampoco debemos entender literalmente que Lope está confesando que el natural amor es un vicio. El sobreentendido de la frase es sin duda algo así como: si eso es todo, valiente vicio. Porque los amores de fray Lope Félix de Vega Carpio con la seductora Marta Nevares son indudablemente ilícitos en su época, pero ciertamente no viciosos. Al final, el viejo poeta se hace cargo de su vieja amante ya ciega, enferma y fuera de sus cabales. No todos los maridos santificados de aquellos tiempos serían capaces de hacer lo mismo.

Se esconde aquí un conflicto muy grave y nunca enfrentado, pero que no es de Lope solo, sino de toda su época, que cree a la vez que el amor es santo porque es natural, y que el amor es pecado porque es natural. Pero las pegajosas telarañas que arroja Belcebú sobre nuestro intelecto no nublan sólo la visión de estas metafísicas cuestiones, sino también la de actos muchos más prácticos y concretos. A pesar del escándalo, nadie castigó a Lope por su *natural amor* sacrílego. En cambio, en su juventud, fue desterrado «por libelos». Tal vez te sorprenda tanta tolerancia con un pecado que todavía hoy sigue fustigándose sonoramente desde todos los púlpitos, y tanto rigor contra unos versos que sin duda ofendían pero no dañaban materialmente a nadie. Pero fíjate en este detalle: el joven Lope insulta no sólo a su ex amante, sino también a su familia, acusándola de venderla a un hombre más rico y más poderoso que él, que es sin duda el autor del castigo, aunque sea otra mano la que lo inflige. ¿No será que los encargados de castigar a los súbditos o ciudadanos veneran más la riqueza y el poder que el amor? Después de todo, acostándose con Marta, Lope sólo ofendía a Dios, mientras que insultando a la familia de Elena Osorio ofendía a cierto señorón concreto capaz de mover fuertes influencias (probablemente un tal Perrenot de Granvelle o Granvela o Gran Vela). Pero ¿quién dicta los castigos y los premios públicos de los amantes? Si no son los señorones mismos, entonces son unas respetables personas que veneran y protegen infinitamente más a los señorones Vela que a los seductores Vega (Lope de). ¿Qué hombre no ha sentido alguna vez, aunque fuera sólo fugazmente y como una imprecisa premonición, la amenaza de que su amada sucumba a la tentación de la riqueza y el poder? Nada es más hiriente para un enamorado que sorprender alguna miradita embelesada de su amada a un millonario. A menos que sea millonario él mismo —y aun así... —o entonces sería la miradita a un rey o a un líder supremo la que desgarraría su autoestima.

¿No te parece que esa polaridad entre la seducción y el poder es decididamente arquetípica? Supongo que no has leído a Rétif de la Bretonne, ni yo te lo aconsejaría, pero déjame contarte que es uno de los hombres que en toda la historia más se han jactado de haber tenido infinitas mujeres. Sólo que este *Monsieur Nicolas* era un artesano hijo de campesinos, y esto sucedía antes de la Revolución Francesa. Es absolutamente patético oírle contar cómo una mujer tras otra le abandonan por pretendientes ricos y nobles. Sin duda Rétif no es ningún modelo de objetividad, y mucho de lo que cuenta está deformado o inventado. Pero el sentimiento doloroso no es inventado. Lo sé porque yo mismo he dado vueltas a ese sentimiento, entre otras veces, en uno de esos relatos más exploratorios que autobiográficos a los que a estas alturas supongo que ya te tengo acostumbrada. La traumática humillación ante el poder tiene a veces formas más sutiles y atenuadas que las que nos cuenta Rétif. Puede ser por ejemplo cuestión de edad. La infancia y la adolescencia son etapas de la vida excluidas del poder. Estoy seguro de que todos los adolescentes se sienten en algún momento injustamente apartados, para decirlo en lenguaje naturista, del acceso a las hembras de la manada, como los jóvenes machos de casi todas las especies de mamíferos gregarios. Rétif no se sentía con derecho a disputarles sus mujeres a los señorones que se las arrebataban. Casanova en cambio ponía los cuernos a más de un poderoso, lo cual no implica necesariamente que se creyera con derecho a hacerlo. Pero es que hay una diferencia fundamental: Casanova era un estafador profesional, que se pasó la vida colándose en el mundo de los poderosos, mientras que Rétif era un tozudo artesano solidario con su clase. Pero seductores, seductores, ¿no crees que lo eran tanto el uno como el otro? Que era lo que te decía al principio: hay seductores que ponen los cuernos, y hay seductores a los que les ponen los cuernos. Hay en el mundo tantos Federicos como Casanovas.

Sin duda en la realidad hay muchos hombres que unas veces traicionan y otras son traicionados (Casanova reconoce en sus Memorias que le han puesto los cuernos casi tantas veces como los ha puesto él), pero en la esfera de los arquetipos, ¿no te parece que eso tiene algo que ver con grados de poder? Todas las versiones de Don Juan propiamente dicho lo presentan como un noble poderoso. En la realidad, incluso en la de aquellos tiempos, la mayoría de los seductores no son ni han sido nobles ni millonarios ni poderosos. Ya en *Las relaciones peligrosas* el seductor de la *marquesa* de Merteuil y de la *presidenta* de Tourvel es un simple *vizconde*; Casanova sólo logró escalar hasta un título bastante dudoso de caballero, y el Johannes de Kierkegaard es un buen burgués cultivado, para no hablar de D. H. Lawrence.

Como ves, querida, hay materia para seguir indefinidamente, pero no me dejaría proseguir el remordimiento de haberte infligido una epístola de tan desconsideradas dimensiones. De momento me repliego en el tema del que estaba hablándote: el desvalimiento de los jóvenes visto como opresión, que es de lo que trata la ficción que te decía y que te envío con esta carta. Por lo cual te pide perdón y te manda un beso tan sincero como arrepentido tu indefenso

Juanito

[ANEXO]

Amapola

El otro día leí en el periódico que el Liceo Francés ha inaugurado su nuevo edificio. Me sentí mucho más nostálgico de lo que hubiera imaginado, y no pude evitar, a la menor oportunidad, desviarme un poco de mi itinerario habitual para ir a contemplar una vez más, tal vez por última vez, el viejo edificio donde pasé la época más inolvidable de mi vida. Ante la antigua reja todavía casi intacta, estuve evocando dolorosamente aquellas tardes desalentadoras en que yo, adelantándome a los demás chicos de mi clase, me hacía el remolón allí hasta ver salir a Amapola y pegármele un rato, tragándome la amargura de sentir que mi compañía no le hacía ninguna ilusión. Pero evoqué también, más dolorosamente aún, otra época bien diferente, un poco antes, en que esa salida juntos del Liceo casi todas las tardes se prolongaba hasta su casa y se llevaba a cabo despacio, con pausas y rodeos que prolongaban la conversación.

A los catorce años, yo tuve la desgracia de ser ligeramente precoz. En el Liceo Francés donde estudiaba, era el más joven de mi clase, y lo más grave era que todas mis compañeras eran un año o dos mayores que yo. Su única pasión era coquetear, o por lo menos ilusionarse, con chicos dos o tres años mayores que ellas, o más. Yo me sentía enteramente relegado y constantemente humillado de verme tratado como un niño. El décalage con mis rivales era de tres o cuatro años por lo menos, diferencia inconmensurable a esas alturas de la vida. Amapola (¡qué nombre!) era una de las mayores del grupo y los signos de su feminidad asomaban turbadora-

mente en todos los aspectos de su cuerpo. Yo había concebido por ella una pasión profundamente sensual y obsesiva. Era también una de las más maduras mentalmente. Se daba cuenta de mi pasión y me trataba con cierta condescendencia. En el aula yo me sentaba cerca de ella, un poco detrás, y me pasaba la clase entera repasando todo lo que de ella me era visible y completamente evadido de la realidad. En el recreo deambulaba disimuladamente por sus alrededores buscando pretextos para pegar la hebra con los grupitos de chicas a los que ella se añadía casi siempre. Amapola apenas ponía atención en los chicos de la clase. Era claro que su verdadera vida estaba fuera del colegio, con muchachas mayores que nuestras compañeras y seguramente con muchachos ya casi hombres.

Un día que estaba saliendo del aula por la ventana, como hacíamos a menudo, y yo la ayudaba, nuestros rostros quedaron muy cerca y me rozó ligeramente los labios con los suyos. Viví semanas enteras del recuerdo de aquel momento, pero yo sabía, en mi inexperiencia, que no tendría consecuencias, y me abstuve dolorosamente de volver a intentar algo parecido. Pero me esforzaba por no quedar apartado del todo. Su pasión era el teatro: una vez, en el curso pasado, le había tocado leer en voz alta un pasaje de Molière, que ni ella ni sus demás compañeros sabíamos quién era. La profesora de literatura, que era una mujer joven y bastante dulce, elogió su manera de leer, y desde entonces todos sabíamos que soñaba con ser actriz. Yo era ya entonces un gran lector incipiente, como compensación o consuelo, supongo, de mi marginalidad ante las chicas de mi entorno. Una mañana que me había acercado, vacilante, como estaba siempre intentando hacer, a un grupito donde ella hablaba con otras chicas, encontré que estaba recitando delante de esas compañeras medio admiradas medio reticentes un parlamento que había memorizado. «Eso es de Hedda Gabler*», dije feliz cuando ella terminó. El asombro de que yo supiera eso la hizo reír sonoramente.*

En los meses que siguieron, Amapola, algo sorprendida y hasta un poco divertida de que fuera intelectualmente más maduro que otros chicos mayores que yo, me permitió ser su acompañante habitual, aunque sin el más leve tono erótico, y yo empecé a acomodarme a aquel papel de edecán o de paje de la princesa. Fue un periodo maravilloso en el que viví en una especie de perpetua borrachera, gozando de la simple cercanía de Amapola como si fuera la más plena posesión de su persona. En los recreos, aunque yo estuviera con otros chicos y ella con otras chicas, había un lejano y constante intercambio de señales, y yo muchas veces me escabullía de los juegos más o menos deportivos de mis compañeros para ir a hablar un momento con ella. Intercambiábamos también libros y noticias, y al final de las clases yo la acompañaba casi todas las tardes hasta su casa, que quedaba a poco más de media hora del Liceo; pero nosotros solíamos tardar mucho más, haciendo pausas o dando rodeos para poder seguir hablando de nuestras lecturas: alguna obra de Pirandello o de García Lorca, la biografía de Isadora Duncan o de Sarah Bernhardt, libros que uno y otra entendíamos muy nebulosamente; o de la última obra de teatro que había visto Amapola y cuyo argumento me contaba con detalle, añadiendo infinitos comentarios sobre el decorado, el vestuario y la representación, especialmente, por supuesto, la de las actrices. A mí en mi familia no me habían llevado al teatro más de dos o tres veces en la vida, y me sentía un poco humillado de tener que comparar siempre las experiencias que Amapola me contaba con las mismas dos o tres anécdotas insulsas que yo recordaba de mis magros contactos con el teatro.

Yo sabía bien lo que Amapola no me daba: mis fantasías solitarias estaban pobladas de besos y de abrazos y de profundas caricias a ciegas bajo la ropa. No dejaba de sentir claramente la impotencia en que me colocaba la diferencia de edades: Amapola era ya una mujer, mientras que yo vivía aferrado a la pretensión de que era ya un hombre, pero sabía bien que era una pretensión dolorosamente incumplida, y que exigir a Amapola que me tratara como su igual hubiera sido provocar su sarcasmo o su rechazo ligeramente asqueado. Esa renuncia era especialmente dolorosa porque yo sabía que el drama que estaba viviendo no era un drama infantil. Yo tenía perfecto derecho a sentirme adulto cuando aceptaba con evidente sensatez la amistad condescendiente de Amapola y reprimía con tal de no perder eso mi ciego deseo de adolescente y su abrasador tormento. Me daba cuenta, de una manera o de otra, de que avenirme a ser tratado como un niño era justamente la prueba de mi madurez, y aunque nunca me formulaba claramente qué sería lo que yo le pediría a Amapola si tuviera derecho a pedir algo, creo que oscuramente soñaba con que ella comprendiera eso y tendiera su mano al hombre que había en mí detrás del aspecto exterior de adolescente.

Pero mientras estaba constantemente al acecho de algún signo por su parte de ese reconocimiento, también espiaba con ansiedad otra clase de señales. Cuado evocaba aquel roce de labios que seguía obsesionándome, pensaba que había sido sin duda de su lado un juego intrascendente, una frivolidad momentánea y enseguida olvidada, pero no podía dejar de soñar que volviera a caer en otros momentos de frivolidad, e incluso que esa frivolidad fuera el indicio de que Amapola me deseaba, ella también a mí, desde luego no como yo a ella —a esa edad hubiera sido absolutamente incapaz de imaginar que ninguna mujer pudiera desear tanto--, pero lo bastante, por poco que fuera, para transportarme al Paraíso. Es claro que esa situación no era nada estable ni tampoco muy normal, y sin embargo yo recuerdo esa época como un momento inmutable, uno de esos momentos que parecen ir a prolongarse indefinidamente, como un largo viaje en la cresta de la ola, bogando sin tropiezos sobre unas aguas tan precarias como tumultuosas.

Pero sucedió que entonces fue admitida en un grupo de teatro amateur, *y en la exaltación y el orgullo que eso le produjo, dejó por completo de ponerme atención. Los actores del grupo eran muchachos muy jóvenes, pero desde la perspectiva de mi desvalida adolescencia, yo los veía como plenamente adultos. Yo estaba excluido de los ensayos y reuniones de la* troupe, *que además eran a unas horas en que a mí no me hubieran dejado andar fuera de casa, y sólo veía a los nuevos amigos de Amapola cuando alguna vez la esperaban a la salida de clases. Yo estaba humillado hasta la ignominia y mi impotencia me ahogaba. Amapola me trataba ahora no sólo como a un niño, sino como a un perfecto extraño, un ser excluido del único mundo donde los privilegiados que lo habitaban tenían verdadera identidad. Me había convertido en nadie, y los esfuerzos desesperados que hacía para ser de nuevo reconocido como alguien eran enteramente inútiles, puesto que no eran gestos de nadie. En algún momento me dejé tentar por la posibilidad de colarme en el grupo. Amapola me permitía todavía acompañarla a veces hasta el local donde ensayaban, un amplio garaje en casa de uno de los chicos. Mis sentimientos durante esos paseos eran muy complejos. Ella estaba muy excitada y hablaba y reía todo el tiempo. Yo aprovechaba la oportunidad de gozar de cerca esa exaltación suya, pero aunque ella me permitía esa cercanía, a la vez no me permitía participar de veras en su experiencia.*

Yo le servía para un desahogo del que no esperaba ni una respuesta ni una verdadera comprensión. Me contaba todo aquello como se le cuentan a un extranjero las peculiaridades de nuestra tierra, partiendo de que aquello me era y me sería siempre ajeno, como un cúmulo de hechos que para mí, como para el extranjero, no podían ser más que anécdotas, sin peso en mi vida como tampoco mi vida podría tener ningún peso en aquel mundo inconquistable. Y mientras yo me contagiaba de su excitación con aquellas anécdotas, a la vez sufría la tortura de ver que jamás se le pasaría por la cabeza que yo pudiera pertenecer a ese mundo prestigioso; era como si me contara una visita al palacio de algún príncipe, que para mí sería, por supuesto, eternamente inaccesible.

Cuando llegábamos al lugar de los ensayos, Amapola trataba de despacharme lo más rápidamente posible, incluso antes de que alcanzáramos la puerta. Yo en cambio trataba de prolongar ese momento, como si vagar a la puerta del lugar sagrado fuera ya un poco estar dentro. Un día por fin coincidimos allí con uno de los chicos del grupo. Amapola me presentó de mala gana, sólo por mi nombre y sin mencionar que éramos compañeros de clase. Comprendí que de eso se avergonzaba. El chico (he olvidado su nombre) me preguntó si iba a entrar. Contestamos Amapola y yo al mismo tiempo, ella que no y yo que bueno. Eso, para empezar, hizo reír al joven actor. Una vez dentro del local siguió lanzándome de vez en cuando miradas guasonas en el rincón donde yo, muy circunspecto, trataba de hacerme invisible, mientras Amapola me lanzaba por su lado miradas un poco rencorosas. En un momento el director, que era apenas mayor que la mayoría de ellos, preguntó quién era yo. "Un amigo de Amapola", dijo el chico que me había dejado entrar. El director me dedicó apenas una mirada distraída, y el joven actor añadió:

"*Más amigo de ella que ella de él, ¿verdad, Amapola?*" "*Qué ingenioso*", replicó ella con displicencia.

En medio de todo, yo estaba interesado por el ensayo. Era todavía una lectura texto en mano, algunos de pie y tratando ya de memorizar y de gesticular un poco, otros sentados y trabándose con frecuencia al articular las frases. Algunas de esas frases me sonaban y estaba tratando intensamente de recordar de dónde eran. De pronto lo reconocí, y en un momento en que mi joven introductor pasaba cerca de mí, le dije en un tono que ahora comprendo que debió ser de una ingenua petulancia: "*Es de O'Neill, ¿verdad?*" Me miró divertidísimo. "*Mira*", dijo para la concurrencia, "*es un sabihondo.*" Ese joven actor era obviamente un ingenioso con tendencias a zaherir. El resto del tiempo estuvo ridiculizándome una y otra vez, diciendo que me preguntaran a mí cada vez que un actor tropezaba al memorizar una frase, preguntándome de dónde era tal o cual parlamento que se sabía de memoria, o si sabía con quién se acostaba Shakespeare, o declarando que no necesitaban contratar un apuntador porque ya tenían uno. Todavía, cuando me acerqué tímidamente a Amapola para decirle que ya me tenía que ir, anunció en voz alta: "*Se nos va nuestro sabihondo, a ver ahora quién nos corrige. Los niños se acuestan temprano, ¿verdad?, para poder luego estudiar mucho.*"

Me bastó aquella experiencia para comprender que insistir en entrometerme allí hubiera sido convertirme en el hazmerreír del grupo, con lo cual se afianzaría definitivamente el desprecio de Amapola. De modo que dejé de acompañarla a la salida de clases y entré en un periodo de constante amargura y universal rencor. Me dejaba ir a una creciente animadversión por las clases, por la escuela, por casi todos mis compañeros menos dos o tres con los que compartía algunos hábitos de lectura y mucha insistencia *en las críticas y sarcasmos contra casi todo lo que nos rodeaba. Tampoco soportaba la vida familiar. Me daba por culpar a mi madre y a mis hermanas de contribuir a dar de mí una imagen infantil. Sus cuidados y muestras de interés me irritaban, pues me parecían pura condescendencia de adultos hacia un niño. Entraba así en un verdadero círculo vicioso, porque esas actitudes, ahora lo comprendo bien, resultaban más y más infantiles a los ojos de mi familia, de mis profesores, y puede que incluso de algunos de mis condiscípulos; por lo menos, a no dudarlo, a los ojos de Amapola. Puesto en esa pendiente, llegué a la decisión más infantil de todas: decidí fugarme de casa.*

No sé bien qué planes fantasiosos tendría yo entonces en la cabeza. En el reducido grupito de mis amigos criticones, soñábamos a menudo con proyectos cambiantes y muy poco realistas: un grupo de rock, *una comuna agrícola, la producción de una película, o por supuesto un grupo de teatro. En todo caso, nadie podría ya tratarme como un niño. Durante unos días me puse pedigüeño y traté de ahorrar todo lo posible, después de lo cual dejé en la mesa de la cocina un recado donde hablaba de "vivir mi vida" y declaraba que ya no tenía edad para seguir de parásito como si fuera un niño. Eché en la mochila algo de ropa y unos cuantos libros, y partí al ancho mundo. Al principio me alojaron uno tras otro mis tres o cuatro amigos cercanos, haciendo creer a sus familias que yo me quedaba a dormir para estudiar con vistas a algún examen. Cuando esa historia empezó a resultar poco creíble, ideé presentarme en casa de mi tío Miguel, un tío lejano que vivía solo y daba clases de guitarra en el Conservatorio. El tío Miguel me recibió con amabilidad y escuchó mi historia respetuosamente, después de lo cual me tranquilizó con dulzura y se fue a avisar a mi familia, supongo que con toda razón. Llegaron todos: mi madre con mis herma-*

nas, mi padre con su nueva mujer. Todos sus discursos eran más o menos el mismo. No me impresionó su contenido, sino la situación grotesca en que se producían, cuyo infantilismo me pareció de pronto evidente. Volví pues al redil, no arrepentido de mi hombrada, sino de todo lo contrario: de haber sido más niño que nunca cuando quise hacerme el hombre.

Algo había aprendido sin embargo. Sobre la opresión y la indefensión, por ejemplo. Hay seguramente épocas en que la opresión de los viejos sobre los jóvenes se ha relajado mucho, si no en todas las capas de la sociedad, por lo menos en bastantes, hasta casi invertirse a veces. Pero lo que no se relaja nunca es la tiranía de los jóvenes sobre los adolescentes y de los adolescentes sobre los niños. Sin duda aquellos jóvenes amigos de Amapola no se dedicaban a oprimirme y perseguirme, para lo cual hubieran tenido que ocuparse bastante de mí. Simplemente me excluían. Pero ¿no es así casi toda la opresión social? Ellos estaban convencidos, como cualquier negociante ricachón, de que ese privilegio era su derecho y de que quien pretendiera quitarles una parte para dársela a otros menos favorecidos no haría sino atropellar un derecho. Como solía decir mi padre, a la vez en broma y en serio, «Cuando seas padre comerás sopa». Nadie hubiera negado, supongo, que cuando yo tuviera la edad correcta tendría derecho a la cercanía de Amapola, como ningún capitalista niega que cuando el desdichado indigente haya juntado bastante capital, tendrá derecho a enriquecerse como él. Mientras tanto, el dinero es de unos y el esfuerzo de otros, el acceso a las hembras de la tribu es de unos y el deseo asfixiado de otros, y yo no podía dejar de ver cuánta gente juzga impecable este luminoso razonamiento. Todos los capitalistas del mundo jurarán que no tienen nada contra sus trabajadores y empleados (a menos que ellos mismos se lo busquen, claro).

Simplemente no están dispuestos a renunciar a parte de lo que tienen, como aquellos muchachos no estaban dispuestos a compartir conmigo ni a Amapola, ni el mundo que le habían abierto, cuya posesión exclusiva les parecía tan legítima y merecida como al rico empresario su fortuna. Yo estaba excluido por mi poca edad como los pobres por su poco dinero. ¿Qué derecho puede alegar un barrendero a pasear en yate o a pertenecer al Club de Banqueros? ¿Qué derecho tiene el joven ciervo desprovisto de cornamenta a ganarle una cuantas ciervas al macho de lujosa arboladura? ¿Qué derecho podía alegar yo a entrar en un grupo de jóvenes brillantes y a que Amapola me hiciera caso?

Puede adivinarse que la asimilación de esas lecciones fue lenta y que pronto se fundió y confundió con las muchas asimilaciones que contribuyen a la transformación en hombre de cualquier adolescente. Vuelto a clases, todavía quedaban en algún rinconcito de mi mente rastros de la fe en que mi desplante podría ganarme puntos en mi pretensión de ser adulto a los ojos de Amapola. Traté de reanudar mis paseos con ella, apostándome en la reja del Liceo, como ya he contado, y esperando ingenuamente, al principio, que mi desplante la hubiera impresionado. Fui teniendo que abandonar esa ilusión, que era a todas luces una ilusión infantil. Pero mientras yo, reconociéndolo así, avanzaba dolorosamente hacia mi maduración, a los ojos de Amapola había retrocedido irrecuperablemente, y tendrían que pasar muchos años para que pudiera de veras dejar de mirarme como a un niño. Yo veía su leve expresión de fastidio cuando me descubría haciéndome el remolón en la reja, y yo mismo iba asqueándome poco a poco de aquel error irredimible de querer salvarme de la infancia con gestos infantiles, lo cual se había vuelto ya un callejón sin salida. Inevitablemente la figura de Amapola iba quedando asociada en mi ánimo a ese amargo fracaso, y poco a poco yo mismo fui rehuyéndola y buscando mi estabilidad por otros lados, en otros medios, con otros amigos, y naturalmente despertando ante el imán de otras mujeres.

Han pasado los años y es evidente que ahora entiendo mejor ese episodio que cuando estaba viviéndolo; que ahora, por ejemplo, no tengo ningún verdadero reproche que hacerle a Amapola, ni siquiera el de haber sido injusta conmigo. Porque si había en todo aquello una injusticia, era una injusticia natural, puramente impersonal, y la verdadera injusticia es siempre personal, aunque venga de muchas personas. Si Amapola me hubiera relegado para entregarse a la admiración de unos chicos de mi misma edad, yo podría preguntarme si la diferencia que ella veía entre ellos y yo no sería que eran más ricos, más privilegiados, más poderosos que yo, y entonces su traición sería una idolatría del poder que yo tendría derecho a juzgar. Pero mi desposesión y marginalidad no provenían de la opresión de nadie, como acaba siempre por suceder, quieras que no, en la desposesión de los marginados del poder y la riqueza, sino del hecho objetivo y natural de que yo no tenía la edad necesaria, como el joven ciervo no tiene todavía la cornamenta necesaria, y eso no podía ser culpa de nadie. Hoy entiendo que las cosas fueran así. Lo entiendo pero todavía me duele. Porque ¿cómo hacer para no fantasear que los jóvenes amigos de Amapola, puesto que la naturaleza no los había dotado de ninguna gran cornamenta, hubieran sido lo bastante dulces, abiertos y comprensivos para permitirme acercarme a ellos, y que Amapola misma me hubiera amado lo suficiente, a pesar de mi edad y lo incipiente de mi cornamenta, para estar de mi lado en aquel trance?

46

Querida mía:

Tienes que creerme si te digo que no estaba pensando para nada en «nuestro caso» cuando escribí la carta anterior. Incluso, ya lo has visto, mis divagaciones me llevaron a evocar un caso bien distinto, de una época muy anterior, que por cierto no implicaba el poder propiamente dicho, sino esa clase de poder que les falta al niño y al adolescente por el mero hecho de faltarles edad. Bien sé que tú no me dejaste para perseguir a ningún poderoso, pero lo que de veras me interesa si pienso en «nuestro caso» es mi convicción (o mi ilusión) de que si caíste en mis brazos, no fue porque yo representara a tus ojos ninguna clase de poder.

Apenas escrito esto, me entra un momentáneo escrúpulo. Es cierto que cuando nos conocimos, yo aparecí probablemente aureolado de cierto prestigio. En aquel ridículo curso de traducción —¿te acuerdas?—, era natural que yo, entre todas aquellas señoras desocupadas que venían a llenar sus ocios, brillara con el prestigio y la autoridad del profesor, e incluso del hombre de mundo que ha viajado y ha tenido experiencias «fascinantes». Pero ¿no te parece que el prestigio y la autoridad no son lo mismo que el poder y la fuerza, aunque haya relaciones entre lo uno y lo otro?

Confío en que no me encontrarás engreído, sino simplemente lúcido, si te digo que para aquellas atildadas señoras yo debía resultar más bien apetecible. Pero no porque pensaran que yo era un triunfador, poderoso y dominador; estoy seguro de que no eran tan ingenuas o tan tontas como para creer eso. Más bien debí parecerles «interesante». Eso es obviamente una de las cosas más seductoras para muchas mujeres. Entre aquellas señoras las había que eran esposas de señorones de la política o de los negocios, pero juraría que la que más y la que menos, fantaseaban tener conmigo alguna clase de coqueteo, con la ilusión de compartir aquellas experiencias «fascinantes» que me suponían y aquellas cualidades mentales (o «espirituales») que mi situación les parecía implicar. Cuando uno se encuentra con una mujer ocupando uno y otra esos puestos respectivos, casi nunca falla la seducción. Eso lo sabían bien los trovadores de los que te hablaba en otra carta. Los trovadores y Flaubert: toda mujer casada, por lo menos en nuestra civilización occidental, es un poco Mme Bovary. Se ve que para que esa seducción funcione con toda suavidad, sin tropiezos ni baches, es preciso que esté clarísimo que el seductor no es un futuro marido, sino un posible amante. Ninguna de aquellas respetables señoras hubiera deseado divorciarse de su respetado marido para casarse conmigo. Pero tener una "aventura"...

Tú por supuesto eras otra cosa, y en mi interés por ti influyó sin duda el contraste con aquellas desalentadoras condiscípulas. Yo tenía que vigilarme estrechamente para que no se notara demasiado mi predilección por ti. Aquellas señoras no me interesaban nada, pero tampoco tenía por qué ofenderlas. Pero para ti misma, no me negarás que no fue del todo indiferente que la primera imagen que tuvieses de mí fuera la noble figura del maestro. Yo me inclino a pensar que, además, pronto mi figura se enriqueció a tus ojos gracias a los chismes —o digamos datos para no ofenderte— que empezabas a descubrir sobre mis supuestas conquistas amorosas.

Pero habrás notado que todo esto lo digo un poco en chunga. Hablando en serio yo no negaría nunca que creí y sigo creyendo que tu amor era amor de ley. Pretender que todo eso era fantasía y trampantojo (como decían los clásicos) sería minar mi propio suelo. Pero no me parece que la seriedad de ese amor excluya que a la vez tú juguetearas en tu imaginación con la figura de un no-del-todo-horroroso maestro seductor y hombre de mundo, jugueteo al que supongo que te entregarías a veces delante de alguna amiga íntima, y que podías incluso compartir conmigo, haciéndome bromas (¿te acuerdas?) sobre esos imaginarios y no muy respetables rasgos de mi personalidad. Yo mismo me iba enamorando en serio de ti, quiero decir de la *verdadera* persona que se me iba revelando en ti, a la vez que me divertía fantaseando con tu imagen de mujer elegante, de chica formal, de señora inteligente y cultivada. Me parece que en todo afecto que no sea mortalmente aburrido hay siempre jugueteos de este tipo. Los padres su burlan tiernamente de sus hijos llamándolos campeón o princesa, los amigos muy unidos se hacen mutuas bromas sobre las más frívolas pretensiones del uno o el otro (oye tú, Einstein; dime, Napoleón), y por supuesto los amantes coquetean interminablemente llamándose uno a otro, con reblandecidas sonrisas, las cosas más ridículas del mundo.

Llegado a este punto, no resisto a la tentación de preguntarte, pidiendo perdón por la impertinencia, si no crees que fue de veras de ti de quien me enamoré, y no de alguna fantasía irreal. Es una pregunta que todos deberíamos hacernos siempre, porque he visto miles de parejas en las que uno o ambos están enamorados (si eso es enamorarse) de un vano espejismo que poco o nada se parece a la persona real. Supongo que a veces alguno logrará vivir en ese engaño hasta el final, y hasta puede que esas parejas sean felices en su ceguera, pero es claro que en la mayoría de los casos el desengaño llega tarde o temprano y la catástrofe correspondiente resulta inevitable.

Yo por mi parte ya te he dicho que creo que tu amor era de ley; es decir que te enamoraste de mí y no de ese impertinente seductor que podías, o incluso *podíamos* jugar a que yo era, pero sabiendo en el fondo, tanto tú como yo, que eso no era más que un juego. Allá tú si todavía a estas alturas sigues jugando a ese juego, pero ¿no te convence todo lo que acabo de decirte de que no deberías seguir tomándolo en serio? En la medida en que estés tomándolo en serio, que sospecho que es mucho menos de lo que a mí me haces creer. Juegas a hacerme creer.

En todo caso, vuelvo a lo que te decía al principio: lo que tranquiliza mi espíritu es que estoy seguro de que ni tu verdadero enamoramiento de mí ni tu atracción por la fantasía a la que ponías mi nombre eran en absoluto una rendición ante el poder o la fuerza. Es claro que no hubieras podido fantasear tanto.

¿Tengo que decirte con qué impaciencia espero tu respuesta?

Tu fantasioso

JUAN

47

Querida inconforme:

¿Me vas a obligar a explicarte otra vez cuántas dudas y suspicacias abrigo frente a los lugares comunes más generalizados sobre los celos, la fidelidad y el deseo —o incluso el amor? Creo haberte aclarado ya antes que a mí no me parece del todo imposible que una mujer que ha sido o es infiel a cierto hombre desee sin embargo auténticamente, espontáneamente, a dicho hombre, e incluso lo ame. Y si digo esto de una mujer y no de un hombre, no es porque crea que el caso es específicamente femenino, sino porque todavía hoy, en nuestra cultura supuestamente post-machista, esta afirmación escandaliza mucho más aplicada a una mujer que a un hombre. Creo que no sólo la mayoría de los hombre, sino también muchas mujeres estarían dispuestos y dispuestas a aceptar que eso puede pasarle a un hombre más probablemente que a una mujer. Lo que digo es que yo, en nuestra época, he visto a muchas más mujeres que hombres responder a las solicitudes de un infiel sabiendo que es o ha sido infiel, que es lo que en las novelas baratas se llama «perdonar un desliz». Ahora: si haber mencionado yo alguna vez al tal Federico te parece ofensivo, pido sinceramente perdón, porque es claro que no quería ofenderte, pero aun así debí imaginar que a lo mejor te ofendía. Me permito sin embargo señalarte que no sólo no he insistido sobre el tema, sino que he reconocido explícitamente, «por escrito», como suelen exigir los reglamentos, tu derecho a no hablar de ello. Cuando digo que tu amor era de ley, no estoy pensando en absolouto en si eran ciertos o embusteros aquellos mezquinos chismes que escuché hace tantos años. Eso bien lo sabes, porque ya te lo había dicho antes, como también que del hecho de que tú, o Isabel, o muchas otras mujeres hayan dejado de amarme, no deduzco, como hace tanta gente, que ese amor fue siempre mentira. Ningún moderno, diría yo, puede pensar en serio que sólo lo que es eterno puede ser verdadero.

Eso no quita que entienda perfectamente tu reticencia ante esas inquietantes facetas del deseo. Creo en efecto que seguimos sin poder mirarlo limpiamente, serenamente, en muchos de sus aspectos. Es más fácil en este asunto referirse al amor. Todo el mundo acepta que se puede amar simultánea o sucesivamente a muchas personas, incluso a la humanidad entera. Pero al aceptar tranquilamente esa diversidad, se está presuponiendo que hay diversas clases de amor que pueden superponerse sin excluirse. Incluso el amor de una madre suponemos que puede repartirse entre sus hijos porque es un amor diferente para cada uno de ellos, y no se nos ocurriría pensar que una madre que ama a dos hijos a la vez sea una especie de adúltera. Pero es evidente que una de esas clases de amor es un amor que tiene que ver de una manera o de otra con el deseo, y entonces todo cambia. Lo digo de esta amanera tan vaga porque me parece que ni siquiera el psicoanálisis nos ha ayudado a entender un poco las sutiles y oscuras relaciones del amor con el deseo. ¿Se implican siempre el uno al otro? ¿Puede darse cada uno en estado puro, sin rastro del otro? Cuando se dan juntos, ¿obedecen a una ley común, o sigue cada uno sus propias leyes? ¿Pueden entonces contradecirse? ¿Se puede desear a «la humanidad entera» por mucho que se la ame?

Recuerdo unos versos de Gil de Biedma que hablan de «las vergonzosas noches de amor sin deseo y de deseo sin amor». Confieso que cuando leí esas líneas me extrañó que también un homosexual conociera eso. Tú y yo por ejemplo, creo que podemos decir que nos amábamos y nos deseábamos, y sin embargo, ¿puedes jurar que nunca me amaste sin desearme ni me deseaste sin amarme? Lo que sucedió después, ¿fue que dejamos de amarnos y desearnos, o sólo de desearnos aunque no dejamos de amarnos, quizá hasta el día de hoy? Más difícil, ¿verdad?, sería pensar que dejamos de amarnos pero no de desearnos. Y sin embargo es obvio que esa posibilidad también se da en la vida real. No me voy a poner a discutir la tal posibilidad entre tú y yo, pero de esa experiencia he estado suficientemente cerca como para haber tenido el capricho de escribir un pequeño relato en torno a ello, que te mando aquí adjunto. En todo caso, mientras no tengamos más luz sobre estas cosas, yo también creo que sigue siendo un enigma cómo se ama a una persona cuando se desea a otra, incluso cómo se desea a una persona cuando se desea a otra. Lo que yo quiero decirte es que no tengo por supuesto la solución de ese enigma, pero no puedo negar que esas cosas existen.

                     Un beso perplejo de tu

                                          JUANITO

[ANEXO]

Silvia

Estábamos en mi sala y yo, en el sofá, trataba de adoptar una postura relajada, mientras Silvia, sentada frente a mí, quería sin duda producir una impresión más firme y segura de sí misma. Los dos, de diferentes maneras, estábamos tratando de mantenernos dentro de los términos de lo que nuestra educación nos había enseñado a llamar «una conversación civilizada». Yo confiaba, aunque no del todo sin alguna aprensión, en que también ella creyera que es precisamente en esas situaciones difíciles cuando hay que dar pruebas de buen juicio y de altura de miras. No era fácil, por supuesto: estábamos tratando de pactar qué libros, muebles y objetos podría yo sacar del departamento que habíamos compartido durante casi tres años, y cuáles quedarían allí como su patrimonio.

   Me parece que yo estaba más preocupado que ella de no parecer mezquino y voraz; el aire desenfadado y tranquilo en que había decidido envolverme implicaba también cierto despego. Pero mientras veía que ella estaba tentada de vez en cuando a confundir sus propuestas con reclamaciones airadas, estaba al mismo tiempo percibiendo algo al margen, completamente ajeno a nuestras negociaciones, algo mudamente intenso. Me decía que también los hombres, como los animales, perciben siempre el celo del otro sexo, aunque las señales que les revelan eso sean probablemente más complejas que el simple olfato. Era en efecto una especie de complicado olfato lo que me hacía adivinar que en el fondo del cuerpo de Silvia latía sordamente algo como un tenue borbotón cálido en el fondo de una masa de agua. Al principio yo no hubiera podido decir si también algo en mi fondo respondía a aquella ahogada pulsación secreta, pero es que en realidad tampoco buscaba averiguarlo; más bien me preocupaba la posibilidad de que eso, el deseo, de uno u otro lado, empezara a interferir en las actitudes lúcidas y controladas de nuestra esgrima verbal; de que yo empezara por ejemplo a hacer más concesiones de las que la prudencia aconsejaba, cediendo ya, aunque todavía negándomelo a mí mismo, a la solicitación del deseo ajeno y empezando a entregarle prendas para írmelo ganando, que era una manera de pagar por el placer.

La conversación, sin embargo, seguía siendo por el momento civilizada. No nos privábamos de hacer de vez en cuando comentarios ajenos a aquella transacción nuestra que de otro modo hubiera resultado un poco sórdida, y los dos marcábamos, cada uno en su estilo, que la afabilidad e incluso el afecto no estaban desterrados de nuestro trato. Silvia encendió un cigarrillo y yo me apresuré a acercarle un platito a modo de cenicero. Empezaba a parecerme que había como un vaivén en la actitud de ella. Cuando volvíamos al tema, tomaba un tono cuidadamente austero pero sin vacilaciones; en las pausas en cambio aparecía más encantadora, me sonreía vagamente y a ratos posaba sobre mí una mirada pensativa. Poco a poco iba abandonándose a algunas discretas risotadas y amables bromas ocasionales. En cierto momento se le escapó exclamar: «Pero no, mi amor, no es a eso a lo que me refiero». Por supuesto, los dos nos hicimos los desentendidos ante aquel gazapo, pero de manera tan visiblemente deliberada, que quedó entre nosotros como un gran hoyo en el que tendríamos que evitar caer. Había sido claramente una frase arraigada en un largo hábito anterior que ella había pronunciado sin pensar. Pero yo no podía dejar de preguntarme si ese automatismo había sido tan involuntario como parecía.

Empecé sin querer a ponerme un poco a la defensiva. Repasaba en mi cabeza la resolución tantas veces repetida para mí mismo durante aquellos días de no volver con Silvia por nada en el mundo. Volví a prohibirme, como tantas veces en los tiempos recientes, dudar mínimamente de mi fuerza de carácter y de mi capacidad de resistir no sólo a los posibles chantajes de Silvia, sino a los que la vida misma pudiera presentarme sin responsabilidad personal de nadie. Podría poner a discusión pocos o muchos detalles y circunstancias de esa crisis que teníamos irremediablemente que atravesar, pero ni por un momento la certidumbre de que mi vida con Silvia era absolutamente imposible. Pero veía con verdadero temor que las mejillas de ella se iban encendiendo poco a poco. No pude evitar la evocación de algunas escenas sueltas de una imaginaria vuelta a la vida común. Me tranquilicé un poco: todavía no había llegado a mirar como posible esa amenazadora fantasmagoría. En cambio no pude volver de veras la espalda a la escena imaginaria de ella y yo en la cama.

Era ya indudable que también en mí latía aquella burbuja febril, aquel apetito trémulo de una carne femenina que se volvía obsesionante. Me dije que en realidad lo había sabido todo el tiempo, que esa insistencia en repetirme sin cesar que tenía que borrar de mi mente hasta la idea misma de que el amor con Silvia fuera posible delataba ese temor, el temor de que mi debilidad ante el deseo sexual que siempre despertó en mí pudiera acabar ahogando mi libre voluntad. Y ahora mi lucha interior empezaba a ser otra, empezaba a ser la lucha por tratar de salvar mi desamor, por tratar de convencerme de que el hecho de desear tanto hacer el amor con Silvia no implicaba necesariamente que yo la amara, si amar significaba compartir con alguien la vida. Y mientras empezaba a sentir cómo subía la temperatura en mi bajo vientre, me decía tensamente que aunque acabara por hacer el amor con Silvia aquella mañana, eso no cambiaría mis resoluciones, pero sabiendo a la vez que ese «aunque» era ya una capitulación, y que si quería tranquilizarme tanto sobre lo inamovible de mi decisión era para darme a mí mismo el permiso para aquel anudamiento que mi imaginación fantaseaba ya. Silvia hizo una pausa y después dijo: «En eso quedamos, ¿no?», lanzándome una mirada que significaba muchísimo más que eso. Entonces se levantó y dio un paso hacia el sofá. «Hagamos el amor por última vez», dijo con una especie de pureza que me impresionó a pesar de estar yo tan preparado para esa escena. Sin decir nada, casi sin sonreír, la tomé de la mano para hacerla sentar junto a mí en el sofá y empecé a desnudarla.

No diré que hicimos el amor como nunca. Más bien lo inolvidable de aquel día es que nunca hicimos el amor tan como siempre. Era como si mi decisión inflexible de dejar al amor radicalmente alejado de aquel lecho dejara en cambio libre curso al sexo, liberándome para lanzarme a la búsqueda del goce por sí mismo, sin querer estar viendo en él el camino hacia otro lugar o el símbolo de otra cosa. Pero esa pasión sexual era la misma que siempre tuve con ella, una pasión que en los últimos tiempos de nuestra relación se había vuelto dolorosa, pues yo había llegado a sentirme esclavo de aquella tiranía que me impedía liberarme de una relación que me ahogaba. Y sin embargo puede decirse que si en aquellos días yo soñaba con liberarme de esa tiranía, también podría pensarse que lo que soñaba era liberarme del amor y sus conflictos para poder entregarme a fondo al puro goce sexual con Silvia. De modo que la liberación que al fin alcazaba aquella mañana era en cierto modo el reconocimiento de que siempre habíamos hecho el amor así, sólo que la búsqueda del amor me prohibía mirar ese goce en su desnudez.

Y ahora, en mi goce de aquel día, se removían muchas capas de las profundidades. Por descarnado que fuera aquel acto puramente sexual, yo sentía agudamente cuánta ternura, cuánta solicitud incluso había en nuestros abrazos. Nada menos parecido a una violación que aquellos transportes que nunca dejaban, por impulsivos que fueran, de estar impregnados de veneración, a ratos casi idolatría, por los atractivos, las sensualidades, las bellezas, las gracias no sólo del cuerpo de Silvia, sino de toda su persona, su actuación, su ritmo, sus placeres, su búsqueda del goce. Tampoco ella, me resultaba evidente, me estaba utilizando a mí como un puro instrumento sin precio y sin dignidad para conseguir el placer. Esa ternura y esa admiración por el ser sexual de una mujer concreta, ¿eran ya el amor? ¿No estaba volviendo a meter el amor en mi lecho con esa atención prestada a Silvia más allá de mi pura satisfacción egoísta? Estaba claro que nunca acabaría de entender las misteriosas relaciones del sexo y el amor.

Silvia se levantó del sofá y estuvo un rato de pie desnuda mientras recogía su ropa esparcida por el respaldo del sofá. Contra el resplandor de la ventana, yo veía el perfil de su cuerpo oscurecido por el contraluz, y en cierto momento se vio en sus muslos, debajo del sexo, un tenue brillo nacarado. Era mi semen que había resbalado de su sexo. Se limpió con un pañuelo de papel ahogando una breve risa tan obviamente triunfante que yo volví a llenarme de desasosiego. Todo esto empecé ya a rumiarlo mientras ella se vestía en el cuarto de baño. Cuando salió, temí que se inclinara sobre el sofá para darme un beso seguramente sensual. Pero no; caminó hasta la puerta y se detuvo allí, mientras yo me incorporaba apenas sobre un codo para verla salir, dirigiéndole una lenta mirada más bien condescendiente. Estaba allí erguida y esbelta, elegante y segura de sí misma, con el rostro fresco y modestamente radiante. «¿Te llamo mañana?», dijo con desarmante naturalidad. «Okey».

El resto del día me dediqué a seguir poniendo orden en mi nueva casa, decidido a no dar más vueltas a todo aquello, pero sin dejar por eso de abandonarme a ese bienestar que deja en el cuerpo una sesión de sexo bastante exhaustiva. Dormí profundamente, sin sueños, y a la mañana siguiente me levanté más temprano que de costumbre y lo primero que hice, antes de desayunar o de pasar al cuarto de baño, fue ir a descolgar el teléfono.

48

Querida Casandra:

Confieso que me coges en falta. Es cierto que mis informes sobre Cecilia deberían ser menos espaciados. En parte la culpa es tuya, te lo digo como un piropo. Desde que volví a localizarte, o sea desde que tú me localizaste a mí, esta correspondencia nuestra se ha vuelta la principal tarea, casi la única tarea de mi vida. Son muchas las horas que paso no sólo escribiéndote, sino releyéndote o preparando en mi magín las maneras de esquivar o devolver tus flechas, como también pergeñando, o a veces tan sólo copiando, aliñando y corrigiendo los textos ruborosamente literarios que no he dejado de infligirte. Muchas veces, ya te lo he dicho, dejo en el tintero asuntos de más actualidad por temor de alargar demasiado unas cartas que siempre me prometo en vano abreviar lo más posible, por simple deferencia hacia ti, especialmente cuando van engordadas por un abultado anexo. Esos anexos siguen llenándome de vacilaciones cada vez que me dispongo a enviarte uno más, y casi es peor cuando me digo que para ese hábito de engastar relatos (o también poemas) dentro de otro texto, cuento con el antecedente de todos los clásicos, de Cervantes para arriba y para abajo. Porque nada sería más ridículo que confundir la correspondencia de un modesto lego con la obra de un artífice de las letras, apoyada además en una retórica tan obviamente antigua. A veces me digo que algún parecido hay con esos libros-mosaico de los clásicos, porque los relatos que te he ido enviando están evidentemente ligados a lo que discutimos en nuestras cartas, pero claro que no es lo mismo que incrustarlos más o menos artificialmente en un relato; no son como en los clásicos variedad y ornato, sino que más bien funcionan como citas ilustrativas.

Bueno, debes estar pensando que me salgo por la tangente para no responder a tu curiosidad. No, querida Elvira, precisamente hace días que quería someterte mi impresión de que algo ha cambiado en Cecilia últimamente. Ya te había yo contado que después de los días pasados contigo en Florencia, me pareció que volvía llena de curiosidad por la amistad entre tú y yo. Esa curiosidad nos ha acercado un poco: sin duda el hecho de empezar a conocer algunos datos de mi vida la hace verme de manera menos sumaria, más como un ser real con el que va descubriendo, supongo, que puede tener cosas en común y que no es sólo una especie de hecho histórico, preso en un pasado al que ella sentía que no tenía acceso. Me imagino que fue en Florencia, oyéndote hablar de mí, donde debió de pronto abrir los ojos, sorprendida de que aquel señor que para ella no era seguramente más que un conocido de sus padres, resultara a los ojos de alguien un ser vivo y singular, no del todo desprovisto de interés. Y más cuando la persona de quien recibía esa visión era nada menos que «nuestra Elvira», que es claramente uno de los modelos, o quizá el único modelo al que sueña parecerse un día —modelo que desde luego nunca podrían ser sus padres, que por otra parte tampoco hubieran podido transmitirle nunca algún interés por mí.

Por supuesto, ese interés me da bastante gusto. Yo llevo ya muchos años autoeducándome para aceptar la vejez con la mayor dignidad posible, pero sé bien que una de las cosas más difíciles de digerir es sentir la total indiferencia que nuestra cercanía provoca en gentes jóvenes, y más, por lo menos para mí, si se trata de chicas. Convivir sin perder la compostura con esas marcadas señales de nuestra inexistencia es tal vez el mayor reto que nos depara el destino. Mi roce, más o menos tibio, con Cecilia y sus nuevas amigas era un poco de este estilo. Había, es cierto, un mínimo de simpatía, las sonrisas ligeramente protectoras que se dirigen a un amable anciano, la buena educación con que se agradece la hospitalidad. Pero esas cosas no han impedido nunca que quede uno irremediablemente excluido de la intimidad de un grupo.

Insisto sobre todo esto porque mucho me temo que tú me imaginas revoloteando coquetamente entre esas chicas. Por mejor decir, no creo en realidad que me imagines así, estoy seguro de que no tienes tan poco respeto por mi persona, pero sí que tal vez te permitas jugar a semejante juego. Lo que yo puedo decirte, por mucho que quieras jugar, es que he sabido mantenerme frente a este grupito todo lo distante que ellas han querido. Si ahora Cecilia se ha acercado un poco a mí no es porque yo la haya arrancado de esa compañía, sino porque ha descubierto que no necesita meterme forzadamente en su grupo para llevar una amistad conmigo. ¿No crees que algo así es frecuente en la juventud? Un día de pronto empieza uno a descubrir en los mayores, quizá en una persona mayor en particular, un montón de cosas interesantes que hasta entonces jamás hubieran llamado a nuestra bulliciosa curiosidad. Cecilia está claramente en esa etapa: todavía sorprendida de que un señor mayor, por lo menos a ratos, no la mate de aburrimiento. Debo decirte, por si no lo has adivinado, que gran parte de su curiosidad es curiosidad por ti. Yo la informo lo mejor que puedo, evitando por supuesto demasiadas intimidades, centrándome en tus cualidades y tu manera de ser más que en los chismes de tu biografía. Sobre lo que no he podido aclararle nada, ya te lo imaginarás, es sobre tus relaciones con sus padres, pero tampoco ella ha insistido mucho en entenderlas.

En cuanto a mí, es fácil ver que reprime ciertas curiosidades. No sé qué le habrás contado tú en Florencia para despertar su interés; confío en que habrás evitado las indiscreciones, pero no me cuesta imaginar alguna alusión socarrona a esa idea de mí que te has fabricado o en que por lo menos haces a ratos como que crees. No necesito decirte que para una chica como ella puede bastar una sonrisa maliciosa o una ceja alzada para llenarla de tácitas preguntas y lanzarla a imaginaciones más o menos descabelladas. No siempre me es fácil evitar alguna pregunta que veo que tiene en la punta de la lengua y prohibirme ciertas confesiones que a veces tengo tentaciones de hacer. En parte porque temo desconcertarla o acaso escandalizarla, pero en parte también porque sé que entrar en el terreno de las confesiones es entrar en una camaradería con esa jovencita que me parece, al menos por ahora, un poco antinatural.

Bueno, *ma chère*, nunca me había atrevido a entremeterme tanto en el mundo de Cecilia, espero no haber traiciona con ello su amistad y a la vez haber respondido suficientemente a la tuya. Con esa ingenua esperanza se despide ti tu fiel

Juan

49

Mi dulce Elvira:

Otra vez se cruzaron nuestras cartas. Comprenderás mi gratitud: no estoy acostumbrado a que aplaudas mi sabiduría. Supongo que has comprendido por fin que ya no tengo edad para que puedas educarme todavía, y que por lo tanto no hay peligro de que elogiarme demasiado pueda ser antipedagógico. Pero veo que a pesar de todo sigues sin mirar con los mismos ojos mis fantasías y las tuyas. Permíteme opinar, querida mía, que esas distinciones son más bien teóricas. Creo que no estás pensando de verdad, sin prejuicios, en nuestra historia real, sino en una idea previa de nuestros papeles respectivos en esa historia, que es en el fondo una idea previa de lo masculino en general y de lo femenino en general y de sus relaciones mutuas en general. Nuestra historia, por supuesto, es un caso de esa clase general, pero cada caso es siempre único y no se identifica sin más con el prototipo. No sé si estoy aplicando a mi vez ideas generales previas, pero tengo la impresión de que en tu manera de distinguir mis fantasías de las tuyas influye un prejuicio que encuentro a menudo en la visión femenina, y que consiste en invertir el prejuicio machista que ve encarnada en la mujer la amenazadora seducción, y ver en cambio en toda mujer enamorada la víctima de un peligroso seductor.

Estas visiones por supuesto no son nunca enteramente explícitas y conscientes, pero conozco muchos varones que se sentirían disminuidos en su virilidad si se vieran clasificados como seductores, y casi otras tantas mujeres que conciben el enamoramiento como una especie de cataclismo, tal vez una clase de enfermedad y casi una condena, una condena en la inocencia, una ciega condena inexorable, como la caída en un remolino no sólo más fuerte que la voluntad, sino contrario y enemigo de esa voluntad. Isabel, ya te lo he contado, se acercaba bastante a ese modelo.

Es cierto que la idea misma del amor, y no sólo su versión femenina, por lo menos entre nosotros y por lo menos desde los griegos, se parece bastante a este retrato que acabo de proponerte. El amor es flechazo, herida, mal-de-amores, incendio, y estar enamorado es *morirse* por alguien. Pero no me negarás que de esta imagen común del amor, hombres y mujeres sacan actitudes bastante diferentes. Y ya estoy yo también generalizando, como te decía. Es inevitable. En todo caso me parece que hombres y mujeres, cuando se sienten víctimas en el amor, es de muy diferentes maneras. Los hombres tienden a quejarse, por un lado, de que una mujer que despierta su deseo no lo satisfaga; por otro lado, o podríamos decir en otro momento (bastante después), de que esa mujer no lo suelte, o sea de que el amor sea también responsabilidad y no sólo goce gratuito. Las mujeres en cambio rara vez se quejan de la insatisfacción de su deseo.

Por lo menos eso me sugiere mi experiencia personal. No soy tan engreído, y sobre todo tan ingenuo como para pensar que si mis mujeres se han quejado poco de esa insatisfacción, es porque yo esté especialmente dotado para satisfacerlas. Más bien podría pensarse que influyera en ello algún pudor, o incluso alguna represión. Tal vez había algo de eso, pero creo que en pequeñas dosis, porque después de algún tiempo de «relaciones», esas cosas aprenden a expresarse de mil maneras sutiles que pueden no chocar con el pudor y escurrírsele entre los dedos a la represión. Más a menudo son otras las quejas femeninas que se expresan así. Ya te he hablado de los signos más o menos sutiles en los que yo leía la desilusión de Isabel, el tácito reproche que me hacía de no entregarme con entusiasmo a planear una sólida vida en común con ella y sus hijos. Esa frustración me convertía claramente a sus ojos en una especie de maldición o castigo (inmerecido, evidentemente); ella había tenido la desgracia de enamorarse de mí, cosas del destino, como hubiera podido tener la desgracia de ser madre de un hijo tullido, del que no podría librarse por más que fuera la cruz de su vida. Algo parecido podía sentir mi sobrina Adelina, de la que estuvimos hablando no hace mucho, con la diferencia de que éramos muchos los que pensábamos que en efecto López era para ella una maldición. Justamente, si ella estaba tratando todo el tiempo de disimular el desastre que ese hombre era para su vida, es porque de veras lo era. Me atrevo a pensar que muy otra cosa era mi situación con Isabel, pero sin duda ella se hubiera sentido profundamente incomprendida si alguien le hubiera dicho que su frustración conmigo no era cosa objetivamente inevitable, sino un verdadero *parti-pris* de su parte.

No quiero sugerir ni por un momento que tú abrigaras sentimientos parecidos. Bien sé que eres muy diferente de Isabel, siempre te recuerdo alegre y abierta, y estoy convencido de que nuestra separación fue especialmente serena —especialmente, diría yo, saludable. Pero cuando insistes en que tú no fantaseabas sobre mí como yo sobre ti, no pienso que me estés reprochando nada ni expresando ninguna frustración (como haría Isabel), pero sí que tienes «detrás de la cabeza», como dicen los franceses, esa imagen del hombre (o por lo menos de un tipo de hombre) como seductor irresponsable. En el fondo, lo que quieres decir es que yo fantaseaba una Elvira incompatible con la Elvira esposa-y-madre, amor único, cimiento del clan y futura bisabuela, mientras que tú fantaseabas un Juan perfectamente compatible con un Juan cabeza de familia, apoyo y guía de cualquier mujer y su fértil prole.

Bueno, pues con esa imagen estoy a la vez de acuerdo y en desacuerdo. En la medida en que yo soy un hombre como cualquier otro y tú una mujer como cualquier otra, creo que hay algo de eso. Pero somos también una tal Elvira y un tal Juan que no se parecen a nadie. A mí me resulta perfectamente creíble que el «eterno femenino» que hay en ti fantaseara así, mientras que la Elvira en presencia y figura, la que yo llamaría *mi* Elvira, fantaseara al mismo tiempo un Juan aventurero, seductor impune, deseado de mil mujeres, aureolado de un encanto infalible y divinamente libre. Y para el caso, bien lo sabes, no tiene ninguna importancia que yo no sea ni lo uno ni lo otro.

Podría seguir un buen rato, aunque no sé si tú lo aguantarías, pero tengo que dejarte aquí porque ha llegado Cecilia con unas amigas y sospecho que no se ha dado cuenta de que se ha acabado el té. Voy a comprarlo, no sin dejar antes en esta carta un beso de lo más realista.

JUAN

50

Querida delirante:

¿Cecilia celosa de ti? Ya sé que bromeas, pero ¿cómo se te ocurre ni en broma semejante idea? Tú la conoces mejor que yo, sabes que hay todavía en ella una envidiable candidez que la preserva de ciertos sentimientos retorcidos. Porque sería en efecto un poco retorcido que tuviera tanta admiración por ti y a la vez esa animadversión que implican los celos. Comprendo de dónde partes tal vez para decir eso. Porque lo que sí es razonable pensar es que te tiene cierta envidia, esa envidia que suele llamarse sana y que sólo forzando bastante las cosas puede confundirse con los celos. Esa envidia es para empezar la que un joven tiene en principio por una persona mayor, y que es evidentemente recíproca, porque también las personas mayores envidian en principio a los jóvenes. La envidia que Cecilia te tiene en ese sentido es lo mismo que su admiración, es ese deseo de emulación que podemos decir que implica envidiar, pero en un sentido muy poco amenazador. No negaré que seguramente envidia también nuestra amistad, pero me imagino que por los dos lados: quisiera ser tan amiga tuya como yo y tan amiga mía como tú. Pero también eso forma parte de su envidia juvenil, de ese apetito que tiene un joven de ciertas cosas que sólo se consiguen en la madurez —o eso le parece.

Esto tiene algo que ver son esa frustración de la que te hablaba yo hace poco, la que siente un joven ante el poder que acaparan los adultos. Como en tantas otras cosas de las que hemos discutido tú y yo, a mí me parece que también aquí se refleja la diferencia de los sexos. Porque se ve claramente, según yo, que lo que una chicha siente que le falta frente a una mujer madura es muy diferente de lo que siente un chico frente a un hombre mayor. No es el poder propiamente dicho, sino más bien otra clase de aspiraciones, como la independencia, la seguridad (incluso en el amor), la maternidad, la plenitud. Si nos ponemos minuciosos, es posible que también encontremos cosas que Cecilia me envidia a mí, pero con toda seguridad no será ningún poder lo que me envidiará. Tampoco creo que sea de esas mujeres a quienes seduce el poder, basta ver el poco amor y veneración que le despierta su padre, que es sin duda una actitud que le viene desde su infancia y adolescencia, cuando la figura paterna encarna el poder mismo. No sé hasta qué punto verá en mí un sustituto de la figura paterna y si eso la hará imaginarme investido de algún poder, pero aun así no sería para envidiármelo, ni tampoco para admirarme por eso, sino en todo caso para imaginar que eso pudiera darme un atractivo más a tus ojos. Quiero decir que, aunque un joven tiende siempre a ver a los que no son jóvenes como todos de una misma edad, en nuestro caso no cabe duda de que percibe que también entre tú y yo hay un *décalage* de edades, y veo que le intriga también que eso no estorbe nuestra amistad, una amistad en la que me parece que ella supone cierto ascendiente de mí sobre ti. No creo que sea tan cándida como para confundir ese ascendiente con una forma de poder, pero bien sé que mucha gente, incluso ilustres pensadores, se aferran a esa confusión.

Estas digresiones sobre aspiraciones y emulaciones me han recordado una escena reciente que debí contarte en mi carta anterior sobre Cecilia y que se me quedó en el tintero. No hace mucho invité a mi tía Brígida y mi primo Luisito a tomar el té en casa, para corresponder, como mandan las buenas costumbres, a la invitación de ella. Pero debería decir *invitamos*, porque también Cecilia tenía que corresponder y puso mucho empeño en participar en la ceremonia. La verdad yo estuve muy divertido viendo el entusiasmo infantil que ponía en su papel de ama de casa, muy orgullosa de ir conmigo a la pastelería a escoger las pastas y *petits fours*, de seleccionar los tés, de disponer la bandeja con la tetera y las tazas. Durante la visita estuvo todo el tiempo diligente y desenvuelta, atendiendo a los detalles y visiblemente radiante de aparecer a lo ojos de mi tía emparejada con un hombre tan «serio» como yo. Brígida, ya te he contado cómo es, no dejó de lanzar algunas miraditas divertidas y un poco perplejas a esa conmovedora Cecilia que nunca hubiera sospechado que tanto mi tía como yo la encontrábamos deliciosa no por su impecable hazaña doméstica, sino precisamente porque para nosotros era una niña encantadora jugando a las mamás.

Hasta pronto, ¿verdad? Recibe mientras tanto un cariñoso beso de tu maduro

JUANITO

51

Bienquista mía:

No tienes que aclararme, porque lo sé tan bien como tú o puede que mejor que tú, que nunca te has sentido seducida por el poder o por el dinero. En cambio me extraña que no me hayas reprochado que en mi carta anterior, puesto a divagar sobre tus fantasías y las mías, haya dejado suspendida la cuestión de la seducción del prestigio. En realidad lo que yo estaba diciendo antes de irme así por las ramas era que la seducción del prestigio no me parece comparable con la seducción del poder y el dinero. Pero ahora tal vez añadiría: según qué prestigio. Porque claro que hay prestigios espurios, tramposos, prestigios que son puro instrumento de dominación, prestigios mal habidos y prestigios equivocados, pero hay también el prestigio que sólo se funda en la esencial necesidad humana de admirar. El prestigio de un gran médico, de una famosa contralto, de un buen escritor, de una gran actriz o de un sabio cocinero no tiene por qué ser retorcido si no se lo retuerce de alguna otra manera. Sentirse seducido por ese prestigio es prácticamente lo mismo que sentirse seducido por la persona misma. A un hombre que estuviera enamorado por ejemplo de Victoria de los Ángeles, algún sabihondo podría sentirse muy maquiavélico diciéndole como un gran descubrimiento que si no fuera una gran cantante no se hubiera enamorado de ella. Porque eso es tan estúpido como decirle a cualquier enamorado (o enamorada) que si el objeto de su amor no fuera tan guapo, o tan simpático, o tan dulce, o tan buena persona, no se habría dejado seducir por él. ¿A ti te hubiera parecido inteligente que alguien te hubiera dicho, cuando me conociste, que si no me hubieras encontrado tan desenvuelto en mi papel de profesor ya no tan joven, no te habrías fijado en mí? ¿Crees que eso demostraría que el atractivo que pudiste sentir por mí era falso y postizo, o conseguido con malas artes de mi lado? Pero había también ese otro prestigio que tú niegas, y que según yo era fantasioso pero no espurio: el prestigio que me conferían en tu imaginación los rumores sobre mis «conquistas». Yo bien sé, te lo repito, que era un prestigio imaginario, pero no podría reprocharte que te sedujera, como tampoco podría reprocharles a otras mujeres (y podría citarte casos concretos) que fueran justamente esos rumores los que las inclinaran a no fijarse en mí.

Porque la seducción, querida Julieta, es una y múltiple. ¿Cómo decidir qué es lo que nos seduce en una persona que nos seduce? ¿Es *un* rasgo, único o siquiera predominante? ¿Es un cúmulo de datos, jerarquizados de alguna manera, o de innumerables maneras indecidibles? ¿No estabas tú también aureolada a mis ojos de diversos prestigios? La belleza, para empezar. Es claro que la belleza de una mujer es tan gran prestigio como la autoridad docente de un hombre, o más bien mucho más grande, aunque tal vez se note menos, pero es porque hay muchísimas más mujeres bellas que buenos profesores. En realidad toda cualidad es un prestigio si la reconocen bastantes observadores. Y nada más difícil que hacer el recuento objetivo de las cualidades de un ser humano. Podemos tal vez llegar a la conclusión de qué es lo que nos gusta y lo que no nos gusta en una persona, aunque también aquí va a ser difícil dilucidar cómo nos gusta una persona cuando algunos de sus rasgos no nos gustan. Pero en el caso de la seducción es mucho más difícil. Porque juzgar no es querer ser juzgado mientras que estar seducido es querer seducir.

No sé si habrá llegado a Italia la moda difundida hace algún tiempo en Francia de citar una frase, o idea, o concepto, según la cual o el cual el deseo es el deseo del otro. Frase terriblemente ambigua, no creas que no me doy cuenta, pero si la interpretamos en uno de sus sentidos posibles, es algo que mi amigo Esteban (¿te acuerdas de él?) manejaba desde hace mucho. Una vez Nacho (el pianista; hace poco te hablé de él) me explicaba que cuando Esteban decía que le gustaba un muchacho, en realidad quería decir que le gustaba para gustarle. Yo celebré la agudeza, pero a la vez pensé que eso no era una peculiaridad singular de Esteban, ¿Cómo no podríamos no querer gustarle a alguien que nos gusta? A esa regla tal vez la única excepción es la de los violadores. Un violador es un señor que no está dispuesto a perder el tiempo intentado gustarle a una señora que le gusta. Digo una señora porque pienso, como te expliqué alguna vez, que una gran fortuna de las mujeres es que Dios no las preparó para ser violadoras. Nacho justamente hubiera debido pensar eso. Es algo que no se me ocurrió cuando le oí su frase sobre Esteban, pero ahora pienso que él tenía buenos motivos para ver la diferencia entre violar y seducir. Recordarás que no hace mucho te conté cómo su psicoanalista le provocó una conmoción violenta sugiriéndole que él había seducido a su violador. Lo que está claro es que ese violador no intentó ni por un momento seducirlo a él. Le bastó, típicamente, con la violencia. Exactamente lo contrario de lo que hubiera hecho Esteban, según Nacho.

Pero también a mí se me ocurre —y no sé si se le ocurriría a Nacho— que llamar seducción a la atracción que un violador siente hacia su víctima es tal vez abusar de las palabras. Incluso llamar a eso *atracción* parece un poco desplazado. ¿No será que estar seducido, como te decía antes, implica querer seducir, lo cual excluye querer violar? Parecería que la seducción, experimentada o intentada, supone un grado de humanización (de «espiritualidad», hubieran dicho antes) al que no ha accedido el violador.

Pero en el contexto de nuestras discusiones anteriores, advino que podrías objetarme que hay otra excepción: no sólo el violador, también el burlador renuncia a seducir. Estoy totalmente de acuerdo, y por eso creo que Belcebú tenía razón cuando te insistía en que confundir al burlador con el seductor es una confusión diabólica. Supongo que eso no podrás negarlo, pero me temo que no te impedirá seguir condenando la seducción como una especie de engaño, o de vicio, o de abuso, o de flaqueza, o qué sé yo. Es difícil librarse de esa idea, porque parece claro que el tipo ideal del varón occidental es un personaje que renuncia, él también, a la seducción, esa arma a la que recurren las mujeres y los niños –o los maricones, como habrán oído decir mil veces tanto Esteban como Nacho.

A estas alturas, querida sobreviviente, no me reprocharás que personalice: yo, señora mía, no me propuse fríamente seducirte, sino que *deseé* seducirte, pero desde luego no reprimí nunca ese deseo. Como tampoco reprimí el deseo de ser seducido por ti, porque bien sé que el poder de quien nos seduce es algo que da gran miedo, pero para quien logra sobreponerse al miedo, nada es más delicioso que dejarse atrapar en unas emocionantes y fulgurantes redes, rendirse, entregarse, doblegarse, como dicen que hacen las mujeres. A ti puedo decírtelo sin temor a interpretaciones maliciosas, porque bien sabes tú que ese goce en la entrega no iba en menoscabo de mi virilidad, y perdón por la petulancia (¿es petulancia?).

Te abraza con recobrada modestia tu buen

JUAN

52

Meine kluge Frau:
Sí, en efecto, la frase que cité era de Jacques Lacan. Perdona si te di la impresión de dudar de que pudieras saberlo, simplemente no se me ocurrió: pensé que para el caso no importaba mencionar al autor. Pero no quise sugerir que Esteban fuera nada lacaniano, lejos de eso. Si hubiera que buscarle perfiles cultos, más bien se parecería a un héroe de novela existencialista, pero tampoco era eso. Era casi el arquetipo de lo que podríamos llamar el homosexual viril: alto, elegante, discretamente rubio, con gafas y bigote, y una voz grave y un poco cavernosa de fumador empedernido. A mí me llamó la atención, cuando lo conocí, esa homosexualidad tan diferente de los cartabones superficiales. Esteban ponía tan poco empeño en ocultar como en exhibir esa homosexualidad. Muchas veces le oí decir a personas que acababa de conocer: «Es que yo soy homosexual, ¿sabe?» Esa especie de aceptación con toda naturalidad estaba mas allá de la rebeldía; no era ni siquiera impertinencia, era una especie de serenidad estoica, con ese estoicismo que solemos asociar, justamente, con el espíritu viril. Cuando a Esteban le gustaba un chico, no se ponía en absoluto a hacer monerías, zalemas, ñoñerías; se le notaba por el brillo de los ojos, y por un ligero aumento en la vivacidad de sus intervenciones.

Más de una vez hablamos de sus gustos y los míos. Él solía decir cosas fuertemente inverosímiles sin dar ninguna explicación ni justificación, cosa que irritaba mucho a algunos de sus amigos, Nacho entre ellos. Sin duda le hubiera parecido ridículo tener que hacer aclaraciones sobre la verdad lógica y la verdad mítica. Así me explicaba una vez por qué le desilusionaban las mujeres y los chicos no. La parábola (llamémosla así) era que si te subes en un taxi con una señora y te desabrochas la bragueta (él había hecho el experimento mil veces, podía uno estar seguro, con las esposas de casi todos sus amigos) —«oye, es que no hay una que no eche mano, y a mí eso me desilusiona.» Yo creía entender lo que quería decir con eso. Se parece bastante a esta frase de Baudelaire: «*La femme est naturelle, donc abominable.*» (Yo traduciría «...por tanto abominable».) En Baudelaire, a quien parece claro que le gustaban bastante las mujeres, eso es misoginia pura y dura; si no le hubiera gustado tanto hacer el amor con esos seres abominables, no podría ser sino homosexualidad.

Pero para mí lo más importante de Esteban fue la coherencia de su vida. No sé si tú lo trataste lo bastante para darte cuenta de eso, pero a mí me parece un personaje humano clásico y a la vez típicamente moderno. Lo más visible en él, según yo, era una manera de aceptar la vida sin ninguna ilusión pero a la vez sin ningún asco. Esteban hubiera podido ser cualquier cosa menos un llorón. Tampoco, probablemente, un revolucionario. Si se hubiera visto obligado a escoger, seguramente hubiera estado del lado de los revolucionarios antes que del de los reaccionarios, pero nunca hubiera decidido por sí mismo escoger. Era demasiado escéptico para eso, pero un escéptico sin amargura. Por ejemplo: él sabía perfectamente que fumar y beber como él lo hacía lo llevaría a la tumba prematuramente, como efectivamente lo llevó. Pero le hubiera parecido estúpido abandonar esas satisfacciones para prolongar una vida cuyo precio consiste precisamente en placeres como ésos. Estuvo casi toda la vida rodeado de escritores y artistas, ante los cuales no sentía ninguna envidia, sino que actuaba de igual a igual, estrechamente ligado a ellos por algo que más que admiración era una especie de hermandad. Y perfectamente inmune, por supuesto, al prestigio de sus éxitos y triunfos. Era al mismo tiempo muy independiente y bastante solitario. Era hombre de bares, de trenes y autobuses, de lugares de veraneo, capaz de pasar tres o cuatro horas hablando en una barra o en una cafetería con un desconocido, o una desconocida, y partir al fin sin haber averiguado siquiera su nombre.

Bueno, querida Elvira, tal vez no hacía falta extenderse tanto para explicar que Esteban no era un lacaniano. Pero es que siempre me ha desazonado que personajes como él mueran sin dejar huella, desdibujándose a ojos vista en la memoria de unos pocos amigos. Perdón si por esa desazón he abusado de tu paciencia,

y recibe el beso arrepentido de tu

JUAN

53

Querida enredadora:

Pues sí, claro que siento alguna afinidad con el personaje de Esteban. ¿Acaso lo decías con malicia? Afinidad por ejemplo porque yo también, en mi terreno, he intentado siempre jugar limpio en el juego de la seducción. La diferencia es tal vez que yo he reflexionado siempre sobe esa cuestión, no sé si demasiado, mientras que él, me parece, actuaba así por naturaleza, por su manera de ser, sin caer nunca en la tentación de juzgarse a sí mismo. A mí, seguramente influido, quieras que no, por todo lo que oye uno decir sobre los homosexuales, me maravillaba esa seguridad, me daba envidia su manera de seducir sin chantajes ni mañas, a cuerpo descubierto, con una clase de honestidad que evidentemente nada tenía que ver con una moral. Parece claro que él en su terreno cosechaba más fracasos que yo en el mío, pero puedo decir que también me daba envidia la entereza con que digería esas frustraciones, sin reproches, sin quejas, sin consuelos espurios.

Afinidad también en parte con su postura en la vida. Afinidad de lejos, si puede decirse, porque por un lado también me daba cierta envidia la especie de inmunidad del que puede decir «Nada de nada me ilusiona» (*Rien de rien ne m'illusionne* - Rimbaud), pero a la vez yo no podría identificarme con esa fortaleza, esa impenetrabilidad. Quizá porque yo, como te he dicho otras veces, soy incapaz de asumir compromisos eternos, de asentarme de una vez por todas, de hacerme raíz de generaciones futuras, pero a la vez soy incapaz de condenar y borrar todo eso, de sentirme definitivamente exento, de convertirme, como te decía en otra carta, en héroe existencialista, dueño de la vertiginosa libertad de un ser para la muerte, pero no en la metafísica sino en el día a día.

Había por ejemplo este rasgo de Esteban con el que no sentía ninguna afinidad. Nacho me contó una vez, en tono claramente reprobatorio, que algunas noches Esteban, ya acostado, se levantaba y se vestía para lanzarse en busca de una pareja de paga, regresaba pronto a su cama, y unas horas después volvía a vestirse y a salir a una nueva caza. Así varias veces en la misma noche. Yo comprendía perfectamente el horror de Nacho ante esa manera de actuar. Nacho emprendía sus aventuras eróticas siempre con la ilusión de ir a encontrar al hombre de su vida, con el que formaría una pareja estable como cualquier matrimonio burgués. Yo en mi terreno no alimentaba semejantes ilusiones, pero esa evidente incapacidad de Esteban de encontrar satisfacción me producía bastante vértigo.

Y hora me acuerdo de cómo empecé a contarte toda esta historia, y se me ocurre que puede haber también por ese lado una afinidad más. Estábamos discutiendo sobre la seducción del poder, y todo lo que te he estado contando tiene también sin duda que ver con eso. Un rasgo de la homosexualidad que no puede dejar de despertar mi simpatía es que me parece que un homosexual suele estar seducido por la juventud, por la belleza, tal vez por la inteligencia o el ingenio, o por la virilidad y puede que hasta por la fuerza física, pero es rarísimo que se deje seducir por el poder. (Quiero decir: que alguien le seduzca por ser poderoso, porque podría entenderse esa seducción como la del poder mismo, o sea el deseo de poder, que es muy otra cosa.) Tampoco es frecuente, diría yo, que un homosexual use su poder para seducir, y en eso tal vez es cierto que la seducción homosexual es más femenina que masculina. ¿Es que sólo a las mujeres las seduce el poder? No sé, pero a pesar de los cambios históricos de estos tiempos recientes, me parece claro que todavía hoy la lucha por el poder es característicamente masculina, y también que esa lucha se parece bastante a la lucha por las hembras entre los mamíferos superiores, como te decía y hasta te ilustraba no hace mucho. Tengo otro relato, ficticio como siempre, escrito en primera persona ficticia, donde se ve algo de eso desde una perspectiva diferente. Diferente, quiero decir, tanto de la perspectiva de Amapola como de la de Esteban, aunque no necesariamente opuesta ni a la una ni a la otra. Siempre es peligroso confundir lo diferente con lo opuesto, es algo que deberían saber los políticos, incluso no racistas e incluso no nacionalistas.

Recibe un beso diferente, que no opuesto, de tu

JUAN

[ANEXO]

Florencia

Por más que yo estuviera decidido a no hacer caso de ciertas coincidencias que hubiera sido fácil tomar por señales, premoniciones y advertencias, es probable que más o menos inconscientemente influyeran desde el principio en el curso de mi historia con Florencia. La primera vez que la vi fue en la cafetería del hotel donde había dado cita a un funcionario con el que tenía que hablar. Estaba ya un poco aburrido, pues mi visitante tardaba, cuando vi entrar a una mujer bastante elegante que miraba a su alrededor con aire recatado pero sin duda consciente de su atractivo. Avanzaba bajando un poco la cabeza, dejando colgar una lujosa cabellera rubia que le tapaba casi del todo el ojo derecho. Pero luego alzaba la frente entornando ligeramente los párpados y con un pliegue serio, levemente altanero en los labios. Pensé que aprovechaba astutamente su miopía para rodearse de una atmósfera ensimismada y distante. Era obvio que estaba citada con alguien que no había llegado todavía. Después de recorrer la sala con la mirada, fue a sentarse, un poco decepcionada, enfrente de mí en una mesa cercana. No teniendo otra cosa que hacer, yo me dediqué a mirarla sin mucho disimulo, decidido a saborear su belleza como la de un objeto artístico expuesto por fortuna en la vía pública.

La primera de las sorpresas que después irían sumándose en mi ánimo fue ver que la persona con quien estaba citada era mi amigo Eduardo. Lo vi llegar pidiendo disculpas y enfrascarse enseguida en una animada conversación con ella. Yo estaba intrigadísimo, tratando de adivinar qué podría tener que ver

Eduardo con una mujer tan bella. Eduardo era el amigo con el que siempre me veía en aquella ciudad, un amigo de una fidelidad un poco inexplicable, pues nunca nos habíamos visto sino en mis visitas allí, que no eran nada frecuentes. Estaba de espaldas a mí y yo le acechaba sin descanso, con la esperanza de que en algún momento volviera la cabeza y pudiera capturarle la mirada. Tal vez entonces podría arreglármelas para que me presentara a aquella maravilla de mujer. Pero antes de que se vislumbrara la menor oportunidad de que Eduardo me descubriera, vi con bastante fastidio llegar por fin a mi esperado funcionario.

Todo el tiempo que estuve hablando con él estuve manteniendo un silencioso duelo de miradas con mi bella desconocida, por encima del hombro del triste funcionario y más allá del cogote del bueno de Eduardo. Siempre me ha fascinado ese juego deliciosamente hipócrita con el que un hombre y una mujer intercambian todo un tesoro de huidizos mensajes que nunca alcanzarán la luz de la palabra y su peligrosa fijación; que en los intercambios verbales que pueden seguir casi sin transición no habrán dejado ninguna huella y se diría que ninguna memoria, pero sobre todo ninguna responsabilidad. Mi bella asediada muy pocas veces enfrentaba mi mirada, apenas un instante, y el mensaje que entonces yo leía en sus ojos era que juzgaba impertinentes mis miradas, pero que mi interés por ella podría tal vez ser aceptable si no se manifestara de manera tan desplazada como en aquel momento. El resto del tiempo mantenía tercamente su mirada fuera de mi alcance, pero de manera tan claramente voluntariosa, que me dejaba entender que mi atención la turbaba y no podía dejar de tenerla presente. Es increíble la sutileza con que una mujer, sin mirar nunca a un hombre, a base justamente de no ocultar su rígida decisión de no mirarle, puede informarle de que está revoloteando hechi-

zada en torno al deseo de él como una mariposilla en torno a la luz. Mi rubia contendiente, con una expresión facial tan sutil que Eduardo no la percibía y sólo yo la desciframbia, un levísimo mohín apenas perceptible de fastidio ante mi insistencia, me decía en un solo gesto que no respondería a mis deseos, pero que era bien consciente de ellos.

El siguiente azar, tan premonitorio como el primero si yo hubiera decidido hacerle caso, fue volvérmela a encontrar a los dos o tres días en casa del presidente del Ateneo local. Era una reunión no propiamente en mi honor, pero hecha en gran parte para favorecer mis contactos en aquella ciudad. Aquel Ateneo recibía de nuestro presupuesto una subvención no del todo desdeñable, y su presidente, un buen hombre rubicundo y dicharachero, aspiraba a hacer cundir el ejemplo. Estaba naturalmente Eduardo, y yo no tuve escrúpulo en preguntarle quién era esa mujer que le confesé haber visto en su compañía unos días antes. Me dijo escuetamente que se llamaba Florencia y que era la esposa del famoso Santitos. Se mostró sorprendido, o más bien escandalizado, de que yo no supiera quién era ese famoso Santitos. Santos Dufour, me informó, el personaje más destacado de la ciudad, uno de los hombres mejor relacionados del país, amigo íntimo de todos los políticos importantes y tan influyente en el gobierno como en los negocios. «Como quien dice el cacique del pueblo», propuse yo. «No exactamente», me contestó Eduardo; «más bien algo más moderno». En todo caso, yo no me dejé desviar de mi meta, que era que me la presentara. Pronto estuvo hecho, y me las arreglé para pasar unos minutos hablando aparte con ella. Yo, por supuesto, buscaba ansiosamente algún indicio de que me había reconocido. Tras nuestra charla banal, quise creer que se notaba en efecto alguna vigilancia de parte de ella, un cuidado por evitar que yo descubriera que sí me había reconocido. Por mi parte, yo estaba tentado de confesarle mi espionaje en la cafetería del hotel, pero pensé que evidentemente no conseguiría con eso que ella confesara a su vez su complicidad en aquel encuentro clandestino, sino que más bien le provocaría alguna incomodidad y probablemente una franca antipatía. Al cabo de un rato, ella a su vez me presentó a su marido. Él sí sabía quién era yo, aunque sospecho que acababa de enterarse, pero como buen hombre de mundo, actuó como si me conociera de toda la vida.

Antes de abandonar la fiesta, me apalabré con Eduardo para tomar un café juntos al día siguiente. Le tiré de la lengua con discreción, pues no tenía con él bastante confianza como para mostrarme abiertamente interesado en aquella mujer que acababa de presentarme. Supe que ella y otras señoras de la ciudad habían formado un grupo que se reunía periódicamente para intercambiar libros y comentarios sobre sus lecturas. «¿Pero por apasionado amor al conocimiento, o por simple aburrimiento?», le pregunté juguetonamente. «Más bien por aburrimiento», me contestó con una sonrisita cómplice. El grupo invitaba a veces a alguna persona más o menos preparada, profesores, periodistas, escritores de segunda fila, viajeros ocasionales, a darles una charla sobre un libro o sobre un tema literario o cultural. «Tú podrías tal vez darles una charla, les encantaría», añadió Eduardo. Respiré: había temido que no se le ocurriera esa maravillosa propuesta.

Cené pues con aquellas señoras, en casa de una de ellas, después de darles una charla bastante elemental sobre Dostoyevski. Otra vez estuve practicando toda la noche con Florencia mi telegrafía secreta. Era claro que ella desciframba mis mensajes, envueltos en la forma de la más aceptable galantería, y yo a mi vez desciframba los suyos, envueltos por su parte en una serie-

dad irrenunciable, pero que subrayaba la buena comunicación mutua. Quedamos en que en mi próxima visita a la ciudad (¿o tal vez en la capital, si ella iba por allá?), le pasaría algunos libros. En los meses siguientes hice todo lo posible, que no era mucho, por multiplicar mis viajes a aquella ciudad, y en todos esos viajes me las arreglé, siempre en compañía de Eduardo, para visitarla en su casa o invitarla a tomar un café. En esas visitas trataba de adivinar cómo sería su vida familiar. Me pareció la clásica esposa de la alta burguesía, provinciana o no, perfectamente desatendida por su marido.

Durante nuestros encuentros en trío, Florencia me daba señales de que consideraba ya nuestra amistad como algo establecido, pero dentro de las normas más tradicionales. Lo único a que podía yo agarrarme para hacerme la ilusión de alguna coquetería eran algunas nerviosas risitas de pudor alguna que otra vez cuando yo exageraba mínimamente mi galantería. Y sin embargo yo sentía que iba avanzando en mi conquista, de manera oscura y silenciosa pero incesante. Veía que ella se iba acostumbrando a mí, y me parecía que ese acostumbramiento trataba de controlarlo y moderarlo, pero a la vez la llenaba bastante. A ratos me parecía ver claramente en ella una sonrisa un poco perpleja, una mirada levemente torturada que expresaban según yo una lucha en su ánimo entre el deseo de apoyarse en mí y el temor a depender demasiado de ese apoyo.

Este extraño equilibrio hubiera podido durar años. Yo a mi vez me iba acostumbrando a consolarme con mis fantasías solitarias de mi evidente falta de iniciativa, que me reprochaba a menudo a mí mismo pero sin mucha convicción. Florencia me parecía más y más inaccesible. Me decía que no hay ninguna mujer absolutamente inexpugnable, que todo es cuestión de encontrar su lado flaco, su flanco mal guardado, o mejor aún su momento de debilidad. Pero frente a Florencia todos mis razonamientos enmudecían. Ella ponía siempre una distancia, cierta inflexibilidad, un apego a las reglas y convenciones que yo hubiera querido hacerle suavizar, pero que a la vez me parecía indicar una altivez que no podía dejar de respetar.

Pero un día todo aquello quedó profundamente trastornado. La señora en cuya casa había pronunciado mi charla daba una fiesta para celebrar la graduación de su hija. Florencia y yo estábamos invitados, y también, naturalmente, Eduardo y el marido de ella. Yo estuve muchos ratos observando de reojo al famoso Santitos. No lograba saber bien qué impresión me producía. Lo único que lograba ver con relativa certidumbre es que yo nunca podría ser amigo de un hombre así. Seguramente la atención que yo pudiera ponerle estaba inhibida por la incomodidad que me producía la hipocresía de mi conducta: yo estaba pensando todo el tiempo en su mujer y no podía dejar de sentir, en presencia de él, que tenía un lazo secreto con ella, un lazo simbólicamente adúltero, un verdadero engaño. Pero más que sentirme culpable, lo que me sentía era desconcertado. La imagen de aquel hombre tan bien puesto en tierra, tan seguro de sí y de su sitio en el mundo, un hombre que exhibía sin disimulo sus aires de triunfador, engañado como un pobre bobo por alguien tan poco espectacular y heroico como yo era una imagen desazonante que no lograba mirar con serenidad. Florencia mientras tanto desplegaba una alegría inusitada en ella que a mí me parecía síntoma de una irreprimible excitación.

En cierto momento la fiesta se convirtió en baile. Los jóvenes empezaron a poner discos y a sacar a bailar a las chicas, y poco a poco empezaron a imitarlos algunas parejas mayores, con risitas de justificación y gestos convencionales de resistencia. Cómo hubiera podido yo no sacar a bailar a Florencia. También *ella cumplió con el ritual, se negó un momento, pero sin dejar de reír abiertamente, y se dejó arrastrar por fin hacia el centro de la sala bajando la cabeza y exagerando su azoro. Bailaba muy bien sin embargo, y mientras girábamos entre los otros tuvo todo el tiempo una trémula sonrisa nerviosa que no interrumpía ni siquiera para contestar a mis frases. Y yo de pronto me sentí dominado por el impulso bastante delirante de arrastrarla hacia la terraza, cuya puerta estaba abierta. Asombrado de mi propia audacia, la conduje hasta allá, traspuse el umbral, me la llevé a un rincón que no era visible desde la sala y la besé rendidamente en la boca. No puedo decir que respondiera verdaderamente a mi beso, pero sentí claramente cómo se aflojaba toda. Cuando me aparté, su expresión había cambiado por completo. Tenía la mirada rota, con una expresión a la vez perpleja y trágica, y su boca se plegaba con un gesto muy suyo, pero más infantilmente sombrío que nunca. Se alejó sin decir nada y fue a mezclarse con la gente. Un poco después estaba junto a su marido, seria y callada.*

Al día siguiente yo estaba bastante arrepentido de aquella momentánea locura. Temía que no volvería a ver nunca a Florencia, y a la tristeza de esa pérdida se añadía el oprobio de haberle dejado de mí una imagen vergonzosa. Me desesperaba verme convertido a sus ojos en un gañán sin escrúpulos, incapaz de comprender el valor de la amistad y las gratificaciones del respeto. Pero ¿cómo borrar mi falta? ¿Cómo intentar convencerla de que, a pesar de aquel momento de ofuscación, yo no era ese despreciable personaje, sino un admirador atento y cuidadoso, capaz de rendirle homenaje toda la vida sin pedir a cambio nada que ella no quisiera darme voluntariamente? Ella tenía todas las razones del mundo para negarse a escucharme, y cualquier cosa que yo pudiera intentar para imponerle mi presencia no haría sino empeorar su idea de mí.

Pero ya he dicho que con Florencia todo era ir de sorpresa en sorpresa. El día que estaba prevista mi partida se presentó por la mañana temprano en mi cuarto de hotel. Quedé perplejo, por supuesto, cuando abrí la puerta respondiendo a unos golpes casi tímidos y me encontré allí a Florencia, callada y seria pero sin ira en su expresión. «Soy yo, sí», acabó diciendo ante mi silencio boquiabierto. Avanzó hacia mí, cerró la puerta tras de sí y se pegó a mis labios en un beso apisonado, sujetándome firmemente con ambas manos por el cuello y la nuca. Fueron unos días intensos y angustiosos, de los que he conservado un recuerdo más bien asfixiante. Yo no podía retrasar mucho mi partida, pero además los días que me quedé allí tuve que vivir más o menos escondido: en aquella pequeña ciudad era casi inevitable toparse en la calle con conocidos; casi todos ellos sabían que yo tenía que haber partido, y si me hubieran encontrado todavía allí, no era difícil que algún malicioso sospechase el motivo de ese cambio. También los movimientos de Florencia hubieran podido ser interpretados por alguien que supiera que yo seguía allí. Nuestras citas en mi cuarto eran verdaderamente grotescas. Florencia se deslizaba discretamente hasta el lobby *del hotel y se escondía detrás de alguna revista de modas para espiar la puerta del ascensor y escurrirse hacia allá cuando no había nadie cerca. Una vez en mi cama se entregaba al sexo con tanta vehemencia, que alguna vez me hizo pesar que exageraba adrede, que aquel apasionamiento, casi furia, era más un propósito deliberado que un impulso tiránico.*

Después la relación se estabilizó un poco, aunque siempre estuvo llena de sobresaltos y frustraciones. Para poder estar en su ciudad tan a menudo como fuera posible, tuve que hacer cómplice a Eduardo. Me alojaba en su casa, y para nuestros encuentros, que ya no eran cotidianos como al principio, Floren-

cia y yo teníamos que recurrir a los hotelitos de paso, siempre más o menos sórdidos. Muy rara vez podíamos vernos en casa de Eduardo, y aunque esas reuniones eran siempre en presencia de él, de todos modos eran las raras ocasiones en que yo podía relajarme un poco y tratar de ir entendiendo a esa mujer con la que tenía la impresión de hacer el amor a oscuras. Tampoco le era fácil a Florencia escaparse para viajar a verme a mí. Esas visitas eran sin embargo lo más sólido y coherente de nuestra historia. Casi nunca podía pasar toda la noche conmigo: incluso desde lejos hubiera sido fácil descubrir que había dormido fuera. Pero en medio de todo teníamos periodos de calma, paseos en común, salidas juntos al cine o a conciertos, cosas así que nos daban la ilusión de una vida normal. Esa normalidad no bastaba sin embargo para que hubiera entre nosotros una verdadera complicidad, ese impulso que suele llevar a los amantes a exagerar las mutuas confesiones y a intentar compartir preferencias y anhelos. Florencia me dejaba ver ciertamente que su vida no la llenaba y que muchas cosas graves la apartaban de su marido. Pero cuando yo llevaba mi obvia solidaridad un poco más lejos y le ofrecía mi apoyo en una posible batalla por su independencia y su autoestima, sólo me respondía con sonrisas tristes y caricias agradecidas.

Con todo, íbamos conociéndonos inevitablemente el uno al otro, y yo me iba dando cuenta de que había bastantes complejidades en el conflicto con su marido. Me parecía claro que ella veía en él algo despreciable, pero ese desprecio era para ella un sentimiento doloroso que prefería no enfrentar. No negaba que se juzgaba frustrada en su matrimonio, pero siempre dejaba en la más vaga ambigüedad qué fallas o incumplimientos eran los que la frustraban. Mientras tanto, nuestros encuentros en la cama seguían teniendo aquella misma vehemencia un tanto teatral.

Yo me decía que aquellos vigorosos anudamientos, aquellos sofocos y aquellos gritos de paroxismo eran como una venganza humillante que la Florencia desnuda y desatada tomaba sobre la otra Florencia, la mujer de mirada torturada que era impotente para compartir conmigo alegrías e ilusiones. Comprendía oscuramente que mis esfuerzos, seguramente inhábiles, por lograr que esa Florencia inhibida y parca de palabras se soltara como la otra hubieran debido encaminarse más bien a lograr que la Florencia enloquecida en la cama fuera un poco más dueña de sí, siguiera siendo más ella misma entre mis brazos para que yo pudiera reconocerla como la misma en uno y otro de sus dos mundos aislados. Pero me detenía el temor de que tomara mi actitud como un rechazo de la satisfacción sexual que me daba y que yo no deseaba en absoluto rechazar. No sabía cómo sugerirle que cambiar un poco de desbocamiento por un poco de ternura no haría disminuir nuestro placer, que sería siempre suficientemente desbocado pero más rico y variado y sobre todo más compartible entre nosotros.

Un par de veces durante aquel tiempo me tocó estar en reuniones sociales en las que ella estaba con su marido. Me pasaba toda la noche en una especie de asombro escandalizado ante mi propia comedia, admirado de verme capaz de tanta soltura en la hipocresía. Pero ese mismo asombro me impedía observar a los otros personajes del elenco con alguna serenidad. Me preguntaba todo el tiempo si Santos Dufour sospecharía algo o incluso tendría algún dato concreto de la situación. Estaba tentado todo el tiempo de ver en él la envenenada figura convencional del marido engañado, pero siempre me detenía al borde de ese enfoque, sintiendo que ponerme así por encima de la víctima desdeñable me degradaba más a mí mismo que a él. Tampoco podía fijar demasiado la mirada en el comportamiento de Florencia; muy pronto mi atención se desviaba, poniéndose a imaginar por ejemplo nuestro encuentro al día siguiente, seguro de que los dos estaríamos pensando en aquellas escenas pero incapaces de hablar de ellas en voz alta. El resultado de todo eso era que yo estaba cada vez más consciente del papel que me tocaba en aquella situación cada vez más parecida a una comedia convencional, y la fase final de mi nebulosa desazón era que tenía que reprimirme un poco para no empezar a sentirme orgulloso de mi representación.

Habían pasado ya meses en esta situación cuando empecé a notar que Florencia estaba más taciturna y nerviosa que de costumbre. Yo me estaba resignando a que siempre me contestara que nada cuando le preguntaba qué le pasaba, pero lo que me costaba más trabajo digerir era que me parecía que empezaba a rehuirme. Varias veces alegó compromisos que le impedían reunirse conmigo, en mi ciudad o en la suya. Una vez que estaba yo en esta última, en casa de Eduardo, y mencioné que en esa breve estancia no podría ver a Florencia porque sus compromisos no lo permitían, Eduardo no pudo contenerse y me confesó que Florencia estaba viviendo en la capital desde hacía algún tiempo. Me tragué la noticia sin pedir más explicaciones, y Eduardo era lo bastante discreto para no hurgar en mi herida si yo no se lo pedía. Pero en mi siguiente encuentro con Florencia tuvo que ventilarse la cuestión. Hacía semanas que había abandonado el domicilio conyugal y estaba viviendo en efecto en casa de una hermana casada. Yo quedé perplejo de que me lo hubiera ocultado precisamente a mí. Tuve que conformarme con unas explicaciones que sin embargo no me parecían muy claras. No había querido comprometerme, no había querido que yo pensara que iba a echarme encima su problema y chantajearme para que yo me hiciera responsable de ella. Yo repliqué que no era ningún chantaje, que yo me sentía en efecto responsable de lo que pudiera pasarle por motivos en los que seguramente yo tendría algo que ver. Insistió en que el problema con su marido nada tenía que ver con lo nuestro, que venía de mucho más atrás y hubiera acabado en lo mismo si ella no me hubiera conocido nunca. Yo dije como conclusión que en todo caso, ahora que era libre, no había ningún motivo para que no viviéramos juntos. Me lo agradecía y pensaba que era lo más deseable, pero me pedía tiempo. Si aquello había de terminar en divorcio, Santos no tendría escrúpulos en acusarla de adúltera para ganar todas las ventajas en el pleito. Después de un rato me atreví a preguntar, sin mucha esperanza de que de veras me contestara, qué era lo que había pasado entre su marido y ella. Tal como lo supuse, dijo que no valía la pena hablar de ello, que eran de esos problemas matrimoniales aburridos y que no quería meterme a mí en esa horrible pelea.

Así que tuve que ir atando cabos gracias a Eduardo. Ya he dicho que era discreto y no era fácil tirarle de la lengua ni yo me prestaba mucho a esas prácticas. Pero comprendía mi desamparo ante la falta de información y me iba dando pequeñas dosis de ella cuando pensaba que se agravaba mi angustia. La circunstancia que había provocado la huida de Florencia del hogar familiar fue la imposibilidad de seguir haciéndose la despistada ante una infidelidad de Santos que, según Eduardo, ella conocía desde hacía mucho. Sólo que algún día el adúltero había tenido un gesto de tanta desfachatez, Eduardo no sabía bien cuál, que ella tuvo que reaccionar. Pero mi amigo pensaba que esa circunstancia era más bien anecdótica: eran otras cosas más de fondo las que habían destruido la vida en común del matrimonio. Santos era un hombre de poder, ya podía yo imaginarme que un hombre así no se distingue precisamente por los escrúpulos. Se había ganado merecidamente el odio de muchas personas de la ciudad, un odio refrenado por el miedo que todo el mundo le tenía, y a esas personas perjudicadas, pero sobre todo humilladas, se habían sumado a la larga algunos seres queridos de Florencia: viejos amigos de la familia, sobrinos, amigas de colegio. Florencia trató al principio de justificar a su marido, de insistir ante las víctimas en que debía de haber algún malentendido, y de pedirle a él la explicación de aquellos actos creyendo todavía que él no sería culpable sino únicamente equivocado. Pronto tuvo que enfrentarse abiertamente a él, que no tenía para defenderse más argumento que el desprecio de las víctimas y el sarcasmo frente a los buenos sentimientos. Estupefacta por su cinismo, trataba de exigirle, bien vanamente, que cambiase su vida. Finalmente se llenó de rencor y de desprecio hacia él, pero bien sabía yo que Florencia era una mujer muy apegada a las convenciones y los valores tradicionales. Eduardo había llegado a convencerse de que esa mujer tan hermosa y altiva, tan admirada y llena de posibilidades, se callaría toda la vida y moriría en olor de resignación y renuncia. Pocas cosas le habían sorprendido tanto como su impensable entrega a un hombre como yo. Eduardo no pudo resistir a la tentación de teorizar un poco sobre esa sorprendente historia. Según él, lo que debió seducir a Florencia fue mi inocencia. Encontrarse de pronto con alguien que no sabía quién era su temible marido, y que pasaba al lado de esa insoslayable fuerza sin darse cuenta de la amenaza que eso implicaba, sin pensar ni en el peligro ni en la veneración supersticiosa con que todo el mundo lo convertía en una especie de amo inabordable, debió ser algo apenas creíble para ella.

Con estos antecedentes, era imposible que yo no me sintiera un poco redentor. Me parecía claro que era la parte más profunda y verdadera de Florencia la que me buscaba y me necesitaba, y que toda su distancia y represión no hacían sino manifestar dramáticamente esa necesidad; que estaba en realidad llamándome con esa voz ahogada que era la de alguien mortalmente amenazado. Pensaba que era necesario empujarla a abrirse a mí sin reservas, enseñarle un modo de vida que sin duda estaba deseando en silencio, hacer de ella esa mujer cercana a mí y a mi mundo que ella hubiera sido, yo estaba seguro, si las más falsas convenciones sociales no la hubieran desviado. Logré en efecto que aceptara un poco mi apoyo y que avanzara mal que bien en la comunicación conmigo. Mientras tanto su divorcio avanzaba, con todas las maldades y agresiones de parte de Santos que ella había previsto. Quedó, en términos objetivos, bastante mal parada, y conmigo desde luego no hubiera podido mantener el nivel al que estaba acostumbrada si no fuera porque su familia era más que acomodada. Por fin empezamos a vivir juntos; ella se acomodaba relativamente bien a mi modo de vida y me parecía que empezaba a compartir mis gustos y preferencias. Pero al cabo de algún tiempo la vida en común empezó a agriarse. Florencia me hacía reproches constantemente, por mis distracciones, por mi falta de ambición, incluso por mi manera de hacer el amor que ahora le parecía por debajo de sus aspiraciones. Yo me decía con amargura que es desalentador que ninguna pareja pueda escapar a la ley del deterioro de toda vida en común, y trataba de seguir adelante gozando de lo que todavía era gozable en aquella relación y sin hacer demasiados reproches a la vida. Ella daba cada vez más importancia a las satisfacciones lujosas, nueva ropa elegante, perfumes de precio, joyas cuyo valor yo desconocía por completo, y no dejaba de hacer ver mi ignorancia y mi despiste en medio de todo aquello.

Fue también Eduardo, por supuesto, el que me abrió lo ojos. El distanciamiento de mi compañera no era sólo el desencanto de la convivencia cotidiana. Florencia me engañaba con... Santos Dufour. Convertida ahora en amante de su ex marido, se dejaba halagar y adornar como una cortesana. No me animé a reprocharle directamente su traición, pero sí la obligué a decir abiertamente lo que tenía contra mí. No podía compartir mi vida, yo era un hombre sin fuerza y sin ambición, verdaderamente fuera del mundo, incapaz de ser el apoyo y guía de ninguna mujer; puesta en ese camino, llegó a afirmar sin ningún respeto de la verosimilitud que yo me creía superior a los demás y despreciaba a los hombres que luchaban y se abrían paso. Me dejó, por supuesto, y desde entonces, hasta donde he podido saber, ha seguido haciendo una vida de mujer de mundo, medianamente brillante en los medios de la alta burguesía pero sin alcanzar un verdadero estrellato, bregando como tantas otras para no perder puntos en ese mundillo chispeante, voluble y cruel. Cuando alguna vez nos cruzamos en tal o cual circunstancia, me gusta creer que veo en sus ojos una sombra de arrepentimiento y de culpabilidad. Pero sé bien que es muy posible que me equivoque.

54

Querida ilógica:

Qué razonamiento tan estrafalario. Si digo que Cecilia no está celosa de ti, ni por un momento se me pasa por la cabeza que entonces eres tú la que está celosa de ella. Sería el colmo de la petulancia pensar que mis amigas tienen que estar por mi causa celosas las unas de las otras. Ya discutimos en otras cartas de los diferentes modos en que puede usarse la palabra «celos». Convengo en que, en algún sentido, puede hablarse de celos en la amistad. Pero ni siquiera en ese sentido creo que nadie diría que Cecilia está celosa de ti, y mucho menos tú de ella. Que quiere, según mi parecer, acercarse a mí, es algo que ya te he contado. Puede que se sienta un poco intrusa de querer participar de una amistad tan antigua como la nuestra. Pero esto estaría ampliamente compensado por un sentimiento filial del que no sé hasta qué punto es consciente, pero que sería un milagro que no existiera. De su acercamiento a mí pienso que podría decirse sin demasiada incoherencia que se debe en gran parte a un deseo de emularte a ti. No es casualidad que ese acercamiento haya empezado a raíz de haber estado contigo y de que tú le hayas hablado de mí, como me has contado tú misma. Para mí, desde luego, sería demasiado enrevesado ponerme a imaginar que después de haberla impulsado a ponerme atención, ahora estés celosa de esa atención, y mucho me extrañaría que tú puedas en serio no ya pensar eso, sino pensar que yo lo pienso.

Veo que volvemos inevitablemente a discutir sobre los celos, como en las primeras cartas de este reencuentro nuestro, aunque entonces se trataba de los celos en el sentido «duro» de la palabra. Ya entonces ponía yo en entredicho el ancestral prejuicio de que no hay amor sin celos, que muchas veces llega tan lejos como para convencerse de que sólo los celos son prueba y garantía del amor y en cierto modo que son su fundamento y su esencia. A mí me parecería absurdo que ampliáramos ahora esa idea hasta decir que no hay amistad sin celos. Si semejante receta es demasiado burda aplicada a la amistad, ¿qué será aplicada a algo tan *complicado* y escurridizo como el amor y el deseo? En la medida en que esas dos cosas, amar y desear, puedan distinguirse, suponiendo que vayan juntas, ¿quién es el que siente celos, el que ama, o el que desea? No sé si tú alguna vez tuviste realmente celos cuando estuvimos juntos, ni tienes que decírmelo si no quieres. Pero yo, si hubiera dado crédito cuando tú sabes a los chismes sobre tu «infidelidad», ¿hubiera sufrido en mi amor, o en mi deseo? Te dije hace tiempo que en aquel momento no tuve celos, pero sí dolor. No me es fácil calificar ese dolor. Tal vez diría, aunque no estoy seguro de que se entienda, que me dolía que desearas a otro, pero era en mi amor, no en mi deseo, donde me dolía. Porque pienso ahora, retrospectivamente, que seguramente pude imaginar que desearas al tal Federico, pero no que lo amaras. Y tal vez los verdaderos celos son los de amor, no los de deseo. Posiblemente los celos de deseo son más violentos y destructivos, pero los de amor son más mortales, más capaces de oscurecer toda la luz de una vida. Pienso que si alguien cree a fondo que no es amado *porque* otro es amado, debe sufrir más que quien cree que no es deseado porque otro es deseado.

Pero vuelvo a algo que ya te había dicho antes: no puedo evitar la impresión de que en los celos, tanto o más que de amor o de deseo, se trata de propiedad y de dominio. Porque en rigor-rigor, la tragedia es no ser amados cuando amamos o deseados cuando deseamos, y al lado de eso debería ser secundario el motivo de ese desamor: si es porque la amada (o el amado) ama a otra persona, o simplemente porque (quizá de momento) no ama a nadie. Sin embargo, por lo menos del lado masculino, vemos miles de crímenes pasionales por celos, pero poquísimos por desamor. Quiero decir que un enamorado no correspondido no es raro que vitupere, obviamente por despecho, a la escurridiza amada, pero casi nunca llega verdaderamente a agredirla. No es el desamor, sino el desacato, lo que provoca tanta ira. Por eso son mucho más frecuentes los crímenes pasionales entre los hombres que entre las mujeres, porque en nuestras sociedades, por mucho que hayamos cambiado, sigue reinando en las imaginaciones el mito de que el varón es el propietario, o por lo menos el timonel y guía de la mujer. Sé que en estas cuestiones es un poco ridículo pedir ecuanimidad y serenidad, pero a mí no deja de extrañarme que casi nadie parezca reparar en que la *causa* de que una mujer no me ame o me desee no puede ser que ame o desee a otro. En todo caso eso sería una consecuencia, y tal vez podríamos interpretar que lo que enciende la ira del celoso es que esa consecuencia le hace ver que no era amado, pero hay que estar verdaderamente en Babia para tener que esperar, para descubrir que uno mujer no nos ama, a que empiece a amar a otro.

Algo de esto había surgido ya entre nosotros cuando te dije que es difícil saber si alguien empieza a ilusionarse con otra persona cuando se desilusiona de su pareja, o se desilusiona de ésta porque se ilusiona con aquélla. Espero que me concedas por lo menos el crédito de que siempre me he esforzado por acercarme a estas cosas con la mayor madurez posible. Cuando te diviertes llamándome «seductor», quizá lo que estás señalando en realidad es eso: que nunca he seguido las reglas supuestamente intocables sin mirarlas de cerca. Así, cuando Isabel, como te conté hace tiempo, empezó a sacar a colación a su ex marido viniera o no a cuento, no se me ocurrió ponerme celoso, mucho menos retrospectivamente, o ni siquiera suspicaz, sino que traté de entender cómo o por qué se estaba desilusionando de mí, que era lo que de veras significaban esas señales. Quizá baste que un hombre se resista a someterse a la tiránica ley de los celos para que el tribunal de la gente seria lo considere no ya un seductor, sino un peligroso burlador. ¿Cómo creer en la sinceridad de alguien que no exige exclusividad en el amor? La propiedad privada es obviamente el principio más sagrado de los guardianes del orden. Si un hombre no quiere ser el dueño de una mujer, es que quiere abusar de ella. Esa renuncia a la posesión privada aparece a menudo en las Memorias de Casanova; ¿no prueba justamente eso que se trata de un burlador? Como sabes, ni Belcebú ni yo estamos de acuerdo: Casanova no es un burlador, sino un seductor.

Pero hablábamos de los celos en la amistad, o sea sin deseo (¿o habrá que precisar «sin deseo *sexual*»?). Podría parecer que estoy mezclando las cosas y metiendo el deseo donde no corresponde. Espero que entiendas que no es eso.

Bueno, querida, ¿me perdonarás las alusiones personales, además de la impertinencia de echarte encima tanto rollo? Te lo implora con un beso tu latoso

JUAN

55

Querida inquieta:

Créeme que me admira la elegancia con que pasas a ocuparte de mis sentimientos dolorosos sin detenerte un instante en mis alusiones personales, ni para reconvenirme por ellas ni para aclarar sus implicaciones. Está bien: acepto tus términos para proseguir nuestro diálogo

A lo que me refiero con eso de los celos del amor y del deseo es a que me parece que por lo menos los hombres deseamos a menudo a una mujer que sabemos que desea a otro, pero si no interviene el amor, digamos burdamente si es puro deseo sexual, eso no nos carcome demasiado. A menos que intervenga otra cosa: por ejemplo, si hemos hecho antes el amor con ella, un sentimiento de propiedad que luchará a muerte para no compartir su bien. Fuera de esa mortífera posesividad, que reconozco que es frecuente pero no universal, si los hombres no digiriéramos bastante bien un deseo sexual no correspondido, no quedaría prácticamente varón sin neurosis grave. Conste: me refiero al deseo, no a su cumplimiento; deseo no correspondido quiere decir aquí no cumplido. Una vez que hacemos el amor con una mujer deseada, no ser correspondido ya no es lo mismo. Yo personalmente hace muchos años que he estado tratando de aprender a digerir también eso: no sólo que no me desee una mujer a la que deseo y que no cede, sino que una mujer que se ha acostado conmigo deje de desearme o incluso empiece a desearme menos. Pero claro que eso es más difícil y muchos hombres no lo soportan. Menos mal que es facilísimo hacerles creer que sí son correspondidos.

Adonde yo quería ir a parar es a que a lo largo de la vida uno desea a muchísimas mujeres que no lo desean a uno, y sobrevive bastante bien. Repito que no estoy seguro de que el deseo pueda separarse del amor, pero en la medida en que solemos dar por sentado que podemos no estar nada enamorados de una mujer que «nos gusta», me parece que es precisamente cuando estamos enamorados de una mujer que *no nos ama* cuando es difícil sobrevivir. Y ya he dicho que no es lo mismo cuando hay relaciones que cuando no hay más que intenciones y solicitaciones. Pero si seguimos suponiendo que el amor y el deseo pueden tomarse por separado, yo diría que, a diferencia del mal de sexo, el mal de amor es el mismo, o casi, con cama o sin cama, y hasta es posible que el enamorado imposible que nunca ha conocido los favores de su amada sufra más que el marido enamorado de una esposa fría. En cambio, si se trata de puro deseo sexual (lascivia, dirían los clásicos), me parece que lo doloroso es no ser deseados por la mujer con quien hacemos el amor; mucho menos, indudablmente, por una mujer que nos gusta y no se entrega.

Todo esto son generalizaciones, ya lo sé, pero no sólo basadas en mi particular opinión, sino fruto también de toda la observación y discusión que he podido acumular. Espero que se note en el relato de «Silvia» que te mandé no hace mucho, donde traté de ver un poco hasta dónde se puede y hasta dónde no se puede separar el deseo del amor. Es algo que creo haberme preguntado siempre, más o menos insistentemente, en todas mis relaciones. Y lo que me siento tentado a concluir es que sería más viable en todo caso un amor sin lascivia, como dicen los curas, puesto que puede hablarse de amor a las abuelitas y los abuelitos, a los bebés, incluso a las matemáticas e incluso a la humanidad. En cambio, al revés de lo que dicen los curas, me parece difícil que la lascivia no engendre por lo menos un conato de amor. En eso me temo que la psicología de moda coincida con los curas, porque estoy seguro de que también esa prestigiosa ciencia se escandalizaría de oírme decir que, para mí, un hombre que satisface su deseo en el cuerpo de una mujer sin un mínimo de ternura, o de gratitud, o complicidad o camaradería, es un caso clínico —o sea también un caso raro.

Hablo por mí, se sobreentiende, y estoy dispuesto a aceptar que seguramente no soy un caso muy promedial. Pero en cuanto a mí, nunca he hecho el amor con una mujer sin sentirme ya enamorado si es que no lo estaba de antemano. Es cierto que tampoco he estado nunca enamorado de una mujer sin desear hacer el amor con ella. Eso que los ingenuos que nunca han leído a Platón llaman «amor platónico» estoy dispuesto a aceptar que existe y hasta que quizá a mí mismo me ha sucedido alguna vez. Pero me cuesta trabajo creer que consista en amar sin desear, sino más bien en aceptar desear sin ser correspondido, que no es lo mismo. Aquí podríamos volver a López Velarde, que ya una vez te puse como ejemplo. Sería injusto acusarle de mentiroso cuando se declara casto, pero es claro, y él lo sabe bien, que esa castidad es perfectamente compatible con el deseo sexual, incluso lascivo, y no por eso menos limpio. Ahora: cuando tú juegas a buscarme las cosquillas clasificándome como frívolo seductor, mucho me temo que estás pensando (o haces como que estás pensando) en esa búsqueda del placer sin gota de amor que justamente, como te conté hace poco, me escandalizaba entrever en mi amigo Esteban. Pero el caso simétricamente opuesto: el que ama sin gota de deseo, es quizá menos patológico, pero más diabólico. En eso Kierkegaard no se equivoca: lo terríficamente diabólico de su Johannes es que es un seductor sin deseo sexual.

En cuanto a los celos, tu ejemplo de Otelo no me convence. El verdadero tema de la tragedia de Shakespeare no son los celos de Otelo, sino los de Yago. Pero los celos tanto del uno como del otro me parecen demasiado peculiares para resultarnos esclarecedores. Los de Yago son sin duda celos, pero no son normales porque son los de un hombre tan desaforadamente canalla y cínico, que nadie puede identificarse con él. En cuanto a Otelo, me parece rarísimo que suela citárselo como el prototipo del celoso, porque la tragedia subraya insistentemente que Otelo no es celoso, y buen trabajo le cuesta a Yago acabar por inculcar los celos en un alma tan poco celosa. Así quién no. Yago no necesita que nadie venga a atiborrarle los oídos de calumnias para sospechar que su mujer se ha acostado con Otelo. ¿Quién es entonces el celoso? Todo lo que nos cuenta después la tragedia es la aparatosísima venganza que maquina el odio de Yago. Pero fíjate en este detalle del que nadie parece sacar ninguna consecuencia: Yago no ama nada, lo que se dice nada, a Emilia su mujer. Lo que le mueve es la envidia, el odio, la venganza, y ni una gota de amor. Tal vez por eso el lector ingenuo no piensa en los celos de Yago; piensa que es Otelo, puesto que ama, el que debe ser celoso. Yo, ya te lo he dicho, creo que el celoso, incluso o sobre todo el más furibundo y destructivo, es muchas veces alguien que no siente el más mínimo amor.

No sé si esto te lo he dicho ya antes, pero aunque así fuera, vale la pena repetirlo: temo que lo que más te escandaliza de mí no es tanto la idea inventada de que yo soy un seductor, o que confiese mi poca inclinación a la pareja eterna, a los juramentos, a la paternidad, o que tome a veces la defensa de la seducción; lo que más te escandaliza es que yo diga que un hombre puede creer en el amor de una mujer que «le engaña», para decirlo en el lenguaje de las telenovelas. En lo cual sin duda coincides con las opiniones más respetables. Y lo que escandaliza especialmente es que yo diga eso de un hombre, porque, aunque ahora todos somos feministas, todos tenemos detrás, después de todo, una tradición milenaria que tiende a dramatizar mucho menos las «infidelidades» de los hombres que las de las mujeres. Supongo que para ti esa postura mía forma parte de mi personalidad de seductor. Yo podría estar de acuerdo, sólo que no veo en eso ninguna acusación. Un seductor de la vida real, no de la leyenda o el mito o el prejuicio o la teoría psicológica, sino de carne y hueso, es ante todo un hombre que cree en la libertad femenina. Comparados con él, todos los demás, el que más y el que menos, tratan de coartar esa libertad con toda clase de chantajes, si es que no directamente con la violencia, como el violador, que ya te he dicho que es por excelencia el opuesto al seductor. El seductor no sólo no recurre a la fuerza física, tampoco recurre a la fuerza del poder, o de las costumbres, o de las leyes divinas, o de los patrones de la naturaleza, o de los méritos, o ni siquiera a la de la moral. Sólo recurre a la seducción, o sea a la tentativa de despertar el deseo de la mujer en toda su libertad, su deseo como deseo, como el impulso de un ser sexual libre. Pero ese respeto a la libertad del deseo femenino sería una absoluta falacia si no implicara el respeto a la posibilidad de que esa mujer desee libremente a otro.

Y sin embargo, querida mía, te diré antes de despedirme que tampoco ignoro que a veces una mujer se siente un poco defraudada de que su hombre no tenga celos. Yo por ejemplo no me animaría a reprocharte que alguna vez hayas sentido que si yo no te apretaba más las ligaduras era porque no te tenía bastante apego. Creo que te hubieras equivocado, pero a estas alturas lo única que puedo hacer es mandarte todo mi afecto.

Giovanni

56

Querida, querida:

En primer lugar, las cosas que te escribí no eran una «teoría», sino simples descripciones, con un poquito (muy poquito) de reflexión. Pero no creo en absoluto que el hecho de reconocer que a algunas mujeres (y hombres, conste) les desilusione no despertar celos eche por tierra todo lo que dije antes. Creo que puedo personalizar, porque tu manera de alegar muestra claramente que estás pensando concretamente en nosotros. Recuerdo que tú y yo bromeábamos a veces sobre los celos. Me decías por ejemplo: «¿De veras no tienes celos? Y yo sin darme cuenta de que vivo con un ciego...», ¿te acuerdas? Pero de lo que yo sí me daba cuenta es de que esas bromas eran una manera de hacer menos venenosa —exorcizar, para decirlo con pedantería— una nostalgia que sin embargo existía. Comprendo que despertar celos pueda parecer halagador, porque indica deseo de posesión por parte del celoso, y es el deseo de posesión lo que hace subir los precios, como bien saben los economistas. Pero pienso que el terreno que corresponde a este tipo de cosas es justamente el de la broma, porque, tomándolo en serio, no es muy elegante sentirnos halagados de alcanzar un precio alto, como los objetos del mercado —o esos casi-objetos que son unos seres humanos comprables.

Exagero, por supuesto, sé que «precio» puede tener un sentido menos estrechamente económico. Aun así, creo que por algo sería que tú siempre adoptabas un tono guasón para hablar de mis celos (y de los tuyos, lo cual es también significativo). Porque ser deseada (o deseado), incluso sin deseo de posesión, es en efecto halagador. Yo diría incluso que es más halagador si no hay deseo de posesión, pero vas a decir, claro, que eso son ideas de seductor. Supongo que si a mí me hubiera sobresaltado la idea de que pudieras desear a otro, tú hubieras visto en eso la prueba de que tu deseo era para mí tan precioso, que lo quería todo para mí. Reconozco, para que veas que no soy tan «teórico», que nadie puede jurar, ni siquiera Casanova, que está enteramente libre de ese prurito de exclusividad. Pero si uno piensa que lo maravilloso del deseo es que alguien lo desee a uno, no que no desee a otro, comprendo que lo consideren a uno un caso raro, pero no un caso patológico.

Pero ahora, querida mía, temo que te voy a escandalizar como nunca, y si decides por eso retirarme la palabra, reconoceré que la culpa es mía. Digo que yo soy capaz de imaginar que los chismes que me contó aquella rival tuya fueran ciertos, y que cuando bromeabas que yo tenía que estar ciego para no tener celos, estuvieras pensando efectivamente en un Federico —el tal Federico— invisible pero nada imaginario. Y sin embargo eso no me haría pensar que fueras una imperdonable cínica. La broma seguiría siendo broma, seguiría siendo un juego con un amante inexistente, porque por mucho Federico que se entrometiera entre nosotros, estoy seguro de que esas bromas me las decías con amor, que estabas de veras conmigo cuando estabas conmigo, e incluso cuando estabas con Federico. Se me ocurre también (y sigo pidiendo perdón por el escándalo) que si yo hubiera tenido de veras algo que ver con Cecilia, eso no pondría para nada una mayor distancia entre tú y yo, estaríamos los tres juntos aunque no como esos triángulos que se ven a menudo en el teatro y el cine.

Y eso me ha recordado cuánto nos interesó en su momento la película *Jules et Jim*. En aquel entonces la aceptación, y por partida doble, de un deseo compartido no te pareció una despreciable enfermedad. ¿Por feminismo? ¿Por identificación con el personaje femenino? ¿Quizá por envidia de esa mujer con sus dos hombres? (Esto último es una broma, conste.) Lo atrevido de esa película consiste en que ninguno de los tres oculta nada. Nuestra moral está mucho más dispuesta a tolerar la hipocresía y el disimulo que la ruptura de las convenciones. Pero yo podría contarte un caso más ejemplar, más lleno de sentido a mi ojos. La historia de Martín y Rosita, amigos míos desde la infancia.

Martín ya en el colegio estaba enamorado de Rosita, que era entonces una chica bonita y vivaracha, inteligente y emprendedora. No era un secreto para nadie, y todos veíamos que Rosita no lo rechazaba del todo, pero tampoco acababa de corresponderle, tal vez porque todavía no se sentía madura para iniciar un amor que obviamente iba en serio. En los útimos tiempos antes de pasar a los estudios superiores, nos entregábamos intensamente a la vida de grupo, tal vez previendo que pronto nos dispersaríamos y por nostalgia anticipada de nuestra adolescencia común. Entre los chicos del grupo habá uno, Santiago, que se nos evadía un poco y nos intrigaba bastante. Era jugador, apostaba a los caballos, competía en los billares por dinero y hacía trampas en el póker. Le gustaba rodar por los bares hasta las altas horas, bebiendo bastante con amigos poco recomendables. Eso le daba un aire mundano y desenvuelto, auque tmbién algo canalla, que provocaba entre nosotros cierta envida, a veces disfrazada de reprobacón moralista. Pronto empezaron a circular en el grupo vagos rumores sobre supuestas relaciones entre él y Rosita. Rosita provenía de una familia estricta y muy conservadora. Sus padres no tardaron en enterarse de la relación, y se dedicaron laboriosamente a informarse a fondo. Lo que pudieron averiguar sobre aquel Santiago los asustó tanto, que sacaron a Rosita de la escuela y la mandaron a Estados Unidos, donde también hay colegios de monjas. Algún tiempo después Santiago empezó a faltar a clases durante largas temporadas. Entre nosotros circulaban rumores, sin duda en gran parte fantasiosos, sonre la vida que hacía. Se decía que trabajaba en un garito clandestino, o en un salón de billar, o que vivía de las mujeres, o incluso de los hombres.

Finalmente nuestro grupo salió de la escuela y durante algún tiempo estuve un poco alejado de mis antiguos compañeros. Un día me encontré en la calle a Santiago, e insistió en que fuéramos a tomar unas copas. Me estuvo hablando largamente de sus viajes: Amalfi, la Costa Azul, Acapulco, Miami. Era evidente que ahora se codeaba con gente de alto nivel económico y, por lo que colegí, un poco *snob*. No le pregunté directamente de qué vivía, pero por los indicios que espigué en la conversación supuse que hacía pequeñas tareas de secretario, o de recadero, o de ayudante para esos destacados personajes. Sin embargo era claramente para poder hablar de Rosita para lo que me había invitado a unas copas. Me sorprendió el tono francamente cursi con que hablaba de ella como de una noviecita provinciana de otros tiempos. Por aquellos días yo no veía mucho a Martín, que estaba iniciando su carrera de químico, pero tuve mucho cuidado de no mencionarle esa conversación. Yo tenía la impresión de que no había olvidado a Rosita, pero estaba resignado a haberla perdido para siempre. Desde Estados Unidos Rosita no había perdido el contacto epistolar con sus antiguas compañeras, y a través de ellas recibíamos la imagen de una Rosita cosmopolita refinada, nada afín al mundo laborioso y rutinario hacia el que se encaminaba Martín.

Cuando Rosita volvió de Estados Unidos había madurado mucho en poco tiempo. Era ahora una joven mujer elegante y más bien cultivada, al parecer sensata y con los pies en el suelo. Casi enseguida se hizo novia de Martín, y yo volví a tener bastante trato con la pareja. Se casaron muy normalmente y empezaron a hacer una vida ordenada y más o menos convencional, aunque algo más refinada y culta que el promedio de las parejas de ese nivel. Con los años tuvieron hijos y fueron ampliando poquito a poco su presupuesto. Santiago por su lado también se había asentado y refinado. Se había casado con una mujer rica con la que había puesto los cuernos durante años a un marido millonario y bobalicón, y que una vez divorciada le había convertido no sólo en su marido sino también en el administrador de su fortuna. Era ahora un modesto *businessman* mundano y a ratos casi de alto *standing*. Volvió a frecuentar a Martín y Rosita desde que eran novios, y ya casados todos, los dos matrimonios se hicieron mutuamente asiduos.

Pocos maridos he visto tan enamorados y tan deferentes. Martín admiraba más o menos incondicionalmente a Rosita y se avenía de buen grado a las pautas de vida que ella imponía, y que no eran pocas. Dejaba en manos de ella la decoración de la casa, diciendo que él no estaba dotado para eso. Pero también los menús, la selección de amigos, la manera de llenar los ocios, y era difícil creer que para nada de eso estuviera dotado. Les gustaba recbir amigos, y en esas reuniones él se dedicaba visiblemente a que brillara ella, ateniéndose a los temas que ella iniciaba, manteniéndose en un discreto segundo plano y mostrándose siempre solidaro con sus opiniones. Ella se dejaba querer, y a mí me parecía envuelta en un aire de tranquilidad satisfecha que venía de esa seguridad de contar con todo el amor y el apego de él, y me daba la impresión de que esa satisfacción de ella, si no era una manera de corresponder al amor de su marido, por lo menos llenaba para él esa función. Eso me parecía de una gran sabiduría. Es indudable que en la vida siempre se puede pedir más, en el amor como en todo lo demás, y en el amor por lo menos es legítimo pedir, pero no de cualquier manera. Cuando lo que pedimos empieza a envenenar lo que ya nos fue dado, la cosa se vuelve muy peligrosa, y muchas veces acabamos por pedir con gran vehemencia cosas que son ya nuestras desde hace mucho, o también a desdeñar y repudiar cualquier bien recibido si no se nos da lo que ahora queremos, como el niño que rompe su viejo juguete por despecho de no recibir uno nuevo. Martín nunca hubiera puesto en la balanza lo que le faltaba, dispuesto a echar a perder lo que tenía. La satisfacción de ella y la gratitud que eso conllevaba, junto al compañerismo respetuoso en que ambos vivían, nada le impedía considerarlo como amor, aunque tengo la impresión de que a veces no debía ser fácil, porque en las reuniones de grupo, por ejemplo, ella sin duda no le apartaba o humillaba propiamente hablando, pero era claro que lo relegaba un poco y que ponía mucho más interés en las opiniones y actitudes de algunos otros amigos, hasta el punto de que a veces parecía haber olvidado que él estaba presente. Yo trataba de aprender de Martín esa lección, como otras que vendrían después.

Y sin embargo él no ignoraba lo que le faltaba, sólo que con esa sabiduría —que es la sabiduría del seductor— tenía buen cuidado de no reclamarlo, sino de tratar de inducirlo, o sea de seducir a su mujer. Tampoco quiero decir que no sufriera por esa carencia. Todo eso me lo contó muchos años después, poco antes de su muerte, pero lo calló durante toda su vida incluso a sus mejores amigos. Él sabía bien que Rosita le respetaba y le tenía incluso cariño, pero que no estaba enamorada de él, sobre todo no como él de ella. Pero nunca hubiera salido de su boca hacer esa comparación, que es siempre inevitablemente un amargo reproche. Como tampoco mencionar el pensamiento (estoy evitando llamarlo sospecha) de que ella le era infiel. Los demás sí teníamos a veces sospechas de que Rosita tenía amores con Santiago, pero nadie se hubiera atrevido a comunicárselas a Martín, que además nunca daba el más mínimo pie para ello. Hubo una época, o quizá varias, en que la lejanía sentimental de Rosita ensombreció bastante la vida de Martín. No te extrañará que acabara por tener a su vez una relación extramatrimonial, como dicen los moralistas. Fue con una compañera de trabajo que, según me contó muchos años después, le trajo alegrías y consuelos, pero no lo desenamoró de Rosita. La chica en cuestión lo dejó cariñosamente al final viendo que era incurable.

Lo que cambió el sentido de todo eso fue la muerte bastante prematura de Santiago. Una vez más Martín renunció a las preguntas, pero era inevitable que viera en la nueva situación una oportunidad de seducir por fin a Rosita. Fue una batalla bastante agotadora, en la que la seguridad de haber avanzado algo y la certidumbre de haber vuelto al principio se alternaban sin cesar. En medio de esas escaramuzas Martín acabó por hacer alguna alusión a la infidelidad de Rosita. Fue contraatacado sin dilación, pues tampoco ella había dejado de husmear la aventura de él con la compañera de trabajo. Los dos se atrincheraron un tiempo en sus respectivas negativas. Pero Martín no hubiera podido sostener mucho tiempo esa ficción, sobre todo porque a todo esto él ya había cumplido 65 años, y ella más de 60. Entonces, en uno de esos momentos que nos hacen creer en la inspiración divina, según me contó Martín, pactaron confesarse mutuamente. Ella efectivamente había sido la amante de Santiago, no todo el tiempo, pero sí en largas y repetidas rachas.

No sé cómo transmitirte la emoción que a mí me produjo el relato de Martín: las mutuas confesiones acabaron con los dos fundidos en llanto y finalmente envueltos en febriles besos mojados de calientes lágrimas saladas. Desde ese momento —me contó Martín con los ojos velados de evocación— entraron en una gloriosa luna de miel senil, perpetuamente enternecidos, haciendo el amor todos los días, compartiendo todos los paseos, todos los ocios, todos los minutos de la vida, una vida que se reinciaba como una película reenrollada, volviendo a vivir en cierto modo todo lo que ya habían vivido pero con otro sabor, otra temperatura, un poco como en otro idioma. Una corta vida, porque, como si se tratara realmente de una sublime leyenda antigua, Martín murió meses después. Lo sabía ya cuando un día decidió contarme todo eso, dándome una prueba de amistad que no olvidaré nunca.

Querida Elvira, esta vez sí que tengo que implorar tu perdón por varios motivos. Por la descortés longitud, una vez más, de mi carta; pero sobre todo porque repito que me despido con el temor de que efectivamente decidas retirarme la palabra, por lo pronto la palabra escrita y no sé si también la otra. No pretendo negar mi culpa, sino sólo pedir tu piedad.

Tu reo

JUAN

57

Salvadora mía:

Mil gracias por tu billete (como los llamaban antes): esas pocas líneas me salvan la vida. Yo creía realmente lo que te dije en mi carta: que podrías de veras dejar de hablarme. Tu tardanza en contestar me tenía en el tormento. Si ahora me escribes esas líneas para anunciarme que pronto me vas a escribir largamente, es claro que has comprendido eso y que reconoces que era una crueldad no sacarme de la duda.

Mientras espero esa verdadera carta, déjame añadir nada más a la anterior que si alguna vez me he lamentado de no ser de verdad un escritor, es por no haber escrito una novela sobre la historia de Martín y Rosita, que es la única historia que de veras hubiera querido escribir. Y una última objeción a lo que piensas o dices que piensas de mí. Ese interés en esa historia no es muy compatible con el personaje que tú te inventas. Estoy seguro de que te costará creer que para mí la historia de Martín es la imagen misma del amor verdadero, en el cual, contra todo lo que puedas pensar, tu buen Juanito cree a pies juntillas.

Queda palpitando en espera de tu próxima carta

tu crédulo

JUAN

P.S. (He vacilado muchísimo antes de decidirme a añadir esta frase:) Después de leer la historia de Martín, ¿no crees que deberías hablarme por fin del tal Federico?

ÍNDICE

Introducción   7

Las Cartas

Cartas 1-6	13
Ruth	25
Cartas 7-21	34
Sophie	84
Cartas 22-24	90
Fumador	103
Cartas 25-31	65
El nombre olvidado	130
Cartas 32-35	133
Pili	151
Cartas 36-38	158
De Belcebú a doña Elvira	168
Cartas 39-42	178
Amigos	196
Cartas 43-44	122
Carolina	207
Carta 45	217
Amapola	222
Cartas 46-47	233
Silvia	240
Cartas 48-53	246
Florencia	267
Cartas 54-57	282